HaffmansTaschenBuch 42

BERND EILERT

Eingebildete Notwehr

KRIMINALROMAN

HAFFMANS VERLAG

Die Erstausgabe erschien 1981
im Wilhelm Heyne Verlag, München,
unter dem vom Verlag gewählten Titel
»Notwehr auf italienisch«.
Die vorliegende Neuausgabe wurde
gründlich überarbeitet.

Veröffentlicht als
HaffmansTaschenBuch 42, Sommer 1989
Konzeption und Gestaltung von
Urs Jakob
Umschlagbild von
Almut Gernhardt

Gesamtherstellung: Ebner Ulm
ISBN 3 251 01042 5

1 2 3 4 5 6 – 94 93 92 91 90 89

Obwohl nicht alles, was ich gesagt habe, unbedingt darauf schließen läßt, bin ich im Grunde ein wahrheitsliebender Mensch. Wenn meine Glaubwürdigkeit vor Gericht bezweifelt wurde, so lag das nur an meiner damaligen Verfassung. Heute erst habe ich den notwendigen Abstand, um meine Rolle in dieser Geschichte widerspruchsfrei darstellen zu können und alle wesentlichen Vorwürfe endgültig zu entkräften. Und obwohl nicht alles, was ich getan habe, einwandfrei dafür spricht, verabscheue ich Gewalt; allein der Gedanke, die Erinnerung daran, kann mich zu Tode erschrecken. Ich gebe zu: Vier Menschen sind durch mein Verhalten ums Leben gekommen; durch mein Verhalten, mittelbar und sogar unmittelbar – nicht aber durch mein Verschulden. Ich bin doch kein Mörder.

ERSTER TAG

I

»Hör jetzt gut zu! Erkennst du Stimme meine, ja?« Diese Stimme hätte ich sofort erkannt; auch ohne das nachgestellte Fürwort. »Wir sind entdeckt – erledigt.« Mit einem Schlag war ich wieder hellwach. »Bin in Zürich. Kann noch nicht weg. Erreichst du mich bei Furttmann, ja. Keine Angst.« Gennaro kicherte nervös. »Geld kriegst du. Also reg dich nicht auf, nein – und nicht vergessen, dies Band zu«, er suchte lange nach dem richtigen Wort, »tilgen. Wir müssen vor ...« Klack, Sprechzeit zu Ende.

Dann hörte ich meine eigene Stimme, die wiederholte: »Hier ist der automatische Anrufbeantworter ...«

Wer nun glaubt, mich bereits bei der ersten Lüge ertappt zu haben, da die eigene Stimme beim eigenen Anrufbeantworter auf einer anderen Kassette gespeichert ist, den muß ich enttäuschen: Ich hatte mich lediglich mit den Bedienungstasten vertan.

Ich ließ das Band zurücklaufen.

Gennaros Nachricht blieb undeutlich. »Entdeckt« – von wem? Wie immer war ich sogleich bereit, das Schlimmste anzunehmen. Die Polizei hatte er mit keinem Wort erwähnt, aber die wäre für uns auch nicht unbedingt das Schlimmste gewesen. »Erledigt« – das klang hart. Andererseits konnte man sich auf Gennaros Wortwahl nicht immer verlassen. Sein Deutsch war ganz gut, neigte aber zu großen Worten. Immerhin: Das Geld war noch da – oder? Warum sagte er mir nicht genauer, was ich zu machen hätte? Warte! Oder: Komm! Tu dies oder laß das! Nur: »Keine Angst« und: »Reg dich nicht auf!«

Ich hatte Angst. Und ich regte mich auf.

Ich wählte Furttmanns Nummer in Zürich: »Hier spricht der automatische Anrufbeantworter ...« Da sprach natürlich Professor Wilhelm Furttmann – Anrufbeantworter können nicht sprechen –, auch seine Stimme war leicht zu erkennen an ihrem süßlichen baltischen Akzent.

Eine Nachricht zu hinterlassen brachte mich auch nicht weiter. Ich mußte nach Zürich; und zwar sofort.

Die Kassette mit Gennaros dunklen Andeutungen zu löschen dauerte schon zu lange. Ich warf sie zu ein paar anderen Sachen in meine Reisetasche.

Im Taxi, auf dem Weg zum Flughafen, fiel mir Verschiedenes ein: Wann ging überhaupt die erste Maschine? Hätte ich nicht telefonisch buchen müssen? Aber dann wäre mein Name registriert ... Wurden die Abflüge etwa schon überwacht? Der letzte Gedanke – das weiß ich heute – war natürlich lächerlich übertrieben. Trotzdem gab er den Ausschlag.

Ich sagte dem Fahrer, er solle mich doch lieber zum Bahnhof fahren. Während er wendete, sah er mich an, als sei ich ein Idiot. Prompt benahm ich mich auch wie einer.

»Um die Zeit fliegen die nämlich noch gar nicht«, sagte ich, »ich meine, ich fliege sowieso nicht gern – schon gar nicht so früh ...« Dabei wußte ich, daß ich Unsinn redete. Und er wußte es auch. Und ich wußte, daß er es wußte. Ich mochte ihn nicht.

Ich ließ anhalten. Es war nicht mehr weit bis zum Bahnhof. Ich ging durch leere, dunkle Straßen. Es war sehr still. Ich hörte, wie in einem der Häuser ein Telefon klingelte; immerfort. Ich beneidete die Menschen, die keinen automatischen Anrufbeantworter hatten.

Der nächste Zug nach Süden ging erst in mehr als einer halben Stunde. Ich wußte im voraus, daß mich das Warten noch unruhiger machen würde. Außerdem tat mein Kopf weh. Mich fror. Ich lief den leeren Bahnsteig hinunter; versuchte, nicht auf die Kaugummiflecken zu treten; versuchte, mich zu konzentrieren, an etwas Naheliegendes, Praktisches zu denken, etwas Angenehmes womöglich.

In Zürich mußte das Geld sein. Wie hoch mein Anteil wohl inzwischen war? 50 000? Mehr, wenn ich den Vorschuß mitrechnete. Vielleicht 100 000? Ich rechnete im Stillen nach: ja, 100 000 mindestens.

Im Grund eine Schande, daß Gennaro immer noch das gleiche einstrich. Bloß, weil er die Idee gehabt hatte; während ich inzwischen die ganze Arbeit machte. Zugegeben, vielleicht war sein Risiko etwas größer. Er hielt die Kontakte, ihn kannten die Leute – aber eine Schande war es trotzdem. Und unser Drucker kriegte auch noch ein Fünftel von allem. Ich bekam entschieden zu wenig.

Der Ärger war irgendwie beruhigend. Doch ich wußte, daß ich ihn nur schürte aus Angst. Aus Angst, am Ende gar nichts zu bekommen, und daran durfte ich einfach nicht denken; schon wegen Mona.

Ich war am Ende des Perrons angekommen. Hier draußen war es noch kälter. Die Schienen schimmerten feucht und verliefen sich pathetisch im Ungefähr. Signallämpchen versprühten leuchtende Dunstkreise, rote und grüne. Frühnebel.

Seltsam, daß man nicht nur vom Wetter redet, wenn man eigentlich nichts reden mag, sondern aus dem gleichen Grunde sogar daran denkt.

Um Viertel nach sechs sollte der Zug gehen. Ich sah auf mein Handgelenk. Meine Armbanduhr war weg. Ich versuchte mich zu erinnern, wann und wo ich sie zum letzten Mal bewußt wahrgenommen hatte ... Eben, zu Hause, auf dem Rand des Waschbeckens? Nein. Kurz zuvor, in dem Taxi, das mich heimbrachte? Nein. Auf dem Nachtschränkchen, neben Monas Bett? Stand da überhaupt eines? Es war lachhaft! Nicht einmal dessen war ich mir sicher. Ich schloß die Augen ... Doch alles, was ich mir vorstellen konnte – was ich *sah* –, war dunkles Haar auf hellen Kissen.

Sie lag auf dem Bauch, schlief wie ein Kind. Unwillkürlich zuckte ihre linke Schulter, als ich sie zum Abschied küssen wollte; wie glatt und kühl sich ihre Haut anfühlte, wie sie leuchtete in der Dunkelheit. Behutsam deckte ich sie zu und schlich hinaus, auf Zehenspitzen, die Schuhe in der Hand, wie ein Dieb in der Nacht oder ein Liebhaber auf alten Witzzeichnungen. Dabei fühlte ich wie ein Vater für sie.

Mir kamen – es war so – die Tränen.

Als ich wieder aufschaute, fühlte ich mich ertappt. Ein paar Leute warteten jetzt auf dem Bahnsteig. Da von hier der Zug kommen mußte, schauten alle in meine Richtung. Einer, der mir am nächsten stand, grinste; durchaus nicht hämisch, eher wie ein Kamerad. So früh zu reisen schafft offenbar ein gewisses Zusammengehörigkeitsgefühl. Ich hätte ihm gern alles erklärt: Wie glücklich ich vor wenigen Stunden noch war, wie unglücklich jetzt. Den Grund meines Glücks, den ich kannte – und den Grund meines Unglücks, den ich noch nicht kannte. Aber so verrückt war ich denn doch noch nicht. Nur müde. Zu müde selbst, um mir die Sorgen zu machen, die ich mir hätte machen müssen. Statt dessen überlegte ich angestrengt, ob ich mir zunächst die Hände waschen oder die Morgenzeitungen kaufen sollte.

Ich ging zurück in die Halle. Aus der Herrentoilette kam eine Frau. Sie trug einen Eimer und einen Putzlappen. Damit verschwand sie in der Damentoilette.

Im Zug hätte ich natürlich schlafen können. Aber ich kann nun mal im Zug nicht schlafen.

Ich war froh, als endlich der Speisewagen geöffnet wurde. Ich trank Kaffee mit sehr viel Zucker und schaute zum zweiten Mal die Zeitungen durch, mit mehr Ruhe diesmal. Über mich, soviel wußte ich ja, stand nichts drin. Dafür die üblichen Hiobsbotschaften, Ausgabe April 1980: Aufrüstung, Energiekrise, Geldentwertung, Arbeitslosigkeit. Schuld waren wie immer die anderen: sowjetische Marschälle, arabische Ölscheichs, amerikanische Hochzinspolitiker, internationale Multis.

Und wer war wieder mal der Dumme? Der kleine deutsche Zeitungsleser, der die Machenschaften der großen Unbekannten kopfschüttelnd seiner alltäglichen Sorgenpost entnehmen mußte.

Allenfalls das Sinndefizit war hausgemacht: Alle wollten ja angeblich kämpfen – doch keiner wußte, wofür. Allenfalls der Geschlechterkampf tobte noch in manchen Oberstübchen und fand in den Feuilletons statt: männlicher Chauvinismus vs. weibliche Selbstverwirklichung.

Dies letzte Gefecht ärgerte mich am meisten, denn von allen Welterklärungsmodellen schien mir das feministische bei weitem das klapprigste zu sein. Die Menschheit in männliche Täter und weibliche Opfer einzuteilen war doch wirklich überholt und allzu einfach. Und die einfachsten Gedanken sind nun einmal zumeist auch die dümmsten. Vermutlich hatte mir das vor allem an Mona gefallen: daß sie sich überhaupt keine derartigen Gedanken machte und Sorgen allenfalls um ihre Frisur. Und um ihre Zukunft selbstverständlich; wobei ich noch nicht einmal sagen konnte, was ihr wichtiger war.

In jenen geistnahen Zeiten einen Menschen zu finden, der nicht dauernd nach Sinn suchte und für den die Welt mehr bedeutete als eine unvollkommene Demonstration marxistischer, ökologischer oder eben feministischer Theorien, war schon das reine Glück; und wenn dieser Mensch dann noch so aussah wie Mona, wurde die Versuchung unwiderstehlich. Was gingen mich »Tarifauseinandersetzungen in der metallverarbeitenden Industrie Nordbadens« an? »Gewerkschaften fordern einen dreistelligen Sockelbetrag« – mich interessierte eine Summe, die sechsstellig war.

Habe ich mich klar genug ausgedrückt? Ich war verliebt. Lediglich die ›Bild‹-Zeitung machte mir Sorgen: »Blut in Beirut.« Blut ist ein ganz besond'res Wort; eines, das mir unmittelbar Schrecken einjagt.

Ich mußte wieder an meine Probleme denken. Weshalb ich die Sache damals gleich so ernst nahm, ist mir heute fast ein Rätsel. Obwohl es im nachhinein scheint, als habe ich sie nie ernst genug genommen. Doch war diese spätere Entwicklung von meinem damaligen Standpunkt keinesfalls absehbar. Um das klarzustellen: Ich hatte *keine* Ahnung.

Eine günstige Gelegenheit – mehr war es nicht gewesen. Ein einträglicher kleiner Betrug, der mir sogar recht elegant vorkam. Wer wurde schon geschädigt? Außer ein paar haitianischen Halsabschneidern, die gewiß nichts Besseres verdient hatten. Gennaros Geraune über »die Empfindlichkeit, Grausamkeit und Rachsucht« seiner Landsleute hatte mich nie ernsthaft beeindruckt; eine Art lateinamerikanischer »machismo«. Gennaro neigte selbst zu leicht übertriebenen Ehrbegriffen; ich weniger. Trotzdem finde ich es unfair, wenn man – genauer: ein gewisser Staatsanwalt, der sich wohl witzig vorkam – mir nachsagt, ich hätte »soviel Rückgrat wie ein Gummibär«. Aber bitte – dementsprechend traute ich natürlich auch anderen keine derart unverhältnismäßigen Reaktionen zu.

Draußen lichtete sich der Nebel nur ganz allmählich. Er hing flach über den Wiesen. Der Wald schien zu schweben. Ich hatte Mühe zu entscheiden, was sich eigentlich bewegte: dieser Zug, in dem ich saß, oder die undichte, farblose Welt vor dem Fenster. Ein paar Weinberge flogen vorbei. Die kahlen Stöcke hoben sich scharf gegen den grauen Himmel ab. Sie erinnerten mich an die Bartstoppeln auf meinem unrasierten Kinn. Im übrigen sah diese ganze Gegend aus, als habe niemand so recht gewußt, was damit anzufangen sei. Ich wußte es auch nicht.

Der süße, heiße Kaffee – ich war schon bei der dritten oder vierten Tasse – tat mir wohl. Was sollte mir schon passieren, falls die Sache herauskam? Gefängnis? Kaum. Zumindest konnte ich mit Bewährung rechnen. Ich war nicht vorbestraft. Ich fing an, mir im Kopf eine Verteidigung zurechtzulegen;

ähnlich, wie ich es Mona erklärt hatte. Diese Furcht war viel greifbarer: Mona zu verlieren. Nicht daß ich mich vor ihr hätte rechtfertigen müssen. Sie hatte es nicht übelgenommen, auf diese Weise Geld zu verdienen. Sie fand nichts dabei; sie hatte gelacht. Unverzeihlich fände sie es, *kein* Geld zu verdienen. Oder fast noch schlimmer: sich das Verdiente wieder abnehmen zu lassen.

Sie hatte gesagt, daß wir das Geld gut brauchen konnten, um uns eine eigene Existenz aufzubauen: ein kleines, aber feines Restaurant – solch praktische Träume träumte meine Mona. Ein sicheres, einträgliches Geschäft, hatte sie gesagt. Doch ich hätte ihr das Geld auch gegeben, wenn sie es nur zum Verspielen gewollt hätte.

Ich war mir vollkommen darüber im klaren, daß dies Geld entscheidenden Einfluß auf unsere Beziehung haben würde. So oder so – es war geradezu ihre Basis. Nur deshalb hatte ich auch bewußt übertrieben, als ich ihr von unserem Schweizer Konto erzählte, und sie in dem Glauben gelassen, der Kontostand sei identisch mit meinem Anteil. Eine Viertelmillion hört sich eben bedeutend besser an als 100 000. Eine läßliche Lüge, fand ich, denn bisher hatte ich ja noch hoffen dürfen, in absehbarer Zeit tatsächlich so viel zu verdienen. Ohne diesen Rückhalt wäre sie auch nie bereit gewesen, meinetwegen ihren Mann zu verlassen. Sie hätte es nicht einmal in Erwägung gezogen. Nun hatte sie mir immerhin fest versprochen, mit ihm zu reden. Wobei ich diesen Mann damals nicht ganz ernstnahm. Nach diesem Wochenende um so weniger: Nur einmal war ich an seine Existenz erinnert worden: als ich ein Buch durchblätterte, das ich ihr geschenkt hatte, und das Vorblatt herausgerissen war, auf das ich ihr eine Widmung geschrieben hatte. Und dann natürlich, als er angerufen hatte und sie mich so früh heimschickte, heute morgen. Ansonsten gehörte er für mich zu den Geheimnissen, mit denen sie sich gern umgab. Sie sprach fast nie von ihm. Trotzdem glaubte ich zu wissen, was sie war: ein Schatz.

Und warum hätte sie auch für mich irgend etwas aufgeben sollen? Daß sie nichts von dieser aufdringlichen Opferbereitschaft erkennen ließ, mit der Frauen ihre Liebschaften gern zu Martyrien verklären, gefiel mir ja gerade an ihr. In diesen verlogenen Zeiten, da jeder seine Selbstsucht hinter hochtönenden Motiven kaschierte und seinen Eigennutz zum Allgemeinwohl stilisierte, kam mir Mona geradezu unwahrscheinlich ehrlich vor. Daß sie jung und hübsch war, betrachtete sie als ihr einziges Kapital, und sie war klug genug, es nur einzusetzen, wenn Lohnendes zu gewinnen war. Das wußte ich. Sie hatte nie ein Hehl daraus gemacht. Auch das bewunderte ich an ihr; gerade das. Und dafür liebte ich sie. Sie war die erste Frau, um die ich mich wirklich bemüht hatte – das heißt, sie hatte gesagt: Komm! Und ich war gekommen; prompt, ohne zu zögern, vorbehaltlos. Warum? Ich kann das nicht genauer erklären – und ich will es jetzt auch nicht mehr. Wozu auch? Damals liebte ich sie. Und ich wollte von ihr wiedergeliebt werden. Und ich war bereit, alles dafür zu tun.

Ich passierte die Schweizer Grenze ziemlich genau um 10 Uhr: Basel, Badischer Bahnhof ab um 9 Uhr 57 – Basel, Schweizer Bahnhof an 10 Uhr 02; daß dieser spezielle Zeitraum einmal von solcher Bedeutung sein sollte, wußte ich natürlich nicht. Die Schweizer Zöllner waren elegant wie alte Sektreklamen. Einer warf einen blasierten Blick in meine fast leere Reisetasche.

»Was ist das?« Er hielt mir die Kassette mit Gennaros Anruf unter die Nase; mit ganz spitzen Fingern, als könne man sich daran schmutzig machen.

»Eine Kassette«, sagte ich.

»Aha«, sagte er und ließ sie zurück in die Tasche fallen. »Merci vielmal.«

Ich stellte mir das Treffen mit Gennaro vor. Ich würde es so kurz wie möglich machen – vor allem, wenn Furttmann dabei sein sollte. Auf dessen Moralpredigten konnte ich wahrlich verzichten. Typisch, daß Leute, die in einem Punkt die öffentliche Moral eklatant verletzen, dazu neigen, sie gegen jeden anderen Angriff leidenschaftlich zu verteidigen. Wie Gennaro das aushalten konnte, war mir sowieso ein Rätsel. Wie er mit seinen Leuten zurechtkam, war dann seine Sache. Ich würde mein Geld nehmen und heimfahren. Während dieser letzten Stunde dachte ich eigentlich nur mehr an das Geld, an *mein* Geld.

Dabei würde ich gern behaupten, ich hätte mir nie etwas aus Geld gemacht. Das klingt ja immer sehr gut. Es trifft bloß nicht immer zu; nicht für mich. Und schon gar nicht mehr, seit ich Mona kannte und wußte, wofür ich es brauchen konnte.

Um ganz ehrlich zu sein: Ich habe mir nur so lange nicht viel daraus gemacht, wie ohnehin kaum Aussicht darauf bestand; auf viel Geld, meine ich. Doch dann war diese Gelegenheit eben da. Ich kann guten Gewissens behaupten – auch wenn mir das nie jemand glauben wollte, selbst mein eigener Anwalt nicht –, daß mir die betrügerische Absicht, der strafbare Hintergrund unseres Planes gar nicht gleich bewußt waren; jedenfalls nicht in vollem Umfang. Doch das soll jetzt keine Rechtfertigung sein, keine Verteidigung. Diese Art Unbedarftheit reichte ohnehin nicht mal für mildernde Umstände. Das weiß ich heute.

Nein, ich möchte lediglich, daß die Faszination, die Anziehungskraft dieser Idee ganz verständlich werden: so viel Geld für so wenig Mühe. Und dazu noch Mona – die Aussicht hätte jeden schwach gemacht. Wer das nicht zugeben will, der lügt.

Mir wurde übel bei dem Gedanken, daß unser Vorhaben vielleicht gefährdet war – oder schon gescheitert. Die ganze Mühe umsonst. Wieder arm sein und allein. Ich krümmte mich auf meinem Sitz zusammen, als hätte mich jemand in den Leib getreten. Ich mußte mich zusammennehmen.

Neben mich hatte sich ein zehn- oder elfjähriger Junge gesetzt. Er aß Sandwiches und trank Bier, beides sehr geräuschvoll. Er war blond und fett. Man konnte ihm jetzt schon ansehen, was für ein Typ er in zehn Jahren sein würde; widerlich.

Draußen rauschte die Schweiz vorbei. Sie machte rein äußerlich einen ganz manierlichen Eindruck. Verglichen mit dem letzten Stück Deutschland, das völlig verfilzt, irgendwie russisch ausgesehen hatte, wirkte sie geradezu zivilisiert: dicht besiedelt, gepflegt, vertrauenerweckend. Was mich irritierte, waren nur diese archaischen Ortsnamen: Möhlin – Mumpf – Gipf-Oberfrick. Das hörte sich doch an, als würden hier noch Ketzer gefoltert und Hexen verbrannt; im Mittelalter wurde Lügnern und Betrügern bekanntlich die Zunge herausgeschnitten. Und Dieben wurde vermutlich die rechte Hand abgehackt.

Dann starrte ich nur noch auf den Hinterkopf meines Vordermannes und stellte mir vor, wie von hinten jemand auf meinen starrte und so weiter. Aus bestimmten Gründen wäre ich lieber der letzte in dieser Reihe gewesen.

2

In Zürich ging es mir schlecht.

In jeder Beziehung: Ich war nicht bloß übermüdet – dies traumhafte Gefühl von Unwirklichkeit ist bekannt –, ich war außerdem abgelenkt durch verschiedene, regelmäßig wiederkehrende Belästigungen: Rauschen in den Ohren, gurgelnde Leere im Magen, spitze Stiche in der Brust.

›Der verdammte Kaffee‹, dachte ich, ›zuviel Kaffee.‹

Ich lehnte mich an einen Zigarettenautomaten, versuchte nachzudenken, mich zu orientieren. Die ganze Bahnhofshalle war nicht wiederzuerkennen. Was bedeutete das Sägemehl, das haufenweise überall herumlag? Es roch ekelerregend. Allmählich begriff ich, daß es ausgestreut war, um die Tropfen aufzufangen, an Stellen, wo es durchregnete. Offenbar wurde das Dach erneuert.

Diese Erkenntnis beflügelte mich so, daß es mir sogar gelang, eine Reihenfolge aufzustellen – tropfenweise: Gennaro treffen. Das bedeutete: telefonieren. Das bedeutete: Geld wechseln. Das bedeutete: zur Bank gehen ... Warum dann nicht gleich zur richtigen Bank? Zu unserer Bank, nach meinem Geld sehen?! Das konnte bedeuten: Gennaro jetzt nicht treffen zu müssen, gleich zurückfahren zu können – mit dem Geld, zu Mona, in Sicherheit. Zumindest müßte es sehr beruhigend sein.

Ich fühlte mich wieder beobachtet. Mir wurde bewußt, wie ich schon die ganze Zeit meinen Kopf behandelte. Ich rieb meine Stirn, preßte eine Hand gegen die Schläfen, massierte daran herum, wie man Hefeteig knetet. Die andere Hand schlenkerte ununterbrochen die Reisetasche. Man mußte mich zweifellos für schwer betrunken halten.

Als sei das für irgendwen von Bedeutung, versuchte ich zu lächeln. Ich lächelte, als würde damit bewiesen, daß mein Benehmen zuvor nur Spielerei gewesen sei. Und so kam es mir jetzt auch vor.

Als ich den Bahnhof verlassen wollte, fühlte ich mich verfolgt. Ich blieb vor einem Schaukasten stehen; ein Mann kam ins Spiegelbild. Durch das getönte Glas ließ ich mich einen Augenblick täuschen: Gennaro!

Ich erschrak umsonst. Er war es natürlich nicht. Ich fühlte mich geradezu erleichtert. Das hat übrigens nichts damit zu tun, daß ich etwa die Absicht gehabt hätte, das ganze Geld abzuheben; ohne sein Wissen, wie mir später unterstellt wurde. Daran habe ich nie auch nur im entferntesten gedacht; und in diesem Zustand schon gar nicht. Es war eigentlich auch kein Schreck gewesen – nur allzu große, fast schmerzhafte Überraschung.

Die Bank war ganz in der Nähe; gut drei Minuten zu Fuß die Bahnhofstraße hinunter, auf der linken Seite. Daran erinnerte ich mich sehr genau, obwohl ich nur einmal, zur Eröffnung des Kontos, da gewesen war. Ich spiegelte mich wider in den Schaufensterscheiben. Neben den eleganten Auslagen sah ich ziemlich verwildert aus; dazu die fast leere Tasche – hoffentlich verhaftet man mich nicht als Bankräuber.

Ich wurde dies Gefühl nicht los, als ich durch die Schalterhalle zu den Aufzügen gehen wollte. Prompt hielt mich jemand auf. Ein großer Mann im altmodisch geschnittenen Zweireiher; auch ohne passende Livree hatte er verblüffende Ähnlichkeit mit Emil Jannings als Hotelportier.

Seine Stimme klang überraschend leise, fast sanft. »Kann ich Ihnen in irgendeiner Weise behilflich sein?«

»Danke, ich will nur« – ich mußte schlucken, so trocken war es in meinem Mund – »ich habe ein Konto hier bei Ihnen, ein Nummernkonto.«

»Erster Stock, bitte.«

»Ich weiß schon.«

Er stieg trotzdem mit mir in den Lift. Er brachte mich zu der richtigen Tür, klopfte für mich an, hielt sie mir auf.

Das Büro kam mir bekannt vor. Eine gewagte Mischung: schrundiger Natursteinboden und rote Plastikverschalungen, Topfblumen auf der kleinen EDV-Anlage – rustikaler Futurismus. Der Mann hinter dem Schreibtisch begrüßte mich beiläufig wie einen alten Freund. Ich hatte ihn noch nie gesehen.

»Ich möchte Geld abheben.«

»Ah!« machte er hocherfreut.

Ich gab ihm die Kontonummer und unser Kennwort: »Port de Paix.«

»Portepee«, wiederholte er lächelnd.

Die Verwechslung überraschte mich nicht. Schon als wir das Konto eingerichtet hatten, war sie vorgekommen. Port de Paix ist eine Hafenstadt auf Haiti. Gennaro ist dort geboren.

Ich buchstabierte ihm den Namen; er notierte und entschuldigte sich für sein Mißverständnis. Dann tippte er etwas in die Tastatur seiner EDV-Einrichtung. Von meinem Platz aus konnte ich den Kontrollschirm nicht einsehen. Ihn erstaunte die Antwort offensichtlich.

»Würden Sie bitte Ihre Kontonummer noch einmal wiederholen.«

Ich tat es. Er tippte. Dann lächelte er nur noch schwach.

»Es tut mir leid. Dies Konto wird bei uns nicht geführt.«

Ich war mir so sicher gewesen, daß ich nicht sofort begriff.

»Ein Konto unter der von Ihnen angegebenen Nummer führen wir nicht.«

»Aber es ist mein Konto – ich bitte Sie – das ist unmöglich!«

»Ein Fehler ist ausgeschlossen«, sagte er freundlich, aber bestimmt und verwies auf den leeren Bildschirm. »Wenn Sie mich jetzt bitte ...« Er zog sich wieder hinter seinen Schreibtisch zurück.

Ich unterbrach ihn: »Moment! Ich habe hier ein Konto bei dieser Bank. Seit fast einem Jahr, mit einem Freund zusammen ...«

Er nickte, als sei damit alles geklärt.

Und das war es ja auch.

»Wenn noch ein zweiter unabhängig Zugangsberechtigter existiert hat, ist es doch durchaus möglich, daß dies Konto inzwischen eliminiert wurde, nicht wahr?«

»Aber wann?«

Er zuckte die Achseln.

»Das muß sich doch feststellen lassen!«

»Es tut mir leid. Sie werden verstehen, außer dem Faktum, daß ein Konto unter der von Ihnen angegebenen Nummer nicht – oder nicht mehr – existiert, kann ich keinerlei weitere Angaben machen.«

»Aber das Konto hat doch existiert – wahrscheinlich bis gestern noch! Bestimmt!« Ich spürte jetzt kalten Schweiß in meinen Achselhöhlen.

»Gestern war Sonntag.« Er wurde langsam ungeduldig. Seine Hand kroch unter die Schreibtischplatte. »Wenn ich Ihnen raten darf, sollten Sie sich baldmöglichst mit Ihrem Partner in Verbindung setzen. So wird sich der Vorgang gewiß aufklären.«

Wahrscheinlich hatte er einen Knopf gedrückt. Die gepolsterte Tür öffnete sich leise: Auftritt Jannings.

Ich fragte: »Darf ich von hier telefonieren?«

Ich durfte.

Allerdings aus einem anderen Büro. Jannings wählte Furttmanns Nummer für mich. Er reichte mir den Hörer. Diskret schaute er zum Fenster hinaus – genau auf eine hochinteressante, einheitlich graue Mauer.

Ich hörte die vertrauten Laute: »Hier spricht der automatische Anrufbeantworter . . .« Und legte auf.

Der große Mann faßte mich fest beim Arm. Ich war ihm sogar dankbar, daß er mich bis hinaus begleitete. Ich glaube, ich wäre sonst zusammengebrochen.

Nebenan war ein Schnell-Imbiß, der ›Tell-Imbiß‹ hieß. Er war neu, verchromt und fast geruchlos. Das einzig Schweizerische war das reiche Angebot sogenannter ›Tell-Toasts‹. Großformatige Farbfotos zeigten, worauf man sich gefaßt machen mußte: aufgeschlitzte Würste oder aufgespießter Schinken, blutrote Paprikagerinnsel oder Käse mit Brandblasen, ›Salami-Willi‹ oder ›Willi mit Speck‹. Vor diese Wahl gestellt, bestellte ich mir einen doppelten Cognac.

Die Wirkung war erstaunlich. Außer körperlicher Wärme gab er mir auch ein zeitloses Gefühl unbeteiligter Sicherheit. Als sei ich unantastbar, so gut wie unsichtbar: Daumesdick im Pferdeohr oder Nils Holgersson unter dem Flügel der großen grauen Gans. Eine kindische Übertreibung, ich weiß – aber so war es: Ich war auch fest davon überzeugt, hier und jetzt nicht mehr das geringste falsch machen zu können. Selbst wenn es mir einfallen sollte, mein Glas umzustoßen, und es zerbrach, mußte das ganz selbstverständlich wirken, vollkommen richtig, fast bewundernswert.

Die Probe aufs Exempel machte ich nicht.

Ich war von mir selbst überrascht, ja überwältigt. Sonst hasse ich diese Warterei. Jetzt machte sie mir nichts aus, obwohl ich nicht einmal auf etwas Bestimmtes warten konnte, sondern nur darauf, daß die Zeit verging.

Um Punkt zwölf wollte ich wieder anrufen. Keine Sekunde früher. Vom Erfolg war ich irgendwie überzeugt.

Nur mit dieser völlig aus der Luft geschnappten Euphorie kann ich mir erklären, wieso ich nicht unverzüglich versuchte, etwas anderes zu unternehmen – den Professor in seinem Museum zu erreichen, zum Beispiel.

Ich tat nichts.

An diese halbe Stunde ist später im Prozeß die abenteuerliche Vermutung geknüpft worden, ich hätte mit Frankfurt Kontakt aufgenommen, finstere Pläne geschmiedet und so weiter – ich kann nur wiederholen: Das ist nicht wahr. Ich saß einfach in diesem ›Tell-Imbiß‹ herum und tat nichts. Das heißt: Ich las den Lokalteil einer Zürcher Zeitung, die dort auslag. Sie beruhigte mich zusätzlich noch. Ihre bedrohlichste Meldung: »Jugendliche Entreißdiebe im Kanton Zürich«. Dieser Bericht hat sich mir aus verschiedenen Gründen mit allen Einzelheiten eingeprägt: Nach einem längeren Lamento über Jugendkriminalität im allgemeinen und die Häufigkeit von »Handtaschenräubereien« im besonderen, nach einer ausführlichen Beschreibung der »Entreißtechniken« und vielen Mitleidsbekundungen für die betroffenen alten Damen gipfelte er in einem Schlußsatz, den ich noch so gut wie wörtlich weiß: »Wie ein Sprecher der Kantonspolizei mitteilte, kann als Motiv der Diebe reine Bereicherungsabsicht gelten.«

Es gibt eben Sätze, die magisch und komisch zugleich sind – und unvergeßlich. Ich hätte diesen auch vor Gericht, wo man jenen Vormittagsstunden natürlich besondere Bedeutung beimaß, jederzeit zitieren können, doch mein Anwalt riet mir davon ab, da derartige Gedächtnisleistungen erfahrungsgemäß eher unglaubwürdig wirken und zur Erhärtung eines Alibis schon gar nicht taugten. Wahrscheinlich hatte er recht.

Ich hätte ihn natürlich auch als Warnung auffassen und danach besser auf meine Tasche achtgeben können – ich tat aber gar nichts, genoß nur das Gefühl, alles tun zu können. Gütig begnügte ich mich damit, anderen bei ihren Schwächen und Fehlern zuzuschauen. Die Art zum Beispiel, wie die dickliche Serviererin die Espressomaschine bediente, dauerte mich. Diese übertriebene Vorsicht, den Griff umständlich mit einem Lappen zu umwickeln; dies unsichere Zurechtrücken der Tasse unter dem Hahn; und wie weit sie den Kopf zurückbog, um ein Beschlagen der Brillengläser zu verhindern! Ich hätte jede Wette gehalten, all diese Handgriffe auf Anhieb wesentlich ökonomischer und eleganter ausführen zu können. Oder der arme Mann dort in seiner Ecke: Wie umständlich er die Zeitung aufblätterte, wie nah er sie vor sein Gesicht hielt; vermutlich war er halbblind ... oder Analphabet ...

Und so schwebte ich noch für ein paar Minuten gottähnlich

über den trüben Wassern, in denen die übrigen Menschenwürmer sich suhlten.

Für die Kellnerin schien ich inzwischen tatsächlich so gut wie unsichtbar zu sein. Sie übersah meine Winke und kam erst, als ich aufstand und mit Geld raschelte. Sie wechselte mir meinen letzten Fünfzigmarkschein zu einem recht eigenwilligen Kurs. Doch wenigstens hatte ich jetzt Kleingeld zum Telefonieren.

Es war genau 5 Minuten vor zwölf.

Wieder der verfluchte Anrufbeantworter, diese weiche, ironische Stimme, nicht gerade tuntig – aber auch nicht normal.

Wo war Gennaro? Und wo war Furttmann?

Ich sah sie förmlich, wie sie einträchtig auf einem Bärenfell neben dem Telefon lagerten und es läuten ließen. Wie sie sich über mich lustig machten. ›Laß den doch zappeln‹, sagte der Professor. ›Der hat es verdient. Außerdem wird er immer wieder anrufen. Ich kenne diesen Typ: Für Geld tut der alles.‹ Und Gennaro lächelte und streichelte dem Alten dankbar die Knie.

Eine absurde Vorstellung.

Ich hatte die beiden zwar nur ein einziges Mal gemeinsam erlebt, doch ich wußte: Professor Furttmann war ein außerordentlich freundlicher alter Herr. Gepflegt, gebildet, höflich – genau das, was ältere Damen in Heiratsanzeigen unter »kultiviert« verstehen. Nur daß er sich eben nicht für ältere Damen interessierte.

Er war mir trotzdem auf die Nerven gegangen. Seine Art, mit Gennaro umzugehen! Er ließ keine Gelegenheit aus, ihn anzufassen; tätschelte ihm die Hand, strich ihm übers Haar, legte ihm den Arm um die Schultern. Und umgekehrt war es ähnlich. All ihre Vertraulichkeiten hatten etwas Demonstratives für mich. Wie sie sich gegenseitig Zucker in den Kaffee gaben, sich aus den und in die Mäntel halfen; wie beide fast ausschließlich von Dingen sprachen, die sie gemeinsam erlebt hatten – kaum auszuhalten. Und, was das Penetranteste war:

Er nannte ihn nur »Naro«, manchmal sogar »Närrchen«. Und Gennaro ließ sich das gefallen, schien diesen Babytonfall auch noch zu genießen. Er behandelte ihn seinerseits fast unterwürfig. Und – das wunderte mich am meisten – er legte diesen übertriebenen Respekt nicht einmal ab, wenn ich mit ihm allein war. Dauernd hielt er mir die Meinungen seines Professors vor, berief sich auf sein Urteil, zitierte ihn als unanzweifelbare Autorität.

Ich hatte soviel Loyalität nie nachempfinden können. Zu heucheln, um jemanden desto gründlicher ausnehmen zu können, das leuchtete mir ein – aber wozu wahrte Gennaro diese Fassade auch in Abwesenheit des Professors? Fiel ihm seine Rolle so insgesamt leichter? Man hört das von Schauspielern, die auch zwischen ihren Auftritten ihr Bühnengebaren beibehalten ... Gennaro lieferte jedenfalls eine Glanzleistung – und soviel war mir klar: Bei dem Professor mußte sich das lohnen.

Die Wirkung des zweiten Cognacs war verheerend. Zittern – Schweißausbruch – Platzangst. Ich weiß kaum noch, wie ich aus dem ›Tell-Imbiß‹ herauskam.

Mir war elend und mir war schwindlig. Ich hatte deutliche Schwierigkeiten, meine Bewegungen zu koordinieren; genauer gesagt: Ich schwankte bedenklich. Ich konnte kaum gerade gehen, torkelte täppisch wie ein blinder Hund. Sobald ich die Augen zumachte, hatte ich wieder das Gefühl, im Zug zu fahren, und die Landschaftsbilder – fremd, farblos, voll versteckter Bedeutung – zogen hinter meiner Stirn vorbei – unkontrollierbar, nicht zu bremsen, wie im Traum.

Auch wenn sich meine Krankengeschichte überflüssig anhört – ich kann sie niemandem ersparen. Ich muß sie so genau mitteilen; nicht weil ich auf Mitleid spekuliere – darauf bin ich nicht angewiesen –, sondern weil diese Einzelheiten in gewisser Hinsicht nicht unbedeutend sind. Bereits in dieser frühen Phase bestimmten sie mein Tun und mein Lassen entscheidend mit.

Also: Mir ging es wirklich sehr schlecht. Ich hatte brausende Kopfschmerzen. Ich brauchte eine Tablette; dringend.

Da keine Apotheke zu sehen war, versuchte ich es im nächsten Kaufhaus. Ich fand, was ich suchte, in der zweiten Etage. Bestimmt kein allzu starkes Mittel; nicht nur, daß man es ohne Rezept bekam, es hatte auch einen viel zu langen und unverständlichen Namen. Davon verstehe ich etwas.

Gleich hinter der Kasse setzte ich meine Tasche ab und schüttelte mir zwei Tabletten aus dem Röhrchen in die Handfläche. Bevor ich sie schlucken konnte, kam ein Mann auf mich zu geschossen.

»Verzeihung, ist Ihnen nicht wohl, mein Herr?«

Ich hielt ihn für einen aufmerksamen Angestellten. Wofür sonst?

»Darf ich Ihnen ein Glas Wasser bringen lassen?«

»Nicht nötig«, sagte ich schwach.

»Oder wenn Sie sich zum Waschraum bemühen wollten«, er sah sich um. »Dort drüben, gleich neben dem Päckli-Service.«

Er ging voraus, und ich folgte ihm.

Schon der zweite hilfsbereite Schweizer heute. Sogar meine Tasche trug er mir. Er hielt mir auch die Tür auf, zeigte auf ein Waschbecken.

»Wenn Sie sich eine Sekunde gedulden – ich bringe Ihnen ein Glas.«

Er war schon erstaunlich hilfsbereit.

Ehe ich »Es geht schon« sagen konnte, war er draußen.

Ich schaute mich im Spiegel an. Sehr gut sah ich nicht aus: wie ein Asket im vierten Fastenmonat. Ich wusch mir die Hände. Ich wusch mir das Gesicht. Ich trocknete mich ab. Ich kämmte mir die Haare.

Dann sah ich immer noch nicht viel besser aus, fühlte mich noch genauso schlecht und beschloß endlich, die Tabletten eben so zu nehmen. Sie waren schon ganz weich und bitter. Ich spülte mit einer Handvoll Wasser nach.

Der höfliche Schweizer kam immer noch nicht.

Erst auf dem Weg vom Waschbecken zur Tür merkte ich, daß mir etwas fehlte: meine Reisetasche.

Ich begriff ziemlich schnell – ein Versehen war das nicht.

Ich rannte die Rolltreppen hinunter.

Meine Chance war gering. Er hatte genug Zeit gehabt zu verschwinden; mehr als genug. Bestimmt gab es auch mehr als einen Ausgang. Und abgesehen davon: Wenn ich an seiner Stelle gewesen wäre, ich hätte das Kaufhaus vorerst gar nicht verlassen – doch da sah ich ihn! Das heißt: Ich glaubte ihn zu sehen. Ein Mann mit einer Tasche; er scherte aus dem Fußgängerstrom aus und bog in die nächste Querstraße, Richtung Limmat.

Ich lief, so schnell ich konnte, zu dieser Ecke. Die Straße war übersichtlich: mausgraue, geschlossene Mietshausfassaden, breite Bürgersteige, parkende Autos, ein Taxistand, nur wenige Fußgänger. Er war nicht dabei, aber er konnte noch nicht weit sein.

Ich lief gebückt an den Wagen entlang, schaute hinein: Sie waren sämtlich leer. Dann sah ich zwei Schaufenster auf der anderen Straßenseite. Dies war der einzige Laden im ganzen Block.

In dem kleinen Verkaufsraum war es nur halbhell. Trotzdem sah man auf den ersten Blick, daß er leer war; jedenfalls menschenleer. Dafür war er voller Spitzen: Spitzenkragen, Spitzenmanschetten, Spitzenumhänge, Spitzendecken – überhaupt alles, was sich aus Spitzen machen oder mit Spitzen besetzen läßt.

Jetzt erst huschten mir kurz die »Entreißdiebe« durch den Kopf – dieser hier hatte nicht besonders jugendlich ausgesehen.

Eine alte Frau kam aus dem Nebenraum. Sie trat sehr dicht an mich heran. Sie roch muffig.

Was ich hier wollte?

Ob hier eben vielleicht ein Mann . . .

Ein Kunde? Nein. Ich sei der erste heut. Was ich wollte?

Mich nur mal umsehen.

Ihr Nicken wirkte resigniert. Wahrscheinlich deshalb kaufte ich ihr etwas ab. Ein vergilbtes Tüchlein, das wie ein toter Schmetterling auf die Rückwand eines der verglasten Schaukästen gespickt war.

Ich konnte es gerade noch bezahlen.

Ich bezahlte es.

Danach sah sie nicht weniger resigniert aus. Aber ich fühlte mich wie durch ein Wunder bedeutend besser – obwohl ich garantiert mehr Grund zur Resignation hatte als sie.

3

Vielleicht war dies der Moment, in dem die ganze Sache noch einmal auf der Kippe stand. Im nachhinein kann das jeder sagen, ich auch.

Es gab jetzt zwei Möglichkeiten für mich; und ich schwankte bedenklich. Noch als ich in das Taxi stieg, war ich unentschieden.

Zum Bahnhof – das war die eine Möglichkeit: zurückfahren, abwarten. Ich entschloß mich für die zweite.

»Zum Museum für Kunstgewerbe.«

Ich konnte doch nicht wissen, worauf ich mich damit einließ.

Daß man mir auch noch meine Tasche gestohlen hatte, mußte wohl eine Art Trotzreaktion in mir ausgelöst haben. Das war gerade nicht der Tropfen, der das Faß meiner Verzweiflung zum Überlaufen brachte. Eher fühlte ich mich danach wie ein heißer Stein, der diesen Tropfen scheinbar mühelos verdampfte. Man kennt dies dumme Gefühl: dann eben gerade!

Das Museum für Kunstgewerbe war ein sogenannter Zweckbau – vor allem wohl zu dem Zweck gebaut, Besucher abzuschrecken.

Der Eingang war dunkel verglast. Der Mann hinter der Kasse trug eine dunkle Brille. Für ihn mußte draußen ewig Nacht sein.

Er wollte mich sofort abweisen. »Wir schließen in einer Viertelstunde.«

»Ich möchte den Direktor sprechen.« Das klang irgendwie, als ob ich mich beschweren wollte. Er schaute finster. Ich übertrieb: »Professor Furttmann ist ein guter Bekannter von mir.«

»Der Herr Professor hat Urlaub.«

»Mein Gott!« Ich nehme an, daß ich blaß wurde. »Wo kann ich ihn erreichen? Es ist wichtig!«

Daß ich ihm so intime Kenntnisse zutraute, schien ihm zu gefallen. »Soviel ich weiß, pflegt der Herr Professor seine Ferien in Italien zu verbringen – aber . . .«

»Ja?«

»Da heute offiziell sein Urlaub erst beginnt, wäre es durchaus denkbar, daß er noch im Lande ist.«

»Hier? Im Hause?«

»In Zürich.« Er sah mich prüfend an. »Ich weiß allerdings nicht, ob ich befugt bin, Ihnen seine Privatnummer . . .«

Ich hatte genug von seiner gravitätischen Redeweise. »Hab' ich. Aber da ist er nicht zu erreichen.«

Er hatte seine Brille hochgeschoben und sah an mir vorbei zur Tür. Unwillkürlich drehte ich mich um. Trotz des dunklen Glases erkannte ich den Professor, noch bevor er ganz drinnen war.

Dann hatte er mich auch erkannt.

»Was machen *Sie* hier?!« Seine Stimme klang weder freudig noch überrascht. Sie klang nur wütend.

»Ich suche« – da der Pförtner zuhörte, sprach ich leiser – »Gennaro.«

Er schüttelte heftig den Kopf, machte ein paar unwirsche Handbewegungen, ungefähr wie ein Dirigent, der sein Orchester zur Ordnung rufen will, und sagte dann schroff, ich solle mitkommen in sein Büro.

»Sind noch Besucher da?« Der Pförtner verneinte. »Dann können Sie Mittagspause machen. Es ist ohnehin gleich eins.«

Sein Büro lag im obersten Stock. Auf den Treppen hatte ich Mühe gehabt, Anschluß zu halten. Die Jalousien waren heruntergelassen, es war entsprechend düster, streifiges Licht. Er kümmerte sich nicht um mich. Er bot mir nicht einmal einen Stuhl an. Ich setzte mich trotzdem.

Er hatte sofort im Vorzimmer nachgefragt, ob irgendwelche Nachrichten für ihn hinterlegt worden seien. Bei den

Briefen schaute er nur auf die Absender. Dann überflog er die Liste der Anrufer.

»Nichts«, sagte er; und immer noch wie zu sich selbst: »Wo ist er? Wo ist Gennaro?«

Ich räusperte mich. »Fragen Sie *mich* das?«

»Sie müßten es doch wissen. Schließlich waren wir bei Ihnen verabredet.«

»Bei mir? In Frankfurt?!« Ich verstand die Zusammenhänge überhaupt nicht. »Wann?«

»Heute vormittag. Gennaro hat mich gestern angerufen.« Er sah kurz auf seine Armbanduhr. »Um Punkt zehn war ich vor Ihrer Wohnung. Ich habe dort eine halbe Stunde gewartet. Wo waren Sie?«

»Um die Zeit? Im Zug nach Zürich.«

»Wieso?« Er verstand die Zusammenhänge offenbar auch nicht.

»Um Gennaro zu treffen – aber ...«

»Aber ...« Wir sagten das genau gleichzeitig. Er lächelte – zum ersten Mal heute. Sonst tat er das fast ständig. Ich erinnerte mich noch sehr gut an die fleischigen Hamstertäschchen, die dann unter seinen Mundwinkeln hingen. »Entschuldigen Sie«, sagte er, »aber das klingt alles recht verwirrend. Noch mal von vorn, schlage ich vor ...« Er wartete. »Soll ich anfangen?«

Das war mir lieber.

Er war also seit Freitag in Köln gewesen; Kunstmarkt. Dort hatte ihn Gennaro im Hotel angerufen. Sie hatten vorgehabt, heute zusammen in Urlaub zu fahren. »Aus irgendwelchen Gründen mußte er zuvor Sie noch sprechen.« Er sah mich fragend an.

Ich sagte nichts.

»Sie waren jedoch telefonisch nicht zu erreichen gewesen. Deshalb wollte er nun nach Frankfurt kommen, mir quasi entgegen. Von da wollten wir gleich nach Italien weiter ... Aber er war nicht da. Weder bei Ihnen, noch am Flughafen – verstehen Sie das?«

Ich schüttelte den Kopf.

»Er sagte, Sie hätten noch etwas von ihm zu bekommen.«

Ich nickte.

Ich dachte angestrengt nach. Noch hatte ich nicht den geringsten Verdacht, was Gennaro und mein Geld betraf.

Er fragte: »Gennaro hatte doch einen Schlüssel zu Ihrer Wohnung?«

Die Frage überraschte mich. »Wieso?«

»Er sagte, er werde dort auf mich warten. Mir fiel das erst heute morgen auf: Wenn Sie gar nicht daheim waren, und das Risiko ging er doch ein ...«

Ich unterbrach seinen sinnlosen Gedankengang. »Er hatte einen Schlüssel.« Ich mußte unbedingt wissen, ob Gennaro nur den Professor abhängen wollte. Ich sagte: »Was ich nicht verstehe: Er hat mir tatsächlich eine Nachricht hinterlassen, aber er hat nichts davon gesagt, daß er nach Frankfurt kommen wollte.«

»Was war das für eine Nachricht? Darf ich mal sehen?«

»Er hat auf den Anrufbeantworter gesprochen. Das Band ist leider weg.«

Jetzt mußte ich natürlich erzählen, wie mir meine Tasche gestohlen worden war. Sein Bedauern war kühl; er schien das nicht besonders schlimm zu finden. Er wollte nur wissen, was genau Gennaro gesagt hatte. Das brachte mich in Verlegenheit. »Er sprach von gewissen Schwierigkeiten. Es hörte sich jedenfalls so an, als könne er aus Zürich nicht weg. Deshalb bin ich ja gleich hergekommen.«

»Ursprünglich hatte er hier auf mich warten wollen.« Er zupfte an seiner fleischigen Unterlippe. »Aber er muß doch noch mehr gesagt haben. Was waren das für Schwierigkeiten?«

Die Frage hatte ich befürchtet. »Das hat er nicht genau erklärt. Es war ja nur eine ganz kurze Nachricht – 30 Sekunden auf dem Tonband.«

Er hatte sich vorgebeugt. Ein schmaler Lichtbalken fiel jetzt genau über seine Augen. Sie waren groß und rund. Seine

Pupillen waren winzige dunkle Punkte, die auf der farblos hellen, qualligen Iris zu schwimmen schienen. »Hing es vielleicht irgendwie mit dem zusammen, was Sie noch von ihm zu bekommen hatten? Was war das überhaupt?«

»Ach, Geld.« Ich sagte das in einem Ton, als käme es darauf nun wirklich am wenigsten an.

»Verzeihen Sie meine indiskreten Fragen, aber ich muß doch wissen, was mit Naro geschehen ist. Bitte, verstehen Sie mich!«

Er starrte mich immer noch an. Hinter ihm an der Wand hing ein großes, nachgedunkeltes Ölbild. Jetzt erst erkannte ich, daß es ein Porträt von ihm sein sollte. Er war darauf mindestens 30 Jahre jünger. Der altmodische Anzug, grob gespachtelt, sah eher aus wie ein feuchter Schuppenpanzer.

»Ich kann mir einfach keinen Reim darauf machen«, sagte er dann. »Irgend etwas beunruhigt mich – obwohl es ganz bestimmt eine vollkommen harmlose Erklärung gibt ... Auf irgendeine entsetzlich dumme Weise müssen wir drei uns wohl verpaßt haben.« Er ging noch einmal die Briefe und die Anrufliste durch. »Wann sind Sie übrigens heute von zu Hause fort?«

»Ach, ziemlich früh: noch vor sechs. Ich war die Nacht über nicht daheim gewesen.« Für einen magischen Moment hatte ich den Duft von Monas Parfüm wieder in der Nase. »Lavendel«, hatte sie gesagt.

Er schaute auf. »Und da haben Sie um die Zeit noch Ihre Anrufe abgehört?« Er sprach immer etwas nasal, doch sobald er erregt war, schnaubte er hörbar. Jetzt schnaubte er. »Verstehen Sie mich nicht falsch. Ich meine nur: Erwarteten Sie etwas so Wichtiges?«

»Nein, ich weiß auch nicht, warum.« Ich wußte es wirklich nicht. »Ich war das ganze Wochenende unterwegs gewesen. Aber einen besonderen Grund gab es eigentlich nicht; nur so.«

Er war sichtlich nicht zufrieden mit dieser Antwort. Er fragte noch einmal nach: »Wenn Gennaro zuvor schon irgendwelche Andeutungen hinsichtlich dieser Schwierigkeiten gemacht hätte, würden Sie es mir doch sagen?« Ich nickte. »Ich meine, ich könnte Ihnen sicher behilflich sein ...« Er seufzte. »Und das war der einzige Anruf von Gennaro?«

Ich nickte wieder. Doch ich war mir plötzlich gar nicht mehr so sicher. Ich hatte das Band nicht weiter abgehört – jetzt war es zu spät.

Er stieß den Packen Briefe mit den Kanten so auf, daß sie wieder ordentlich aufeinander paßten. Dann legte er sie behutsam ab; genau parallel zur Schreibtischkante.

Obwohl ich ihm von meinen vergeblichen Anrufen erzählte, hatte es der Professor eilig, nach Hause zu kommen. Er schien ziemlich sicher, dort Gennaro oder wenigstens eine Nachricht von ihm vorzufinden.

Ich war längst nicht mehr so zuversichtlich. Allmählich verstärkte sich mein Verdacht, daß alles, was der Professor einen dummen Zufall nannte, planvoll herbeigeführt worden war. Zu welchem Endzweck – das war mir allerdings noch nicht klar.

Im Taxi machte sich der Professor weitere Sorgen um Gennaro. »Warum ist er nicht zu unserem Rendezvous bei Ihnen erschienen? Ob er überhaupt in Frankfurt gewesen ist? Ruft mich gestern extra in Köln an, mitten in der Nacht ... ich kann das nicht begreifen: Sonst war er doch immer so zuverlässig.«

Dem konnte ich widersprechen, und ich tat es nicht ungern. »Unsere letzte Verabredung hat er auch verschwitzt.«

»Ach, wann war denn das?« Er war sogleich hochinteressiert.

»Als er das letzte Mal in Frankfurt war.« Ich ließ das Datum offen. »Wir wollten uns in einer Galerie treffen, bei so einer Vernissage.«

»Und Gennaro ist nicht gekommen? Ohne Absage?«

»Das sagte ich doch: nein.«

Daß ich selbst früher gegangen war, sagte ich ihm nicht. An diesem Abend hatte ich Mona kennengelernt; das heißt, von Ferne bewunderte ich sie schon länger.

Sie kam stets allein zu solchen Veranstaltungen, aber sie blieb es nie lange. Meist war sie sehr bald Mittelpunkt gewisser Kreise, die nur eines gemeinsam hatten: daß es darin besonders laut und fröhlich zuging. Früher hatte ich diese Lärmquellen verachtet, mittlerweile beneidete ich alle, die dazugehörten, und trieb mich an ihrer Peripherie scheinbar absichtslos herum.

Und so waren wir denn auch in Kontakt gekommen: Mona war mir einfach auf den Fuß getreten. Später erzählte sie mir, daß dies genau ihre Absicht gewesen war; daß ich so dicht hinter ihr gestanden hatte, war ja auch kein Zufall. Gab es überhaupt Zufälle?

»Wann haben Sie denn Gennaro überhaupt zum letzten Mal getroffen?«

Sein Ton war überraschend scharf. Sollte das ein Verhör werden? Er riß mich aus meinen Erinnerungen; ich mußte nachdenken. »Das war vor drei, vier Wochen – ich glaube, Ende März, vor Ostern jedenfalls.«

»Vor Ostern?!« Er lachte plötzlich. »Dann kennen Sie ja seine neue Frisur noch gar nicht!«

»Wie!?« Ich war tatsächlich überrascht. »Hat er sich etwa die Haare abschneiden lassen?« Er nickte. »Wissen Sie, wir hatten uns nämlich früher mal geschworen, nie wieder zum Friseur zu gehen.«

»Er war auch bei keinem Friseur – *ich* habe ihm die Haare geschnitten.« Er betonte das, als sei er mächtig stolz darauf. Wie oft hatten Gennaro und ich uns das gegenseitig besorgt, als wir noch beide in Frankfurt wohnten. Ich sagte dem Professor nichts davon.

Er fing an zu schwärmen. »Jetzt sieht er beinahe so aus wie einer dieser präraffaelitischen Jünglinge bei Millais.«

»Ah so?« Darunter konnte ich mir wenig vorstellen. Hoffentlich war es kein Bürstenschnitt.

»Sie kennen Bilder von Millais?«

»Ja, ja«, ich mußte nachdenken, »das ›Angelusläuten‹ und so.«

»Millais – nicht Millet.« Er seufzte bloß. Er ritt auch nicht weiter auf dieser Verwechslung herum, doch das machte sie nicht weniger peinlich.

»Und ...«, er nickte dem Rücken des Taxifahrers zu und dämpfte seine Stimme, »... was sind das nun für Sachen, die Sie mit Gennaro zusammen gemacht haben?«

Es half nichts. Ich mußte überlegen, wie es sich am unverfänglichsten ausdrücken ließ. »Ich habe ein paar Artikel über Haiti geschrieben. Er konnte dazu natürlich eine Menge Material beisteuern. Vor allem hatte er die Kontakte zu den offiziellen Stellen. Das ist immer sehr nützlich.«

»Ach!?« Er hatte die seltene Gabe, eine Augenbraue für sich allein hochzuziehen; die rechte. »Ich meinte immer, Gennaro schätze sein Heimatland nicht sonderlich; zumindest das Regime nicht. Eine Abneigung, die ich nach seinen Erzählungen nur teilen konnte.«

Ich nickte eifrig.

Er fragte: »Was waren denn das für Texte? Kritische? Polemische?«

»Nicht direkt – eher: satirische.«

Das war eine Umschreibung, die irgendwie ja sogar stimmte. Sie schien auch ihn vorerst zu befriedigen.

4

Der Professor wohnte außerhalb der Stadt, hoch über dem rechten Seeufer. Ein fantastisches altes Haus. Obwohl nur einstöckig, überragte es noch die alten Ulmen, die an der Auffahrt Spalier standen. Der Unterbau war einheitlich grau, aus porös verwitterten Riesenquadern; das Obergeschoß aus zierlicheren Steinen, hell an dunkel zu verschiedenen Mustern gefügt.

Der Briefkasten war leer.

Der Professor lief voraus in die angebaute Garage und probierte es mit der Autohupe: lang – kurz – lang.

Im Hause rührte sich nichts. Die mittlere Eingangstür – mit ihren drei geschwungenen Aufgangsstufen schon fast ein Portal – blieb geschlossen. Niemand zeigte sich am Fenster. Es waren hohe Fenster, von schmalen Längs- und Querstreben fein unterteilt, dunkel verhangen die meisten. Auch deshalb sah das Haus so abweisend aus, wie verwunschen. Ich konnte nicht aufhören, es anzustarren.

Der Kies knirschte unter den Schuhen des Professors. Er blieb neben mir stehen, sagte zunächst nichts. Erst jetzt fiel mir auf, wie klein er war. Er reichte mir kaum bis zur Schulter. Und Gennaro war noch etwas größer als ich.

Ich fragte ihn nach den dunklen Fenstern.

Beiläufig erklärte er mir, daß er nur den einen Flügel zur Verfügung habe. In den übrigen Räumen seien Museumsbestände untergebracht. »Eine Art Fundus – Rumpelkammer, wie ich sie nenne.«

»Ist das nicht etwas beengt?«

Er brauchte keine Sekunde, um den Scherz zu begreifen. »Wissen Sie, wenn es gar zu ungemütlich wird, bleibt mir ja noch der Balkon.«

Der allein war groß genug, um darauf Tischtennis zu spielen, oder Billard, weil das hier angemessener war.

Er lächelte. »Ihnen gefällt meine Dienstwohnung, hmm.« Jetzt, da er wußte, daß Gennaro nicht hier war, hatte er es offenbar nicht mehr so eilig. »Ein Herr Bodmer hat sich das gebaut; 1893.« Er wies nach Fremdenführerart auf die Jahreszahl an einem der Erker. »Ein richtiger Wucherer, vermutlich – aber er hatte Geschmack, finden Sie nicht?«

»Kein schlechter Platz, um zu warten«, sagte ich. Mir lag daran, nicht zuviel Eindruck zu zeigen.

Durch die Bäume sah man den See. Er schimmerte nicht.

Noch während wir um das Haus herumgingen, versuchte der Professor, eine Theorie aufzustellen, die Gennaros undurchsichtige Termingestaltung halbwegs erklärte. Aber ihm wollte nichts Plausibles einfallen; mir übrigens auch nicht.

Er war trotzdem noch weit davon entfernt, Gennaro zu mißtrauen. »Er ist ja nicht leichtfertig, das wissen Sie auch«, sagte er, während er mit einem reichbestückten Schlüsselbund hantierte. »Er ist auch nicht unzuverlässig – spontan vielleicht, etwas sprunghaft in seinen Entschlüssen. Doch ich bin sicher: Er hat gute Gründe.«

Einen davon kannte ich; zumindest im Ansatz. Aber verraten durfte ich ihm den nicht. Obwohl es mir Spaß gemacht hätte, seinen Schock mitzuerleben. Er schien tatsächlich keine Ahnung zu haben, was sein Gennaro nebenbei für Geschäfte machte.

Wir kamen durch die Garage ins Haus. Er mußte dort zunächst noch die Alarmanlage außer Betrieb setzen. Es dauerte ziemlich lange, ehe er die riesigen Schlüssel gefunden hatte.

Als wir endlich drinnen waren, fing das Telefon zu läuten an; vielleicht läutete es auch schon länger. Der Professor lief mir voraus durch die Halle.

Wenn er sich so schnell bewegte, wirkte sein kurzer Schritt noch possierlicher: eine ungewöhnliche Art zu trippeln, denn er setzte sehr betont die Hacken zuerst auf, drehte die Fußspitzen weit auswärts und drückte das Knie bei jedem Schritt ganz durch. Den Oberkörper legte er zurück, die Arme eng daran gepreßt, die Hände von den Hüften weggespreizt. Er hatte entschieden etwas von einem Pinguin.

Das Telefon war in einem kleinen Nebenraum; einer Art Garderobe.

Der Professor meldete sich nicht mit Namen. Seinem »Hallo?« folgte eine längere Pause. Er blickte auf und sah mich an, als hätte ich auf den Perser gespuckt. Dann sagte er: »Ja, der ist hier.« Er streckte mir den Hörer entgegen. »Für Sie – eine junge Dame will Sie sprechen.«

Unklar war nur, was er mehr mißbilligte: die Tatsache, daß der Anruf für mich war, oder daß er von einer jungen Dame kam.

Es war Mona.

Und das verwirrte mich; vielleicht hätte ich sonst die richtigen Fragen gestellt.

»Ich bin gerade in deiner Wohnung«, sagte sie; mir fiel ein, daß ich ihr einen Schlüssel überlassen hatte, nach der vergangenen Nacht. »Ich bekam Sehnsucht nach dir.«

»Nach mir?« Die Frage war schon sehr dumm. Aber was mich zusätzlich irritierte, war der Professor, der dicht neben mir stand und mich unentwegt anstarrte.

Mona lachte. »Was ist los mit dir? Hast du vergessen ...«

»Aber nein – ich kann jetzt nur nicht darüber sprechen.« Ich drehte mich zur Wand, um dem Blick des Professors zu entgehen; doch das nutzte wenig, denn dort hing ein dreiteiliger Spiegel, in dem ich ihm wieder begegnete. Er wippte die ganze Zeit von den Hacken auf die Zehenspitzen und zurück.

»Weshalb ich dich eigentlich anrufe«, sagte Mona ganz undramatisch, »hier liegt eine Nachricht für dich, von deinem Freund Gennaro.«

»Von Gennaro?« Der Name rutschte mir einfach heraus.

Der Professor machte eine heftige Bewegung, als wollte

er mir den Hörer aus der Hand reißen. Dann lief er aus dem Zimmer.

»Ja, dein Freund scheint in Schwierigkeiten zu stecken. Ich dachte, es sei vielleicht wichtig ...«

»Natürlich – was will er?«

»Geld!«

»Wie bitte?« Ich sah meinen Mund im Spiegel dreifach offenstehen.

»Geld. Er schreibt, er hätte hier nicht länger warten können auf dich. Ihr müßtet unbedingt mehr Geld auftreiben.«

Jetzt war ich vollkommen durcheinander. »Mehr Geld? Wozu denn?«

»Ich weiß nicht ... Weißt du es nicht?«

Ich konnte mir ungefähr den Grund vorstellen, aber ich sagte: »Nein, keine Ahnung.«

»Ich dachte schon, es hängt vielleicht mit eurem – na, mit eurem kleinen PR-Schwindel zusammen?«

»Ja, schon möglich.« Ein Klicken in der Leitung hatte mich gewarnt: Der Professor konnte wahrscheinlich von einem anderen Apparat mithören. Trotzdem mußte ich unbedingt wissen, was Gennaro mit meinem Geld machte. »Mona, bitte, lies mir vor, was schreibt er genau?« Es dauerte ein Weilchen. »Kannst du seine Schrift nicht entziffern?«

»Doch, doch ... Also: Mußte meine Pläne ändern. Konnte nicht länger warten. Tut mir leid. Sie wollen noch mehr Geld, das Ganze. Du mußt mir helfen. Unterschrift: Gennaro.«

»Ist das alles?«

»Ja. Hast du das Geld?«

»Welches Geld? Nein! Ich verstehe das nicht.« Ich verstand es wirklich nicht. »Schreibt er denn nichts weiter?«

»Aber nein – es ist auch nur ein kleiner Zettel.«

»Kein Brief?«

»Ein einfacher Zettel, von einem Block abgerissen ... Auf der Rückseite stehen nur irgendwelche Zahlen ...«

»250 000!?« Die Summe schoß mir in den Kopf.

»Deine Viertelmillion!« Mona lachte. »Hast du sie also doch?«

»Nein!« ich schrie fast.

»Wie kommst du denn darauf?« Sie wartete keine Antwort ab. »Nein, ich glaube, es sind Stunden und Minuten ... Flugzeiten vielleicht – der Block stammt nämlich von der Alitalia ... Sagt dir das etwas?«

Wieder das Klicken in der Leitung.

»Nein.« Ich überlegte angestrengt, aber mir fiel der mögliche Zusammenhang nicht auf. »Wo hast du den Zettel gefunden?«

»Er lag auf dem Fußboden, wohl unter der Tür durchgeschoben.«

»Aber – Gennaro hatte doch auch einen Wohnungsschlüssel!«

»Ach?« Ihre Stimme klang mäßig erstaunt. Ich hörte hinter mir eine Tür klappen. »Was bedeutet das alles?«

Ehe ich antworten konnte, war der Professor wieder neben mir. »Lassen Sie mich mit ihr sprechen, bitte! Ich habe Ihr Gespräch mitangehört, verzeihen Sie, aber es geht doch um Naro!« Seine Stimme zitterte.

»Mona – Professor Furttmann möchte mit dir sprechen.«

Ich reichte ihm den Hörer.

»Bitte, Fräulein, dieser Zettel«, legte er sofort los, »ich meine: die Rückseite – was steht genau darauf? – Könnte es nicht Pisa heißen? Ja!?« Er schnaubte und sah mit einem Mal ganz erleichtert aus. »Das habe ich mir gedacht. Ja, weil ich nämlich ein Haus dort unten habe. Ja, ganz in der Nähe. Nein, das verstehe ich auch nicht, aber ich werde das schon wieder in Ordnung bringen. Natürlich. Und vielen Dank einstweilen. Ich glaube, Sie ahnen gar nicht, wie sehr Sie mir geholfen haben. Ja, gewiß.«

Als er mir den Hörer zurückgab, strahlte er förmlich.

Ich hatte zwar mitgehört, aber nicht mitgedacht. Es gab zu viele Fragen: Hatte Gennaro das Geld noch? Mußte er es zurückgeben? Warum brauchte er dann aber noch mehr? Wurde er erpreßt? Wenn ja – von wem?

»Mona, bist du noch da?«

»O ja.«

Der Professor hatte zwei Mäntel von den Bügeln genommen und war damit hinausgegangen.

»Ich konnte eben nicht richtig reden – er hat mitgehört, weißt du . . .«

»Ja, ich weiß.«

»Das ist bestimmt alles sehr verwirrend für dich.«

»Ja, das ist es allerdings.« Ihre dunkle, schöne Stimme klang so ruhig wie immer. »Und können wir jetzt reden? Ungestört und unbelauscht, meine ich?«

Ich sah mich um. »Im Moment schon – ich hoffe es jedenfalls. Was wollte er eigentlich von dir?«

»Ach« – sie zögerte etwas – »er scheint sich ja große Sorgen zu machen um deinen Freund Gennaro. Ist er irgendwie verwandt mit ihm?«

»Ach wo«, kicherte ich nervös, »verschwägert auch nicht, und heiraten darf er ihn ja nicht.«

Sie schien das nicht besonders komisch zu finden; vielleicht verstand sie die Anspielung auch gar nicht.

»Glaubst du, er wird ihm helfen?«

»Soweit möglich – bestimmt.«

»Und wirst du mitfahren?«

Ich war nicht mitgekommen. »Wohin?«

»Nach Italien, in sein Haus da.«

Jetzt erst begriff ich. »Du meinst, Gennaro ist dort?«

»Er meinte es jedenfalls.«

»Ich weiß nicht . . .« Ich weiß wirklich nicht, ob ich gefahren wäre, wenn sie irgendwie versucht hätte, mich zurückzuhalten.

Doch sie sagte: »Du kannst ihn jetzt ja wohl nicht gut im Stich lassen, deinen Freund.«

Und mein Geld auch nicht, dachte ich. Ich sagte: »Nein,

natürlich nicht. Ich muß fahren, das verstehst du doch. Wirst du auf mich warten?«

Sie lachte leise. Ich kam mir sofort lächerlich vor.

Dann sagte sie: »Wir werden uns wiedersehen.«

Ich war ziemlich durcheinander.

Das Gefühl, etwas Wichtiges vergessen zu haben, blieb im Hintergrund. Die neue Möglichkeit, die sich ergeben hatte, war zu reizvoll: Ich konnte den Professor dazu bringen, unseren Verlust auszugleichen. Denn daß Gennaro unser Geld so oder so losgeworden war, daran zweifelte ich schon kaum mehr. Ich mußte den Professor dazu bringen, es zu ersetzen. Er hatte genug Geld; ihm würde es wenig ausmachen. Für mich bedeutete dies Geld so viel mehr. Monas Worte hatte ich noch im Ohr: Wir werden uns wiedersehen. Ja, wir würden uns wiedersehen – aber nicht ohne das Geld, das wußte ich. Ich gebe zu: Skrupel hatte ich keine. Ich wollte doch nur, was mir zustand. Wie ich das bekommen sollte, war mir allerdings noch schleierhaft. Zunächst mal mußte ich mit nach Italien – soviel stand für mich fest.

Ich fand den Professor oben in seinem Schlafzimmer.

Anscheinend war er schon beim Packen. Ein geöffneter Koffer stand auf seinem Bett. Neben einem Stapel Unterwäsche sah ich eine Pistole liegen; eine kleine, kurzläufige Waffe mit perlmuttschimmerndem Griff.

Der Professor kam hinter einem wunderbaren chinesischen Wandschirm zum Vorschein. Er hatte meinen Blick bemerkt.

»Leider muß ich so ein dummes Ding im Haus haben. Ich kann zwar nicht damit umgehen«, er verstaute die Waffe mit der Wäsche zusammen im Koffer, »aber es ist halt Vorschrift; wie die Alarmanlage.«

Sein Hemd stand offen; weiße Härchen wuchsen auf seiner Brust, fein wie Spinnweben.

Ich hatte mir vorgenommen, gleich zur Sache zu kommen: »Was ich Sie fragen wollte . . .«

Doch er ließ mich nicht. »Ich habe auch verschiedene Fragen an Sie«, unterbrach er mich; für seine Verhältnisse geradezu unhöflich. »Ich glaube nämlich, Sie haben mir noch nicht ganz die Wahrheit gesagt, was Ihre Zusammenarbeit mit Gennaro angeht.«

Das mußte ja wohl kommen. Ich war trotzdem nicht darauf vorbereitet; versuchte, Zeit zu gewinnen. »Sie haben recht – zumindest nicht die ganze Wahrheit ... Aber da Gennaro Ihnen auch nichts davon erzählt hat, wollte ich Sie vorhin nicht unnötig damit belasten.« Er schnaubte. »Wissen Sie, es ist vielleicht nicht ganz astrein, was wir da gemacht haben.«

»Wenn ich kann, werde ich Gennaro helfen – Ihnen natürlich auch.«

Daß er Gennaro helfen wollte, glaubte ich ihm. »Sie haben's ja gehört: Er braucht Geld.«

»Aber wozu, um Gottes willen?«

Das einfachste war, die Wahrheit zu sagen.

»Ich habe Ihnen ja schon ungefähr erklärt, was wir gemacht haben ...«

»Diese Haiti-Artikel!? Sehen Sie, das kam mir doch gleich sehr unwahrscheinlich vor!«

»Aber soweit stimmt ja alles. Wir haben sie geschrieben, und wir haben Geld dafür kassiert; bis jetzt gut 250 000 Mark.« Ich ließ bewußt eine kleine Pause. »Nur, daß diese Artikel nie erschienen sind.«

Er spitzte erstaunt die Lippen: enorm, wie klein sein Mund sich zusammenziehen konnte. Man hätte kein Pfennigstück mehr durch die Öffnung bekommen.

»Wissen Sie, es erschien uns viel zu aufwendig und anstrengend, diese Lobhudeleien wirklich zu verbreiten.« Es war jetzt alles eine Frage der Formulierung. »Zumal Gennaro der Meinung war, man könne guten Gewissens sowieso niemandem empfehlen, nach Haiti zu gehen. Weder als Tourist, noch um sein Geld da zu investieren – dann schon gar nicht, meint Gennaro. Und ich bin der gleichen Auffassung.«

»Ihre moralischen Bedenken in Ehren, aber« – er war keineswegs so dumm, wie er im Moment noch aussah – »aber diese Leute – Ihre Auftraggeber, meine ich –, die wollten doch sicher etwas sehen für ihr Geld: Belege!?«

»Die haben sie ja auch gekriegt.« Ich tat ganz lässig. »Wir haben sie selbst drucken lassen, zwanzig Exemplare jeweils.«

Er schnaubte wieder. »Wollen Sie damit sagen, Sie haben ganze Zeitungen gefälscht?«

»Ach wo – nur unsere Haiti-Beilagen natürlich. Eine Seite, manchmal mehrere. Die haben wir dann der jeweiligen Zeitung einfach beigelegt. Wir brauchten sie nur äußerlich anzupassen: Papier, Format, Schrifttype, Layout, Kopf, Datum und so weiter. Verstehen Sie?«

Er verstand offensichtlich. Nur war er keineswegs entrüstet. Er lächelte wie ein stolzer Vater, dem sein Sprößling ganz überraschend ein Zeugnis mit lauter ›sehr gut‹ heimbringt.

»War das Naros Idee?«

»Er hatte den Draht zu seinem Informationsministerium. Den Rest habe ich erledigt.« Jetzt fühlte ich selbst wieder einen gewissen Stolz.

»Mein Gott!« Es klang wie ›Alle Achtung!‹. »Aber wie ist man Ihnen dann überhaupt auf die Schliche gekommen?«

Ja, wie?

»Wenn ich das wüßte ... Uns war natürlich klar, daß die Sache nicht ewig gutgehen konnte – aber ...« Ich sah mich im Zimmer um, als sei da vielleicht ein Hinweis zu finden. Aber was mir auffiel, waren nur die gerahmten Farbfotos, die überall herumstanden. Gennaro war auf jedem davon. »Irgendein blöder Zufall – ich weiß es wirklich nicht. Wir waren immer bescheiden. Die großen internationalen Zeitschriften haben wir nie benutzt, nur Regionalblätter; obwohl es sich gelohnt hätte: Wir wurden nach Auflage bezahlt.«

»Und Sie haben mit niemandem darüber gesprochen?«

»Aber nein! Von mir können die es nicht haben.« Das war meine ehrliche Überzeugung. »Und ich kann mir auch nicht vorstellen, daß Gennaro ...« Ich wollte ihn nicht verdächtigen. »Wir haben sogar immer nur zehn Belegexemplare nach Haiti hinüber geschickt«, sagte ich. »So blieben uns immer noch zehn in Reserve. Aber niemand hat je etwas kontrolliert – jedenfalls weiß ich nichts davon.«

Er hatte sein Hemd zugeknöpft und war an einen Schrank getreten. »250 000 sagten Sie? Das klingt nicht billig.«

»Immer noch billiger als bezahlte Anzeigen.« Er nickte. Ich konnte ihm nicht über die Schulter schauen – aber den Geräuschen nach mußte da ein Safe im Schrank sein. »Außerdem hatten sie uns gerade einen Vorschuß gegeben; einen ziemlich großen sogar. Gennaro hat ihnen weisgemacht, nur so kämen wir in die wirklich großen Blätter – sie waren ganz wild darauf!«

»Vorschuß für Bestechungsgelder, sehe ich das richtig?«

»Ja, das schienen die ganz normal zu finden.«

Ein Blick von ihm warnte mich: Ich durfte nicht zu vertraulich werden. Er hatte die Schranktür wieder verschlossen. Als er sich zu mir umdrehte, hielt er ein kleines, in dunkelblaues Leder gebundenes Heft in der Hand – offensichtlich sein Bankbuch.

»Und nun wollen die Herren auf Haiti ihr Geld zurück«, sagte er ernst.

»Das ist eben die Frage: Wenn's weiter nichts ist – warum gibt ihnen Gennaro das Geld dann nicht?« Eine Möglichkeit fiel mir jetzt ein. »Es sei denn, er hat es anderweitig verbraucht – mit irgend etwas durchgebracht.« Der Professor schüttelte so heftig den Kopf, daß ihm ein paar Härchen unordentlich über die Ohren rutschten. »Wir hatten hier ein gemeinsames Konto – es ist also durchaus denkbar.«

»Aber davon hätte ich doch wissen müssen!«

»Sie wußten doch von dieser ganzen Sache auch nichts, oder?«

Er faßte sich an die Stirn und drehte sich zum Bett um. Das Foto auf seinem Nachtschrank zeigte Gennaro und ihn

Arm in Arm vor einem sonnigen Landhaus, das von schmalen Zypressen überragt wurde. Er griff danach.

»Das Geld ist jedenfalls weg«, sagte ich düster. »Ich war heute morgen selbst auf der Bank.«

»Ich begreife das nicht.« Er starrte das Foto an. »Wenn er Geldsorgen hatte, warum hat er mir dann nichts davon gesagt? Er hätte es doch nur zu sagen brauchen ...« Er steckte das Foto und das Bankbuch in ein Seitenfach des Koffers. Beide behandelte er behutsam, als seien es Reliquien. Dann sagte er: »Aber er wollte ja nie etwas annehmen. Er ist sehr stolz.«

Jetzt hatte ich ihn gleich soweit. »Werden Sie ihm helfen?«

»Aber natürlich! Natürlich werde ich ihm helfen!«

Ich machte ein ernstes Gesicht. »Ich fürchte, für Gennaro könnte die Sache sonst sehr unangenehm werden.«

Er saß jetzt auf dem Bett wie ein Häufchen Elend. »Aber dazu hätte es doch nie zu kommen brauchen – ich verstehe einfach nicht, weshalb er sich nicht gleich an mich gewandt hat ... Weshalb hat er sich überhaupt auf so etwas eingelassen!?« Er sah mich vorwurfsvoll von unten an. In seinen hellen Augen standen Tränen. Er tat mir beinahe leid.

Seine letzte Frage überging ich. »Er wollte sich bestimmt an Sie wenden – es sei denn, er wollte Sie nicht in Gefahr bringen. Außerdem: Er ist sehr stolz. Das haben Sie doch eben selbst gesagt.«

Er schien dankbar zu sein für diesen schwachen Trostversuch. Das mußte ich ausnutzen.

»Nehmen Sie mich mit nach Italien?!«

Er nickte stumm.

»Sicher kann ich Ihnen behilflich sein.« Er nickte wieder. »Ich bin schließlich genauso betroffen wie er.«

»Aber ich möchte schnell abfahren«, sagte er und stand auf. »Möglichst sofort.«

Das war mir sehr recht.

Er zog sich ein Jackett über. Ich half ihm dabei.

Ich sagte: »Gennaro hat mich immer gewarnt, wie vorsichtig wir sein müßten. Seine Landsleute sind offenbar nicht gerade zimperlich in solchen Fällen.«

»Wie meinen Sie das?« Er machte seinen Koffer zu.

»Ich meine, das geht nicht so zivil zu wie bei uns. Da soll es so eine Art Geheimpolizei geben . . .« Ich sah, daß ich im Begriff stand, zu dick aufzutragen. Er war schon ganz blaß.

»Ihm kann doch aber nichts passieren? Ich meine, unmittelbar – um Gottes willen, Sie müssen mir das sagen!«

Ich wußte nicht, was ich sagen sollte. »Wie gefährlich es hier für ihn wäre, weiß ich natürlich auch nicht«, sagte ich. »Aber in Italien ist er doch erst mal in Sicherheit.«

Er hatte sich wieder auf das Bett neben den Koffer gesetzt. Er faßte meine Hand und zog mich zu sich heran. Ich blieb vor ihm stehen.

»Wie alt sind Sie?« fragte er unvermittelt. »Fünfundzwanzig?« Ich nickte unbestimmt. Er seufzte; übermäßig laut, wie ich fand. »Das ist bei mir jetzt bald fünfzig Jahre her.« Auch das schien mir mindestens so übertrieben, wie er mein Alter unterschätzt hatte; doch ich versuchte nicht, ihn zu verbessern. »Früher habe ich nur in der Vergangenheit gelebt«, fuhr er fort. »Wenn ich zurückdachte, konnte ich weinen. Dabei weiß ich, daß ich schon in Ihrem Alter dies Gefühl kannte: alt zu werden, alt zu sein. Wie lächerlich mir das heute vorkommt!« Er hielt immer noch meine Hand fest. Sein Gesicht war etwa auf Höhe meiner Hüften. Jetzt hob er den Kopf und schaute zu mir herauf. Die Haut unter seinem Haar schimmerte rosig. »Aber es ist eigentlich nicht lächerlich. Es ist traurig. Ich habe das begriffen, als ich Gennaro traf. Das war vor dreieinhalb Jahren. Seitdem fühle ich mich nicht mehr alt.« Er stockte. »Unsinn: Ich fühle mich viel älter. Aber es ist nicht mehr schlimm – es hat einen Sinn, alt zu sein. Verstehen Sie das?« Er drückte mein Handgelenk. Ich nickte trocken. »Sehen Sie das?« Er zeigte auf den schweren, verglasten Schrank, in dem sich auch der Safe befand. Die Scheiben waren blind von Staub. »Ein Massengrab für Vergangenheiten! Darin ist alles verschlossen, was aus der Zeit vor Gennaro stammt. Wirklich! Ich habe immer alles aufbewahrt: alte Kleider, Bilder, Briefe – Briefe, die zum Teil älter sind als er: dreißig Jahre, vierzig Jahre und noch mehr. Früher habe ich oft darin gelesen ...« Er sah mir in die Augen, als suche er etwas darin. Er konnte es natürlich nicht finden und schüttelte traurig den Kopf. »Sie können sich das nicht vorstellen, was für ein Gefühl das ist: wie wenn man an einen Ort zurückkommt, den man lange schon kennt; den Ort, in dem man aufgewachsen ist – mehr noch: Es ist, wie wenn man im Traum dorthin zurückversetzt würde, und es ist alles unverändert ... Doch dann, beim Aufwachen, wie fremd dann alles ist! Man selbst ist sich so fremd.« Er verlagerte sein Gewicht; das Bett knarrte. Vielleicht war es auch mein Magen, der verlegen knurrte. »Man liest so einen alten Brief; man denkt, was für ein törichter Mensch man doch damals gewesen sein muß – und dennoch: Würde man nicht alles dafür geben, es noch einmal sein zu dürfen?« Ich fragte mich schon lange, welchen Zweck er mit dieser Rede verfolgte. Was sollte das? Ich räusperte mich. Er sprach unbeirrt weiter. »Also ist man nicht mal gescheiter geworden – eher dümmer; und älter, nur älter.« Er machte eine wegwerfende Bewegung gegen den Schrank und ließ dabei endlich meine Hand los. Ich hatte schon das Gefühl, als gehörte sie nicht mehr zu mir. »Jetzt brauche ich das alles nicht mehr – jetzt habe ich Gennaro! Und ich habe eine Gegenwart! Wissen Sie, Gennaro ist für mich ...«

Ich war froh, daß in diesem Augenblick unten das Telefon klingelte.

Er sprang sofort auf.

Natürlich dachte auch ich im ersten Moment: Gennaro! Aber war ich erleichtert bei diesem Gedanken?

Ich lief dem Professor nach.

Es war bestimmt nicht Gennaro. Das hörte ich schon auf der Treppe. Seine Stimme klang eher enttäuscht.

»... ja, gewiß, das ist eine sehr gute Idee ... Einen Augenblick, bitte.« Er bedeckte die Sprechmuschel mit der hohlen

Hand. »Es ist noch mal Ihre Bekannte aus Frankfurt. Wie nahe stehen Sie ihr eigentlich?« Ich sah ihn verständnislos an. »Ich meine: Vertrauen Sie ihr?«

Ich nickte übereifrig. »Absolut! Natürlich!«

»Gut«, sagte er; und dann wieder ins Telefon: »Hören Sie bitte, die Adresse ist: Casa Cipressaia, 3713 Piedimonte, Frazione di Monte Pisano ... Haben Sie?« Er buchstabierte noch einmal die Ortsnamen. »... nein, Telefon leider nicht, Sie müßten schon telegrafieren. Und falls Gennaro sich tatsächlich bei Ihnen meldet, richten Sie ihm bitte aus: Es kommt alles wieder in Ordnung ... Ja: alles ... Das auch ... Ich bin praktisch schon unterwegs ... Ich danke Ihnen ...«

Ich machte ihm Zeichen.

»Ich glaube, hier brennt jemand darauf, noch einmal mit Ihnen zu sprechen. Auf Wiederhören.«

Sein Lächeln und sein neckischer Tonfall ärgerten mich. »Mona?« Ich sah mich um: Er ging wieder hinauf. »Was war denn los?«

»Ach, ich wollte nur wissen, wo ihr zu erreichen seid; für den Fall, daß Gennaro von sich hören läßt.«

»Bist du noch bei mir?«

»O ja. Sehr gemütlich hast du es übrigens nicht.«

Ich dachte mit Schrecken daran, wie meine Wohnung aussah. »Sag mir, wo deine Putzlappen sind, und ich werde hier etwas saubermachen, während ich auf dich warte.« Ich sagte es ihr.

Sie fragte: »Du fährst doch mit?«

»Ja, ich fahre.« Ich hörte den Professor auf der Treppe. »Und zwar gleich.«

»Und das Geld?«

»Alles geregelt.« Der Professor ging mit seinem Koffer an der offenen Tür vorbei – ich konnte nicht deutlicher werden.

Ich fragte: »Hast du schon mit deinem Mann gesprochen?«

Ihr leises Lachen. »O ja, ich habe mit ihm telefoniert, mehrfach.«

»Und?!«

»Das sage ich dir, wenn wir uns wiedersehen.«

»Bist du deshalb heut zu mir gekommen?«

»Ja, auch deshalb.«

Der Professor war zurückgekommen. Er klapperte mit seinem großen Schlüsselbund und zeigte in Richtung Garage.

Ich dämpfte meine Stimme, soweit es ging. »Liebst du mich noch?«

»Wie bitte?«

»Schon gut.«

Ich hörte sie wieder lachen. Dann flüsterte sie: »Ja.«

Wir legten gleichzeitig auf.

Mehr wurde am Telefon nicht zwischen uns gesprochen. Kein Wort mehr.

5

Der erste Teil der Fahrt verlief noch einigermaßen reibungslos. Mir ging es nicht schlecht. Im Wagen war es warm, draußen kalt und grau. Gedeckte Farben überall, wie Velours von alten Sofakissen. Und das Schönste lag im Kofferraum.

Das Geldköfferchen, mit dem Furttmann aus seiner Bank gekommen war, sah nicht allzu groß aus; im Format ungefähr wie ein Weltatlas und auch kaum dicker. Aber es würde schon genug hineinpassen, in großen Scheinen.

Ich schaffte es sogar, den Professor eine ganze Weile von seinem Lieblingsthema abzuhalten. Ich fragte ihn über seine Zeit als Kunstsachverständiger aus; mich interessierte, wie man damit soviel Geld verdienen konnte. Ich hatte unklare Vorstellungen von unter- oder übertreibenden Schätzungen, falschen Gutachten, Versicherungsbetrug und so weiter. Doch er ließ sich darauf nicht ein; erzählte nur eine längere Anekdote, die den Fehler hatte, daß ihre Pointe die Kenntnis gewisser Fresko-Techniken irgendwelcher italienischer Renaissancemaler voraussetzte. Aus Höflichkeit lachte ich trotzdem mit.

Dann kam er leider auf mich zu sprechen.

»Sie sind also eine Art Satiriker?«

Ich schüttelte den Kopf. Ich hasse die Bezeichnung. Gibt es etwas Dümmeres, als sich über Leute lustig zu machen, die offensichtlich mehr erreicht haben als man selbst?

»Journalist? Würden Sie das gelten lassen?«

»Seit einem halben Jahr arbeite ich frei.« Mein gereizter Ton gefiel mir selbst nicht.

»Aber zuvor waren Sie doch bei einer Zeitschrift, Gennaro sprach davon.« Wenn er mich ärgern wollte, konnte er keine gemeinere Frage stellen: »Bei welcher waren Sie noch gleich?«

»Trotzdem sterben.«

»Wie bitte?«

»Das Blättchen nannte sich ›Natürlich leben‹. Trotzdem sterben, das war ein Inside–joke.« Ich raffte mich zu einer offiziellen Erklärung auf. »Ich war stellvertretender Chefredakteur beim Zentralorgan deutscher Reformhäuser, verantwortlich für die Ressorts ›Freizeit‹ und ›Fitness‹, wenn Sie es genau wissen wollen.«

Er lachte mich nicht aus; aber er sah mich so mitleidig an. »Ich weiß schon: eine dieser kostenlosen Kundenpostillen.«

»Davor war ich bei ›Psychologie der Frau‹«, bekannte ich trotzig. »Ich habe schon als Student angefangen zu schreiben, in den ›Spartakistischen Blättern‹.«

»Ach, Kommunist waren Sie auch mal.« Er lächelte immer noch. »Aber wer war das nicht, in seiner Jugend ... Gennaro hat mir natürlich erzählt, bei welcher Gelegenheit er Sie kennengelernt hat.«

Das war bei einer Erstsemester-Schulung gewesen, wie sie die Spartakisten damals unbarmherzig durchzogen; 1974, Grundkurs in Marxismus-Leninismus. Jeder angehende Student der Geisteswissenschaften war aufgefordert, sein »Erkenntnisinteresse« bündig zu formulieren und nötigenfalls öffentlich Selbstkritik zu üben.

Gennaro hatte einfach gesagt, er wüßte halt gerne, was die Welt im Innersten zusammenhält.

Die Antwort hatte niemand komisch gefunden; außer mir. Und daß er hinzufügte, er würde hier gern lernen, wie man den Kapitalisten möglichst mühelos, möglichst flott möglichst viel Geld abnehmen könne, hatte seinen Auftritt auch nicht gerettet und ihn nicht beliebter gemacht in diesen Kreisen, die auch ich bald darauf verlassen hatte. Mit einem abgebrochenen Studium der Zeitungswissenschaft, Theaterwissenschaft, Kunstgeschichte, Soziologie, Politologie, Psychologie und leider auch Germanistik und einer nie ausgesprochenen Vorliebe für Gennaro, der mir als erster klargemacht hatte, daß man die Welt am schnellsten verändern konnte, indem man sie nicht so ernst nimmt. Wir hatten dann immerhin gut drei Jahre zusammen gewohnt; mehr oder weniger, denn Gennaro war oft und gern unterwegs; bis eben der Professor dazwischen gekommen war.

»Verzeihen Sie, ich wollte Sie gewiß nicht kränken.« Er warf mir einen kurzen Seitenblick zu. »Ich finde übrigens nicht das geringste dabei, für derartige Zeitungen zu schreiben. Das ist doch keine Schande – wenn es vielleicht auch nicht gerade ... Wie soll ich mich ausdrücken ...«

»Nein, die Erfüllung jugendbewegter Blütenträume vom wilden Topjournalistendasein ist es nicht. Und die Welt kann man mit der Kreation neuer Körnermüslis auch nicht verändern, wenn Sie das meinten.« Solche Sätze hatte ich immer bereit; ich hatte sie oft genug gebraucht.

»Ungefähr.« Er machte sein altersweises Gesicht. »Obwohl ich nicht so anspruchsvoll bin; nicht mehr: Die Welt am Ende nicht zum Schlechteren verändert zu haben, genügt mir schon.« Er lächelte. Von der Seite sah er noch älter aus. »Ich wollte auch nicht immer Museumsdirektor werden, falls Sie das tröstet.«

»Was dann?« Immerhin hatten wir das Thema gewechselt.

»Ach herrje«, seufzte er übertrieben, »zunächst wollte ich natürlich malen; ein Maler werden, wie mein Vater – oder mein Onkel, um korrekt zu sein. Er war nicht schlecht. Das realistische 19. Jahrhundert wird überhaupt unterschätzt.«

Ich nickte; ahnungslos – aber mit Kennermiene.

»Ich habe mich dann als Sachverständiger durchgeschlagen, wie gesagt. Bilder begutachtet, Kunst geprüft, Sammlungen geschätzt oder katalogisiert, so etwas. Die Arbeit hier in Zürich ist das Ende eines langen Rückzugs, eine Art Ausklang.« Er strich sich über sein weißes, leicht gewelltes Haar, so wohlgefällig und behutsam, als wolle er es modellieren.

Wir waren jetzt schon mitten in den gräulichen Alpen. Von nun an ging es bergauf.

»Aber Sie stehen doch noch am Anfang«, fing er wieder an. »Und Sie haben sich ja bereits verändert. In welche Richtung?«

Mir fiel noch eine Gegenfrage ein. »Warum haben Sie damals die Malerei aufgegeben?«

»Kein Talent.« Kurzes Schnauben. »Jedenfalls nicht genug. Ich wußte zwar, wie gute Bilder auszusehen hätten, aber ich konnte sie nicht malen. Das Stück zwischen Kopf und Hand« – er beugte und streckte den Arm, als wollte er mir seine Muskeln zeigen –, »das fehlte einfach. Da wollte ich doch wenigstens Geld verdienen. Das klingt prosaisch – verstehen Sie es trotzdem?«

»Aber ja.« Das klang fast zu verständnisvoll.

Ich beschloß, lieber den Mund zu halten.

Ich hielt mir auch die Nase zu und preßte Atem durch meine Ohren, um sie wieder frei zu bekommen. Der Höhenunterschied war jetzt spürbar, die Luft wurde dünn.

»Wissen Sie«, sagte der Professor, »Sie enttäuschen mich – durchaus nicht unangenehm, nein, nein, aber in Gennaros Erzählungen wirkten Sie ganz anders: voller Bedenken und Skrupel, übervorsichtig, beinahe ängstlich – und jetzt haben Sie sich auf solch eine Sache eingelassen ... Weiß übrigens Ihre Freundin davon?«

«Mona?« fragte ich. Er nickte. Ich hätte gern über Mona gesprochen – aber nicht mit ihm und nicht in diesem Zusammenhang; deshalb log ich: »Nein.«

»Das ist bestimmt auch besser so«, meinte er.

»Wieso? Ich vertraue ihr mindestens ebenso sehr, wie Sie Ihrem Gennaro.«

Er sagte sanft: »Das läßt sich wohl kaum vergleichen ...«

Er seufzte. »Naro ist für mich ...«

»Geschenkt.« Ich winkte ab, zugegeben etwas wegwerfend. Aber ich wollte einfach keine neuerlichen Liebeserklärungen mit anhören. Mir traute er vergleichbare Gefühle offenbar nicht zu.

Ich will damit nicht sagen, daß man jemandem soviel Gutes oder Böses antut, wie er von einem erwartet. Solche Projektionstheorien sind mir zu simpel; und als Entschuldigung taugen sie ohnehin nichts, denn für das, was ich Furttmann antun sollte, gibt es keine Entschuldigung – einfach, weil es keine Schuld gab, jedenfalls nicht in diesem eindeutigen Sinne und nicht bei mir.

»Sie werden immer schweigsamer«, bemerkte er. »Habe ich wieder etwas Falsches gesagt?«

Mir fiel nur eine Film-Antwort ein: »Ich quatsche halt gern.«

Er verstand das prompt falsch. »Seien Sie doch nicht gleich beleidigt, ich bitte Sie.«

»Ich bin nicht beleidigt«, behauptete ich. »Ich höre nur lieber zu.«

»Eine ebenso schöne wie seltene Gabe.« Er gab sich keine Mühe mehr, die Ironie zu verbergen.

»Es kommt natürlich darauf an, wer was sagt.«

»Ach ja, wer lobt, wird *er*hört – wer tadelt *über*hört – unerhört!«

Ein idiotisches Gespräch; und durch seine altfränkischen Wortspiele wurde es auch nicht erträglicher. Als wir an einer Tankstelle hielten, kaufte ich mir mit Geld, das mir der Professor geliehen hatte, eine Sonnenbrille. Die reinste Verschwendung unter diesem griesigen Schweizer Himmel; aber wir fuhren schließlich nach Italien, und ich verstecke mich ganz gern hinter dunklen Gläsern. Je höher wir in die Berge kamen, desto düsterer wirkte alles. Die Luft war schwadig grau, wie Rauch von einem Feuer aus feuchtem Holz. Ich setzte meine Sonnenbrille ab – das machte kaum einen Unterschied. Die Luft blieb undurchsichtig.

»Tun Sie mir einen Gefallen und hören Sie endlich auf, mit Ihrer Brille herumzuspielen! Ich habe diese Bewegungen genau im Augenwinkel. Sie können sich gar nicht vorstellen, wie das stört beim Fahren.« Der Professor sagte das nicht gerade unfreundlich, doch seine Stimme klang schon gereizt. »Sie sollten froh sein, daß Sie keine Brille brauchen. Ich mußte lange genug eine tragen. Jetzt hat sich das wieder gegeben: Altersweitsicht. Ich habe die reinsten Falkenaugen!«

Das sollte wohl ein Witz sein. Unter den schweren Lidern sahen seine großen, runden Augen eher aus wie die einer Eule.

»Oh! Und ich durchschaue Sie!« rief er überraschend. »Sie denken, ich sähe mehr aus wie ein alter Uhu!« Er lachte aufgesetzt. »Das meint Gennaro auch immer.«

Womit er sich selbst sein Stichwort geliefert hatte.

Doch diesmal kam ich ihm zuvor: »Als Gennaro das letzte Mal in Frankfurt war, da hat er übrigens nicht bei mir übernachtet.« Ich fügte das möglichst beiläufig hinzu.

»Ich weiß«, behauptete er.

»Wissen Sie auch zufällig, warum nicht?« Er antwortete nicht. »Oder wo er damals abgeblieben ist? Ich habe mich schon gewundert, weil er doch sonst immer . . .«

»Ja.« Er schnitt mir das Wort ab. »Ich weiß, bei wem er übernachtet hat.«

»Bei wem denn?«

»Das geht Sie, glaube ich, nichts an.«

Er machte ein Gesicht wie jemand, der zum ersten Mal vom Zehn-Meter-Turm springen will: finster entschlossen. Außerdem tat er so, als müsse er sich jetzt voll und ganz aufs Fahren konzentrieren. Sein Stil wurde zunehmend unruhiger, mit zu vielen ruckartigen Beschleunigungen. Noch fühlte ich mich einigermaßen sicher in dem großen, leisen Wagen.

»Ich wollte Sie nicht irgendwie beunruhigen«, sagte ich.

»O doch«, sagte er, »ich glaube, genau das wollten Sie. Aber das können Sie nicht. Nehmen Sie bitte zur Kenntnis, daß mich etwas Derartiges nicht beunruhigen kann. Mein Vertrauen zu Gennaro ist durch nichts zu erschüttern.« Seine Stimme zitterte leicht. »Ich liebe ihn.«

Sein Vertrauen war also genauso blind wie seine Bewunderung.

Sein Gesichtsausdruck war noch finsterer geworden. So, als hätte er gerade feststellen müssen, daß in dem Becken unter dem Sprungbrett gar kein Wasser war.

Wir schraubten uns höher und höher hinauf; Serpentine um Serpentine. Der Abgrund neben uns mußte dementsprechend tiefer werden. Auch wenn ich das nicht genau erkennen konnte – er hing voller Wolken –, vorstellen konnte ich es mir um so besser. Die alten Schmerzen kamen wieder – der Magen zu leer, der Kopf zu voll. Und ich wurde langsam nervös. Die Lawinendächer, die wir in Abständen unterfuhren, brachten mich auch nicht auf angenehmere Gedanken. Dünne Wasserfälle, wie aus Silberhaar, stürzten sich von den Bergen.

»Hören Sie jetzt auf, mit dieser verdammten Brille herumzumachen!« Der Professor schrie mich an. »Setzen Sie sie auf oder legen Sie sie weg! Wir landen sonst beide da unten – und ich habe weiß Gott keine Lust, Ihretwegen . . .« Er unterbrach sich selbst.

Ich wollte die Brille auf der schmalen Fläche vor der Windschutzscheibe ablegen. In der nächsten Linkskurve rutschte sie prompt zu ihm hinüber. Ich konnte sie gerade noch abfangen. Ich machte das Handschuhfach auf. Ein Reisebus kam uns entgegen. Wild hupend bog er um den nächsten Felsvorsprung. Der Professor bremste viel zu scharf. Ein Haufen Sachen fiel aus dem offenen Handschuhfach.

Ich entschuldigte mich nicht. Er schnaubte bloß.

Ich bückte mich, um alles wieder aufzusammeln: Briefe, Rechnungen, Benzingutscheine, Scheckkarten – und ein blaues Heftchen. Ich konnte die Aufschrift lesen: »Schweizerische Bankgesellschaft«, in Goldprägung. Ein Blatt Papier ragte heraus. Ich schaute mir auch das genauer an. Es war ein Abhebungsbeleg über 250 000 Schweizer Franken.

Als ich wieder auftauchte, hatte er schon angehalten. Wir standen zwischen hohen Mauern aus schmutziggrauem Altschnee. Ich spürte die Kälte bis ins Innerste. Ich hörte ihn atmen. Einen schrecklichen Moment lang fürchtete ich, alles sei aus. Was hinderte ihn daran, mich einfach aus dem Wagen zu schmeißen?

Doch er tat es nicht.

Leider tat er es nicht, wie ich heute hinzufügen muß.

Er fuhr wieder an, ohne ein einziges Wort gesagt zu haben.

Auch im Gotthard-Tunnel sprach keiner von uns.

Der erste Blick ins Tal des Tessins war wie der jähe Übergang aus einem Schwarzweißfilm in einen farbigen. Ein harter Schnitt: schrägeinfallendes Nachmittagslicht, die Sonne unter tiefen Wolkenbänken, lange Schatten über dem Land.

Leider war ich nicht in der Stimmung, das zu genießen. Mein einziger Trost war der Gedanke an die 250 000 Franken im Kofferraum. Das war bei diesem Wechselkurs noch mehr, als ich erwartet hatte. Ansonsten wurde es langsam unerträglich: Wir schwiegen immer noch.

Man kennt das: Nach einer gewissen Zeit wird eine regelrechte Machtprobe daraus. Je länger das Schweigen dauert, desto schwerer ist es zu brechen. Das erste Wort wird ungeheuer bedeutungsvoll. Und wer wird es aussprechen? Es ist natürlich kindisch; zumal mir nie ganz klargeworden ist, ob es der Schwächere oder der Klügere ist, der dann nachgibt.

In einem Dorf kurz hinter Airolo mußten wir anhalten. Ein Zug schwarzgekleideter Leute passierte die Fahrbahn. Sie kamen aus einem mit blassen Blumenfriesen bemalten Haus, anscheinend von einer Beerdigung, und unterhielten sich prächtig. Sie hatten es überhaupt nicht eilig. Ein kleines rothaariges Mädchen nutzte die Gelegenheit. Den Arm voller Blumen, klopfte es an die Scheibe. Aus den Augenwinkeln bekam ich mit, wie der Professor ihr ein Sträußchen abkaufte.

Er reichte es mir mit einer lässigen Geste, die alles offenließ.

Ich schluckte und sagte leise: »Danke.«

Er fragte: »Sind Sie mir noch böse?«

»Aber nein.« Das war nicht mal gelogen.

Die violett blühenden Zweige, die ich immer noch in der Hand hielt, dufteten stark: Lavendel – ich kannte diesen Duft. Sofort mußte ich an Mona denken, und das rührte mich dummerweise zu Tränen. Ich fühlte mich zu schwach, sie zurückzuhalten.

Natürlich legte er das ganz falsch aus, bezog es irgendwie auf sich und unsere Situation. Er beugte sich unvermittelt zu mir herüber, legte mir eine Hand in den Nacken, näherte seine gespitzten Lippen meinem Gesicht. Ich drehte mich so ungeschickt weg, daß sein angedeuteter Kuß über mein Kinn wischte und irgendwo unter meinem Ohr landete. Ich wollte gar nicht zurückzucken, aber es war wie ein Reflex, ich erstarrte einfach. Ich konnte nur hoffen, daß er es nicht ungünstig auffaßte.

Offenbar nicht: Er sprach von unserem gemeinsamen Ziel, unseren gemeinsamen Freund zu finden, um gemeinsam die Sache in Ordnung zu bringen. Dann fing er alleine an, italienische Lieder zu singen.

Wir fuhren weiter am Fluß entlang talwärts. Weinberge, Felder, Wiesen – Augenweiden. An den Hängen Mischwald aus violetten Zweigskeletten und bräunlichen Nadelbäumen; blühende Obstbäume im Sonnendunst, wie weiße Schatten vor dem grünen Filz der Matten.

Eine scharfe Kurve rückte noch einmal das Gebirge in unser Blickfeld.

»Wissen Sie«, sagte er, »diese Berge haben mich bedrückt. Und wenn es dann noch so grau ist, kein Himmel, kein Land –, das muß einen doch nervös machen ... Nur dies dumme Stückchen Asphalt, auf das man starren muß!«

Das ist immer die unverfänglichste Lösung: alles aufs Wetter und auf die Natur zu schieben.

Ich stimmte ihm eifrig zu.

»Ja, ja,«, sagte er und schaute sich noch einmal um, »dies öde ›So ist es‹!«

Dabei blieb es.

Bei Bellinzona sah ich die ersten Mandelbäume; sie blühten rosa. Die Blätter glänzten feucht, als wenn es erst vor kurzem aufgehört hätte zu regnen. Auch die Straße schimmerte stellenweise noch matt. Ich hatte das Fenster auf meiner Seite ganz heruntergekurbelt. Alles dampfte vor Frische. Milder Dunst überzog die Dinge wie mit seidenfeinsten Tasthärchen. Dunkles wirkte heller, Helles dunkler. Der Duft der Luft war unbeschreiblich weich und warm. Er mischte sich mit dem des Lavendels, den ich im Schoß hielt wie einen Brautstrauß.

Ich weiß, daß ich dabei bin, mich lächerlich zu machen.

Ich möchte aber doch nur zeigen, daß ich durchaus nicht unempfindlich bin für Einflüsse dieser Art. Tatsache ist, daß ich mich nie wieder während dieser Tage auch nur annähernd so zuversichtlich und so friedfertig fühlte.

Ich dachte überhaupt nicht daran, den Professor zu bestehlen.

Ich dachte an zierliche grüne Eidechsen, die auf warmen alten Steinen in der Sonne dösen – Smaragdbroschen auf mattem Samt; und ich hörte ihm zu, wie er weiter italienische Canzonen summte: »O sordato 'namorato . . .«

Bis Chiasso ging alles glatt.

Vor dem Grenzübergang hatte sich ein Stau gebildet. Ein elend langer Stau, mehrere hundert Wagen. Und es ging kaum voran. Italiener standen neben ihren Autos herum und fluchten laut und schnell. »Controllo!« war das einzige Wort, das ich verstand.

Der Professor wurde nervös. Er meinte, wir sollten es in Pedrinate versuchen. Vielleicht dachte auch er an das Geld im Kofferraum.

In Pedrinate war der Stau zwar nur halb so lang – aber dafür ging die Abfertigung doppelt so schleppend. Alle fünf Minuten konnte man vielleicht zwanzig Meter vorrücken, drei bis vier Wagenlängen.

Ich besorgte eine italienische Abendzeitung. Er übersetzte:

Die Brigate Rosse hatten gedroht, den Papst zu entführen. Wahrscheinlich hatte man Angst, daß auch ausländische Terroristen sich daran beteiligen wollten.

Ich redete mir ein, das sei der einzige Grund für die scharfen Kontrollen.

Der Professor hatte nur eine Sorge: daß wir zu spät in Piedimonte ankämen, um noch mit Gennaro zu Abend zu essen.

Als wir endlich an die Reihe kamen, war es längst dunkel. Die italienischen Zöllner waren mürrisch und schweigsam. Sie stellten kaum Fragen, gaben keine Erklärungen ab.

Wir mußten aussteigen. Sie leuchteten uns mit grellen Stablampen ins Gesicht; umständlich verglichen sie damit unsere Paßfotos. Ich sollte das linke Ohr freilegen – jemand packte mich von hinten beim Schopf und riß mir die Haare zurück.

Der Professor hatte seinen Ausweis gleich wiederbekommen; ich meinen nicht. Ein Zöllner verschwand damit im Innern der Grenzstation.

Wenn ich nun schon im Fahndungsbuch stünde?! Der Gedanke kam mir erst jetzt und jagte mir Angst ein. Beim Versuch, sie nicht zu zeigen, wurde mir schwindlig.

Der Professor mußte den Kofferraum öffnen. Ihm gelang es einen seelenruhigen Eindruck zu machen. Die Überprüfung war auch nur flüchtig. Die Koffer interessierten kaum. Offenbar suchte man etwas Bestimmtes.

Natürlich mich. Ich war inzwischen wieder so weit, das Schlimmste anzunehmen.

Dann kam endlich der nächste Wagen dran.

Wir standen herum und warteten: fünf Minuten, zehn ...

»So«, sagte der Professor, »jetzt reicht's.«

Ich versuchte, ihn zurückzuhalten. »Aber wenn die deutsche Polizei meine Personalien schon durchgegeben hat hierher ...«

»Wieso?« Er sah ehrlich verdutzt aus. »Wegen Ihrer kleinen Schwindelei etwa!?« Er lachte laut. »Kommen Sie, wir holen Ihren Paß – wenn nötig mit Gewalt!«

Sie hatten meinen Ausweis einfach vergessen. Jemand hatte aus Versehen seine Kaffeetasse darauf abgestellt.

Für den Professor war das natürlich ein Grund mehr, sich über mich lustig zu machen. »Ich fürchte, ein großer Betrüger werden Sie nie!« Wir stiegen wieder ins Auto. »Sie haben einfach zu viel Respekt vor der Staatsgewalt – Sie sind ja immer noch ganz blaß!«

»Ich habe Hunger«, sagte ich. Das stimmte auch. Und er stimmte mir zu: »Für eine Cena mit Naro wird es ohnehin zu spät werden.«

Der nächste Ort, wo man seiner Meinung nach einigermaßen gut essen konnte, war Como. Wir fuhren durch ein paar düstere Dörfer, die aussahen wie die übriggebliebenen schlechtausgeleuchteten Kulissenreste aus einem alten Don-Camillo-und-Peppone-Film.

6

Die Straßen von Como glänzten wie Robbenrücken. In der Altstadt sahen sie nicht so aus, als würde der Wagen hindurchpassen – aber er paßte.

Als ich ausgestiegen war, packte mich ein Schwindel. Die Luft brauste durch meine Ohren unmittelbar ins Gehirn. Sie bildete dort kleine Wirbel, fing sich an den Unebenheiten der Hirnschale, kratzte daran herum, staute sich drückend hinter der Stirn und drohte sie zu sprengen. Ich hielt mich am Kotflügel fest, um nicht umzufallen.

Der Professor kümmerte sich nicht um mich. Er wühlte im Kofferraum, bis er endlich das neue schwarze Köfferchen zum Vorschein gebracht hatte. Er nahm es mit in das Restaurant. Es war in einem ehemaligen Bahnhof, dessen verschlungene Fassade zu einer Pariser Metrostation gepaßt hätte. Dafür war es innen vollkommen schmucklos; groß und karg wie ein Wartesaal dritter Klasse. Und gnadenlos hell.

Wir waren fast die einzigen Gäste. Der Professor steuerte unverzüglich einen bestimmten Ecktisch an.

»Hier haben wir einmal gesessen, Gennaro und ich; das muß letztes Jahr gewesen sein.« Er dachte ernsthaft nach: «Oder ist das schon wieder zwei Jahre her?«

Woher sollte ich das wissen?

Im Verlauf des Abendessens machte ich zwei Fehler.

Der erste war noch vergleichsweise harmlos. Ich wollte Roastbeef bestellen; einfach, weil das der erste Name auf der Speisekarte war, der mir bekannt vorkam.

»Um Himmels willen, nein!« Der Professor war entsetzt. In Italien dürfe man niemals Roastbeef bestellen. »Sie bekämen drei, vier Scheiben kalten Bratens, sonst nichts!«

Also überließ ich die ganze Bestellung ihm. Nach längeren Verhandlungen mit dem Kellner war ich ziemlich überrascht, als nur eine Suppe dabei herauskam.

»Es würde sonst zu lange dauern«, erklärte er. »Für ein richtiges Abendessen muß man sich Zeit nehmen. Wir werden das nachholen, sobald diese leidige Sache erst geregelt ist.« Er seufzte. »Ich kann ohnedies an nichts anderes mehr denken.«

Trotzdem hielt er mir jetzt einen Vortrag über italienische Küche im besonderen und Gennaros Kochkunst im allgemeinen. Vielleicht wollte er überlegene Lebensart demonstrieren. Ich konnte wegen des unaufhörlichen Mahlstroms in meinen Ohren sowieso kaum zuhören. Nur mein Magen bekam leider etwas mit.

»... natürlich braucht eine anständige Spaghettisauce mindestens ihre drei bis vier Stunden zum Einsuden. Nicht nur wegen des Geschmacks.« Er hob tatsächlich den Zeigefinger. »Die Konsistenz ist zweifellos ebenso wichtig. Eine bestimmte Sämigkeit! Ist sie zu trocken, nimmt sie die Nudel nicht richtig an – ist sie zu flüssig, schwimmt sie beziehungslos darin herum, verstehen Sie?«

Ich nickte, was zur Folge hatte, daß die verdickten Luftmassen von innen gegen die Stirn geschleudert wurden und dort explodierten.

»Wissen Sie, Gennaro hat einmal eine Sauce kreiert – eine denkbar einfache Zusammensetzung an sich: Zwiebelchen, Tomaten, Thymian.« Während er die Zutaten aufzählte, schlug er mit der flachen Hand auf das Köfferchen, das vor ihm auf dem Tisch lag. »Aber dann kommt eben das Besondere, Sie erraten es nicht ...« Ich erriet es nicht. »Mango!«

»Mango?« Das eine Wort kostete mich erhebliche Anstrengung. Doch da er sich solche Mühe gab, Konversation zu machen, wollte ich mich nicht lumpen lassen.

»Ja, Mango! Er hat einfach kleingeschnetzeltes Mangofruchtfleisch mit einkochen lassen! Wie finden Sie das? – Sie wissen, wie Mango schmeckt?«

Ich wußte es nicht, und es war mir auch denkbar gleichgültig. Er ließ nicht locker in seinen Offenbarungen. »Sehr, *sehr* süß! Womit könnte man es vergleichen ... Vielleicht am ehesten noch mit Melone – stellen Sie sich eine überreife Melone vor – nein, es schmeckt noch süßer... Dieser Nachgeschmack: eine beinah faulige Süße! Und der Geruch! Wie welker Jasmin ...«

Mein Magen hatte begonnen, sich langsam umzudrehen. Gleich neben unserem Tisch war eine Tür; der Hinterausgang. Vielleicht hätte ich es bis dahin noch geschafft, doch in diesem Augenblick kam der Kellner mit einer Terrine und zwei tiefen Tellern.

Der Professor schaffte Platz, indem er den Koffer auf den leeren Stuhl zwischen uns legte.

Mit spitzen Lippen kostete er die Suppe.

»Buonissima!« Der Kellner verbeugte sich, als wollte er ihn zum Tanz auffordern. »Diese Minestrone ist immer wieder ausgezeichnet hier. Nehmen Sie nicht zuviel Parmesan dazu!«

Ich merkte jetzt erst, daß ich mir haufenweise Käse in den Teller streute.

»Gennaro liebte Gemüse.« Er ließ diese neue Enthüllung etwas wirken, dann fragte er: »Hat er eigentlich für Sie einmal gekocht?«

Ich versuchte, mir Gennaro in der Küche vorzustellen; mit fleckiger Schürze und klebrigen Fingern. Ich konnte es nicht.

Der Professor nippte von seinem Suppenlöffel, schob sich ein Krümelchen Brot in den Mund und nahm ein winziges Schlückchen Wein. Seine Hände bewegten sich spatzenhaft flink, doch er kaute sehr lange und sorgfältig. »Dann müssen wir drei unbedingt zusammen nach Viareggio fahren«, sagte er, »ein Landsmann Gennaros führt dort ein Lokal. Dort können Sie dann auch sein Mango-Pesto probieren. Es steht sogar auf der Karte: ›Penne alla Gennaro‹!« Er sah ganz stolz aus.

Wieder machte mein Magen eine volle Umdrehung.

Endlich merkte er, was los war. »Sie sind ja ganz grünlich.«

Er sagte das, als sei es eine Gemeinheit. »Ist Ihnen nicht wohl? Wollen Sie an die frische Luft? – Ich begleite Sie ...«

An Aufstehen war gar nicht zu denken. Mir war eher nach Fliegen zumute.

»Kommen Sie, wir gehen kurz hinaus, dann ...«

Ich schüttelte den Kopf. Er fiel hinab auf den Boden und rollte unter den Tisch. Trotzdem hörte ich den Professor noch sagen: »Dann werde ich Ihnen einen Bitter kommen lassen, warten Sie!«

Ich trank das Zeug in einem Zug. Mir wurde sofort klarer; zumindest konnte ich wieder unterscheiden, was mir weh tat – alles. Aber das allgemeine Flattern ließ etwas nach. Ich konnte sogar wieder sprechen.

»Ich bin müde«, sagte ich langsam, »müde.«

»Machen Sie mir jetzt um Gottes willen nicht schlapp!« Seine Stimme klang nicht besorgt. »Es sind nur noch ein paar Stündchen Fahrt – das werden Sie doch noch durchhalten!« Sie hatte auch nichts Flehendes, seine Stimme.

»Ich habe nicht geschlafen die letzte Nacht«, erklärte ich, »ich bin müde.«

»Wir können doch hier jetzt nicht übernachten!« Er griff unter mein Kinn und hob meinen Kopf, so daß ich ihm in die Augen sehen mußte. Das helle Licht tat meinen Augen weh. Ich hätte sie gern zugemacht, doch die Angst, dann endgültig vom Stuhl zu fallen, hielt mich davon ab.

»Hören Sie mir zu.« Er sprach leise, betonte nur das Wort ›werde‹. »Ich *werde* heute noch weiterfahren. Haben Sie das verstanden?« Er griff nach dem Geldköfferchen.

»Nur einen Moment – warten Sie!« Ich suchte und fand das Röhrchen mit den Schmerztabletten in meiner Jackentasche. Er nahm es mir aus der Hand. »Was ist das?« Er las das Etikett. »Und was soll das? Sie könnten genausogut Vanillezucker oder Puddingpulver einnehmen. Hiervon wird es Ihnen höchstens noch schlechter gehen. Überhaupt, in Ihrem Alter ...«

»Wenn sie nichts nutzen, können sie auch nicht schaden.«

»Das sollten Sie eigentlich besser wissen: ›Natürlich leben!‹« Er lächelte unfreundlich.

Ich steckte die Tabletten wieder ein.

»Es wird auch so gehen«, behauptete ich. So leicht würde ich ihn nicht davonkommen lassen.

»Na also.« Er wurde wieder verbindlich, geradezu besorgt. Er bestand darauf, daß ich meine Suppe auslöffelte. Unterdessen wiederholte er seine Berechnungen.

»Wenn Gennaro heute morgen geflogen ist, müßte er jetzt längst da sein. Die Maschine kommt gegen zwölf in Pisa an. Selbst wenn er die Nachmittagsmaschine nach Florenz genommen hätte ...« Ich starrte wie gebannt auf den Schatten seiner Nase. Bei jedem Wort, bei jeder Lippenbewegung verschwand dessen Spitze kurz in seinem Mund. Es sah tatsächlich aus, als schnappe er ständig danach. »... und wir sollten versuchen, vollkommen unbekümmert zu erscheinen. Unsere Sorge könnte ihn verletzen. Naro hat gewisse Skrupel, das Geld von mir anzunehmen.«

Da war ich nicht so sicher. Ich riß mich von dem Schattenspiel los und warf einen Seitenblick auf den Geldkoffer: 250 000 Franken. Der Gedanke gab mir mehr Kraft als die Suppe.

»Ich kann nur hoffen, daß er sich noch nicht an jemand anderes gewandt hat, wegen des Geldes. Allein schon deshalb müssen wir heute noch hinkommen.« Das Nicken fiel mir schon leichter. »Wir haben einige Bekannte da unten, die womöglich in Frage kämen. In Pisa selbst zum Beispiel lebt eine reiche alte Amerikanerin; sie ist ganz vernarrt in ihn und wäre durchaus in der Lage. Außerdem – aber ich kann mir nicht vorstellen, daß er mir das antut.« Ich fragte mich unwillkürlich, wer *mir* wohl im Notfall mit einer kleinen Viertelmillion ausgeholfen hätte. »Nicht wahr, Sie werden mir helfen, ihn zu überzeugen – ach, ich ...« Er wischte sich mit einer Serviette den Mund ab – der Schatten blieb.

»Il conto, per favore!« Er winkte dem Kellner.

Als er seine Brieftasche aufklappte, lächelte er. Er ließ mich einen Blick in das Geldfach werfen. »Jetzt sitzen wir hier mit einem Koffer voller Franken, und ich habe keine einzige Lira bei mir – Sie haben auch nicht zufällig . . .?«

Natürlich hatte ich nicht.

»Mein Scheckbuch liegt im Wagen.« Er stand auf. »Eine Sekunde, ich bin gleich zurück.«

Er ging hinaus. Den Koffer ließ er da.

Die Gelegenheit war einmalig. Was hinderte mich daran, das Geld zu nehmen und damit zu verschwinden? Durch den Hinterausgang, auf Nimmerwiedersehen!

Ich tat es nicht.

Ich betone das, um klarzustellen, daß ich keineswegs nur auf das Geld aus war und daß mir auch nicht jedes Mittel recht war, um an es heranzukommen. Das trifft nicht zu – jedenfalls noch nicht für diesen Zeitpunkt. Und es war nicht nur die Angst vor polizeilicher Verfolgung – falls er mich überhaupt angezeigt hätte, was ich bezweifle! –, die mich zurückhielt. Solange wenigstens noch eine entfernte Möglichkeit bestand, auf halbwegs rechtmäßige Weise einen Anteil zu bekommen, tat ich dem Professor nichts Unrechtes. Das tat ich erst, als mir die Umstände gar keine andere Wahl mehr ließen.

Das soll nicht heißen, daß mir der Professor so sympathisch gewesen wäre – aber gehaßt habe ich ihn nie; auch später nicht. Warum auch? Als mögliches Motiv war das eine reine Erfindung, die der Staatsanwalt vermutlich selbst nicht geglaubt hat. Und in diesem Zusammenhang von Eifersucht zu sprechen ist schon vollkommen haltlos; lächerlich – Psychologengewäsch. Ich verstehe genug von Psychologie, um Psychologen nie zu trauen. Obwohl sie mir vor Gericht ganz nützlich waren: »Latent paranoide Persönlichkeitsstruktur, kognitive Dissonanzen, autistische Tendenzen, Jugenddelinquenz« usw. Das meiste ist natürlich barer Unsinn, aber immerhin kam »stark verminderte Zurechnungs- und Verantwortungsfähigkeit« dabei heraus; »für den Augenblick der Tat.«

Bitte, ich dachte an mein Geld in diesem Koffer. Ich war auch bereit, einiges dafür zu tun – zum Beispiel überwand ich meine Mattigkeit, deren Grad man nur ermessen kann, wenn man sie als Ankündigung meiner späteren Krankheit wertet. Ich wollte etwas von dem Geld haben. Das streite ich gar nicht ab.

Aber ich rührte den Koffer jetzt nicht an. Ich wartete brav darauf, daß der Professor zurückkam. Ich widerstand der Versuchung.

Wenn man bedenkt, was daraus wurde, war das an diesem Abend wohl mein zweiter Fehler.

Meine Erinnerung an diese Nachtfahrt ist trübe.

Das grelle, jähe Auftauchen der Dinge aus der Dunkelheit: Wegweiser, Leitplanken, nur wenige Bäume; das gelbliche Licht in den Tunnels; dazu die gleichmäßige Stimme des Professors, die mühelos ihren Weg fand in die letzten trockenen Kammern meines Gedächtnisses. Ich hatte ihm keinen Gedanken Widerstand mehr entgegenzusetzen.

»Gennaro und ich haben uns auf längeren Fahrten immer mit Singen die Zeit vertrieben: improvisierte Duette, so im Rossini-Stil, verstehen Sie ... Er hatte einen wunderschönen Bariton.« Die Vergangenheitsform fiel mir kaum auf. »Ja, das hat mir Gennaro beigebracht, daß man für eine Unterhaltung gar keine Inhalte braucht, keinen ernsthaften Gegenstand, sondern lediglich den Willen, unterhaltsam zu sein und irgendeine Form zu wahren. Ihm fiel es nie schwer, überall im Mittelpunkt zu stehen, auch ohne ein Wort von sich zu reden. Was ich zuvor mit meinen verbiesterten Versuchen, Autorität zu verkörpern und Respekt zu erheischen, nie erreicht habe, er schaffte das mit einem Lächeln, und notfalls mit der Bereitschaft, sich lächerlich zu machen. Wenn die Leute dann meinten, sich auf seine Kosten zu amüsieren, kam er gerade auf seine Kosten. Ich glaube, er genoß es, unterschätzt zu werden, das gibt nämlich auch ein Gefühl der Freiheit. Sehen Sie ...« – meine Augen waren längst geschlossen – »der Altersunterschied, ach, der hat auch manches für sich. Man lernt so vermutlich mehr voneinander, als von Vertretern der eigenen Generation. Wann sind Sie geboren?« Er erwartete keine Antwort. »In vielem erinnert mich Ihre Generation an meine: in einen Neuanfang hineingeboren, kurz nach einem verlorenen Krieg, voller Idealismus, Hoffnungen, Träume ...« Demnach war er jünger, als er sonst vorgab; ungefähr sechzig, doppelt so alt wie ich. Mona war sieben Jahre jünger als ich. »... entsprechend groß sind dann die Enttäuschungen, der Realitätsschock, das verlorene Vertrauen, in sich selbst, in die ganze Welt. Ich glaube, auch bei Ihnen sitzt dies Mißtrauen tief, ich kann das spüren, ich verstehe das nur zu gut – aber ich sage Ihnen: Man kann das überwinden, ich habe es überwunden, selbst in meinem Alter noch habe ich begriffen, daß ich immer noch dasselbe Kind bin wie vor fünfzig Jahren, unter den Falten das gleiche Gesicht, die gleichen Gefühle in meiner Brust, sogar die gleichen Begierden ...« Wie ich mich nach Mona sehnte. »... auch diese Wiederentdeckung habe ich nur Gennaro zu verdanken. Es ist seine Ausstrahlung von ... Glück ... ich glaube, er ist in einer Glückshaut geboren, wie es im Märchen heißt. Ihm kann gar nichts passieren, was meinen Sie?« Jetzt erwartete er wohl doch eine Antwort. Ich machte mit letzter Kraft: »Hmm ...«

»Falls Sie noch etwas wissen, was uns weiterhelfen könnte, sagen Sie es mir, bitte! Sie brauchen mich nicht zu schonen. Denken Sie in Ruhe nach ...« Ich dachte an Mona. »Wie kann ich Ihrem Gedächtnis aufhelfen?« Mit Lavendel. »Es gibt gewisse mnemotechnische Tricks. Denken Sie einfach an Ihre letzte Begegnung ...« Wieder das Bild des Abschieds: ihr Haar, das über ihre nackten Schultern floß wie dunkles Wasser über hellen Sand.

Ich weiß nicht, wie lange ich geschlafen hatte. Ich weiß nicht einmal, ob ich fest eingeschlafen war. Wir fuhren plötzlich viel langsamer. Blinkleuchten – die Straße war bis auf einen schmalen Durchlaß gesperrt – ein Unfall.

Ein Motorrad war in einen kleineren Wagen hineingefahren. Ein Lkw war über beide hinweggewalzt. Weiße Tragbahren standen herum.

»Ich muß immer an Gennaro denken, wenn ich so etwas sehe und er nicht bei mir ist.« Der Professor seufzte. »Gott sei Dank ist er ja nicht mit dem Wagen unterwegs.«

Endlich waren wir vorbei.

Der Professor übte wieder Kopfrechnen. »Wenn er nun doch den Zug genommen hat – von Frankfurt gibt es einen TEE, der braucht bis Mailand nur acht Stunden. Bis Florenz sind es dann ungefähr drei, bis Lucca mindestens noch mal zwei ... Dreizehn Stunden – eine Stunde Aufenthalt dazu – in Mailand sind die Anschlüsse meist miserabel – also insgesamt vierzehn Stunden. Angenommen, er ist um zehn Uhr abgefahren – er könnte jetzt gerade in Lucca ankommen – vielleicht sitzt er gerade im Taxi! Aber ist er überhaupt in Frankfurt gewesen ...«

Das nächste, was ich bewußt wahrnahm, schien die Abfahrt von der Autostrada zu sein.

»Jetzt sind wir bald da«, sagte der Professor. Für mich klang das zwar auch wie eine Verheißung; doch ich dachte weniger an Gennaro als an ein Bett dabei.

Das Licht der Scheinwerfer glitt über dichtbewachsene Hänge, verlor sich dann wieder in Abgründen. Die schwarzen Silhouetten schmaler Bäume wiegten sich im Wind. Die Straße wurde schlechter.

Wir fuhren durch ein vollkommen dunkles Dorf.

»Piedimonte«, sagte der Professor. »Von hier unten könnten Sie das Haus schon sehen – bei Tage, meine ich – oder wenn er in seinem Zimmer noch Licht hätte, das müßte man auch sehen – aber vielleicht sitzt er draußen auf der Veranda – nachts haben wir oft dort gesessen, die ganze Nacht.«

»Bei dieser Kälte?« Ich konnte mir die Frage nicht verkneifen. Zum ersten Mal fragte ich mich auch, wen er eigentlich davon überzeugen wollte, daß Gennaro hier schon auf uns wartete: sich selbst? Oder mich? Oder wollte er nur, daß ich glaubte, er sei davon überzeugt?

»Sie haben natürlich recht«, sagte er, »bestimmt ist er längst zu Bett gegangen. Es ist Viertel nach eins, italienische Zeit.«

Der Weg zum Haus war steil und kurvig. Manchmal streiften die Zweige großer Bäume über das Verdeck.

»Hoffentlich hat er es uns schön warm gemacht«, fing er schon wieder an, »Holz müßte noch genug da sein.«

»Kann er überhaupt rein ins Haus?«

»Ich habe Ihnen doch gesagt, daß wir immer einen Schlüssel hier bei einem Freund deponiert haben.« Seine Stimme klang gereizt. »Oder habe ich Ihnen nicht von Ettore erzählt?«

Wir hielten an. Von einem Haus war immer noch nichts zu sehen. Die dunkle, runde Hügelkuppe hob sich nur schwach gegen den dunstigen Nachthimmel ab. Nach links bog ein Weg ab; eigentlich nicht mehr als eine schwache Fahrspur.

»Darf ich Sie noch um einen letzten Gefallen bitten?« Er wartete keine Zustimmung ab. »Ich war jetzt seit letztem Herbst nicht mehr hier. Gut möglich, daß Steine im Weg liegen. Wenn Sie vorausgingen und nachschauten – Sie brauchen natürlich nur die größeren wegräumen.«

Ich stieg aus. Wie kalt es war!

Das Licht der Scheinwerfer verlieh auch kleineren Brocken täuschend lange Schatten. Ich stieß sie alle mit dem Fuß beiseite. Er fuhr dicht hinter mir; einmal, als er einen Gang zurückschaltete und der Motor wild aufjaulte, sprang ich vor Schreck aus dem Weg und fiel lang hin in das nasse Gras. Ich wäre gern liegengeblieben.

Der Vorplatz war asphaltiert. Er blendete auf. Das Haus war längst nicht so prächtig, wie ich erwartet hatte. Die gelblichen Feldsteine der Fassade glänzten naß. Alle Fensterläden waren geschlossen. Unter dem Vordach stand kein Tisch, kein Stuhl. Nichts. Man sah von hier oben kein Licht. Nur weit hinter entfernten Bergen schien der Dunst etwas aufgehellt. Vielleicht stand dort der Mond.

Der Professor hatte die Scheinwerfer ausgeschaltet; wieder gab er sein Hupsignal: lang – kurz – kurz – lang. Ein Nachtvogel strich über uns hinweg. Sonst war es nur dunkel und still.

Ich war mir längst sicher, daß Gennaro nicht hier war.

Der Professor stieg aus und schloß wortlos die Haustür auf. Sobald er drinnen Licht gemacht hatte, folgte ich ihm. Im Haus war es noch kälter. Im Vorraum standen zwei Paar Gummistiefel. Sie waren schmutzig, doch der Schmutz sah alt und trocken aus. Der Professor hatte den Kopf in den Nacken gelegt; er schnupperte. »Rauch! Oder riechen Sie das nicht auch?«

Ich war zu müde, um irgend etwas zu riechen.

Die Halle war tadellos aufgeräumt. Sieben Stühle standen ausgerichtet in regelmäßigen Abständen um einen langen Tisch. Der Aschenbecher auf dem Tisch war leer. Zwei dunkle, narbige Ledersessel flankierten den Kamin. In einem davon lag aufgeschlagen eine Zeitschrift. Der Professor stürzte sich darauf. Das Titelblatt war die Karikatur eines italienischen Ministerpräsidenten, der mindestens seit einem halben Jahr nicht mehr im Amt war.

»Ich dachte nur, er wäre vielleicht hier gewesen und schon wieder ...« Er warf die Zeitschrift in den Kamin. Weiße Asche stäubte auf wie Pulverqualm. »Aber vielleicht ...« Er rannte wieder hinaus.

Ich sah mich um. Die große Pendeluhr in der Ecke tickte nicht. Ihre Zeiger standen auf zwei Minuten nach fünf. Drei Türen gingen von der Halle ab. Eine Holztreppe führte nach oben.

Mein Mund war staubtrocken. Ich fand die Küche auf Anhieb: Das Wasser kam eiskalt aus der Leitung. Es schmeckte metallisch.

Der Professor hatte sein ganzes Gepäck dabei, als er zurückkam. »Ich dachte, er hätte vielleicht eine Nachricht hinterlassen«, erklärte er, »draußen im Briefkasten.« Auch er wirkte jetzt müde. Er machte ein Gesicht wie ein alter Bernhardiner – maßlos traurig, enttäuscht und auch irgendwie vorwurfsvoll.

Er schaute trotzdem noch in den übrigen Zimmern nach. In dem einen stand nur ein Stuhl vor einer leeren Staffelei. Das andere war vollständiger eingerichtet. Ich sah nur das große Bett. Der Professor stellte hier seinen Koffer ab. Den Geldkoffer legte er darauf.

Dann ging er in die Küche.

»Gennaro!« Er schrie laut. Dann rief er nach mir. »Kommen Sie! Hier!« Er wischte mit beiden Händen durch das Spülbekken. »Naß! Hier, fühlen Sie!«

»Ach so – das war ich – ich wollte nur etwas ...« Ich sah, wie schwer er es nahm. »Es tut mir leid.« Er stand da, die Augen geschlossen, beide Hände in das Waschbecken gestützt.

Endlich zeigte er mir, wo ich schlafen konnte. Wir gingen die Treppe hinauf. Oben gab es eine Art Galerie, die ungefähr auf halber Haushöhe an dreien der Wände entlanglief. Hier waren es vier Türen.

An der ersten blieb er stehen. »Gennaros Arbeitszimmer.« Er schaute nur kurz hinein; mich ließ er nicht vorbei. »Das Gästezimmer ist nebenan – hier, es liegt genau über meinem.«

»Ich werde ganz leise sein. Ich will nur noch schlafen«, sagte ich – und das war die Wahrheit.

Er machte mir Licht. Wir sagten uns gute Nacht.

Ich merkte mir die Richtung, in der das Bett stand, machte das Licht wieder aus und ließ mich darauf fallen.

Dann stand er plötzlich wieder im Zimmer.

»Übrigens, das Badezimmer ist drüben auf der anderen Seite.«

Ich versuchte, danke zu sagen.

Er blieb im hellen Türrahmen stehen.

»Was ich noch sagen wollte«, sagte er leise. »Ich glaube, ich weiß jetzt, warum Gennaro nicht hier ist – nicht hier sein kann. Vielleicht ist diese Sache doch ernster, als wir ursprünglich ... Er versucht einfach, mich da herauszuhalten, denn wenn er tatsächlich verfolgt wird ...« Er stockte wieder. »Er will wahrscheinlich vermeiden, daß man von unserer Beziehung erfährt, verstehen Sie?« Sein weißes Haar strahlte wie eine Gloriole im Gegenlicht. »Oder – das ist natürlich ebensogut möglich – er muß befürchten, daß man davon weiß, und dann würde man ihn hier natürlich zuallererst suchen ... So oder so: Er tut das für mich – meinen Sie nicht auch?«

Ich versuchte zu nicken. Aber das hätte er wohl ohnehin kaum erkennen können.

»Oder er ist woanders geblieben über Nacht – bei Ettore vielleicht – und er kommt morgen – oder sonst müssen wir ihn eben suchen, nicht wahr, wir werden ...«

Er schloß sehr leise und vorsichtig die Tür.

Bevor ich endgültig eingeschlafen war, schreckte mich für eine Sekunde noch das Gefühl, drei Hände zu haben. Mit letzter Kraft wälzte ich mich in eine bequemere Lage. Dann vergaß ich alles.

ZWEITER TAG

7

Ich wußte nicht, wie spät es war. Der Tag vor den Fenstern war zeitlos grau.

Es war fast unmöglich, sich in diesem Haus leise zu bewegen. Die Böden aus rötlichen, kleinen Steinfliesen ließen jeden Schritt widerhallen. Die Stufen der Treppe knarrten fast bösartig. Auch dies Geräusch kam mir unerhört laut vor.

Die sieben gradlehnigen Stühle standen immer noch wie zum Appell um den Eßtisch; die Asche im Kamin war immer noch schneeweiß. Auch in der Küche war alles beim alten geblieben – etwas Eßbares fand ich nicht.

Ich horchte an der Tür zum Zimmer des Professors: kein Laut.

Ich ging aus dem Haus. Die Luft kam mir wärmer vor hier draußen; sie war fühlbar feucht – nicht gerade so feucht, daß man sagen konnte, es regnete. Aber daß es nicht regnete, konnte man eigentlich auch nicht sagen. Es war vollkommen windstill. An den großen Zypressen regte sich nichts.

Ich konnte durch die unteren Zweige ins Zimmer des Professors schauen: das Fußende eines Bettes, der untere Teil einer Decke, eine Jacke, ordentlich über die Lehne eines Sessels gehängt; nur ein einziges Bild an der Wand: ein junger Mann mit entblößtem Oberkörper vor einer Staffelei; ein Selbstporträt: Gennaro.

Den Kopf hatte er vom Bild auf der Staffelei weggewandt und schaute dem Betrachter voll in die Augen, unverschämt, forschend, frech. Der Blick war eine Herausforderung; aber nicht zum Kampf, höchstens zu einem Spielchen oder einem kleinen Streitgespräch. Gennaro hatte immer schon gern gestritten, das heißt, er provozierte sein Gegenüber, indem er haltlose Thesen hinwarf und zäh daran festhielt.

»Du willst mich also bestehlen?« konnte sein Blick fragen.

»Wie kommst du darauf?«

»Ich habe doch gemerkt, wie scharf du bist auf das Geld.«

»Unsinn, ich war dagegen, so viel zu verlangen.«

»Ja, weil du nicht glauben wolltest am Anfang, daß alles geht so einfach. Aber dann hast du Blut geleckt, und nun würdest du gehen über Leichen. Ich habe schon gewartet, daß du mich verpfeifst an meine Leute.«

»Du weißt, daß ich das nie tun würde!«

»Weil du das Risiko nicht einschätzen kannst, dein Risiko.«

»Weil du mein Freund bist.«

»Du warst mein Freund.«

»Ich wäre glücklich, wenn wir wieder Freunde würden.«

»Wer sagt, er wird glücklich sein, lügt, indem er es beschwört. Das einzige Verhältnis des Bewußtseins zum Glück ist der Dank: Ich war glücklich.«

»Warum hast du mich dann verlassen?«

»Weil ich wußte, Du wirst mich verraten. Aus Angst oder aus Gier – was ist stärker in dir?«

»Du weißt, daß ich nicht so bin!«

»Wie bist du denn?«

»Ich bin ratlos, ich weiß nicht weiter, ich will doch nur, was mir zusteht.«

»Dann nimm es dir, versuch es ...«

Neben dem Bild stand ein massiver Mahagoni-Schrank, eine Art Sekretär. Die Schreibfläche war heruntergeklappt. Darauf stand der kleine schwarze Koffer.

Ich rührte mich nicht. Dieser Fensterausschnitt hielt mich fest; seine Bewegungslosigkeit schien sich auf mich zu übertragen. Nicht einmal das schwache Licht auf den Falten der Bettdecke wechselte.

Ich hatte aufgehört zu denken.

Das erste, was ich nach langer Zeit fühlte, war die Kälte, die wie ein Hauch schwach raschelnd durch die Bäume mir in die Glieder fuhr.

Ich schüttelte mich. Die Vorstellung von dampfendem, süßem Kaffee war überwältigend.

Also ging ich hinunter ins Dorf.

Vom Weg aus sah das Haus mit seinem flachen Dach wie ein Würfel aus, der eine Vier zeigt; so regelmäßig waren die dunklen Fenster im hellen Sandstein verteilt. In den Fahrspuren hatten sich Wasserlachen angesammelt. Die Feldsteine waren feucht, und ihre rissige Oberfläche glänzte speckig wie altes Leder. Von den großen Bäumen tropfte es gemächlich.

Ich legte den Kopf in den Nacken und ließ mir ein paar dicke Tropfen ins Gesicht fallen. Die Blätter hatten über Nacht Farbe bekommen; sie sahen aus wie frisch gestrichen. Die Brombeersträucher am Wegrand trieben erste saftgrüne Sprossen. Von üppigen, farnblättrigen Büschen riß ich junge Trauben ab und streute ihre kieselharten Fruchtperlen vor mir auf den Weg. Sie sprangen munter bergab.

Alles war gut und schön. Und frische Hoffnung grünte selbst in mir Ruine.

Es war, glaube ich, die letzte ruhige Minute, die ich hatte.

Das Dorf lag ungefähr einen Kilometer tiefer im Tal. Weißer Rauch stieg aus einigen Schornsteinen; dünn und gerade, bis er sich in ziehenden Nebelschwaden verlor.

Zu Fuß konnte man den weiten Bogen des Fahrweges abschneiden. Zwischen knorrig verwachsenen Olivenbäumen hangelte ich mich hinunter. Ein Hund begann zu bellen. Dann war es wieder still. Es mußte noch ziemlich früh am Morgen sein.

Als ich am Dorfrand auf die gepflasterte Straße traf, hatte ich nasse Füße. Doch fühlte ich mich immer noch sehr wohl. Mein Kopf tat nicht mehr weh. Ich hatte die Illusion, vollkommen klar denken zu können. Und ich nahm alles wahr: die Wellblechhütten am Fluß; jede Naht, jedes Loch, jede Beule; jede einzelne Rippe und jeden Wassertropfen darin und selbst den verschlungenen Weg, auf dem er später zur Erde rinnen mußte. Dann die ersten Steinhäuser mit ihren hochgelegenen Türen, zu denen enge, ausgetretene Treppen hinaufführten. Nur seltsam, wie farblos alles wirkte, wie geräuschlos alles war. Selbst der Fluß schien stillzustehen.

Am Brückengeländer lehnte reglos ein alter Mann. Ein Schild bedeutete, daß hier die Bushaltestelle sei. Er sah aber nicht so aus, als wollte er noch irgendwo hin.

Auf der Piazza parkten ein paar Autos. Darunter ein riesiger amerikanischer Caravan, olivgrün mit dunkel getönten Scheiben. Er fiel mir auf, aber ich dachte mir nichts dabei.

Ich sah mich um. Hier hatte ich alles beisammen: das Café, den Coop-Laden, die Bäckerei, die Bank – auf der anderen Seite die Post, die Tankstelle, das Kino, ein ›circolo recreativo‹, die Polizei und das Büro der Kommunistischen Partei Italiens. Über die Dächer ragte – plump und zinnenbewehrt – der Glockenturm einer Kirche.

Die Tür des Cafés war verschlossen. Auch der Laden und die Bäckerei hatten noch nicht geöffnet. So früh konnte es doch auch nicht mehr sein.

Ich ging auf den alten Mann zu. Er bewegte sich immer noch nicht viel; zeigte mir bloß seine letzten graugelben Zähne. Also lebte er noch. Seine Zähne hatten exakt den gleichen Farbton wie der Stein, aus dem die Häuser hier waren; und auch sie schimmerten matt.

Ich hatte mir einen italienischen Satz zurechtgelegt, von dem ich hoffte, daß er die Frage enthielte, wann die Läden öffneten.

Er wackelte bedenklich mit dem Kopf.

Wo denn die ganzen Leute seien?

Er fuchtelte mit dem Daumen in Richtung Kirchturm.

Ein Feiertag?

Er nickte.

Aber was für einer? »Ascensione?« fragte ich. Himmelfahrt?

Er sagte immer noch nichts; ballte nur die Faust und reckte sie zum Himmel. Dann spuckte er auf den Boden.

Ich nahm das als Bestätigung. Wie lange so eine Messe wohl dauerte? Ich beschloß zu warten.

Auf der anderen Seite der Piazza stand ein großer, feierlicher Baum. Ich lehnte mich gegen den Stamm und zündete mir eine Zigarette an. Schon der erste Zug löste schwindelerregende Vorstellungen aus. Mona. Solange ich bei ihr gewesen war, hatte ich sogar vergessen zu rauchen. Ich hatte kein Bedürfnis mehr, keine Lust, und Mona mochte keine Zigaretten, schon gar nicht im Freien; allenfalls nach dem Abendessen, zum Kaffee, fand sie die eine oder andere passend. Ja, sie hatte feste Vorstellungen, auch und gerade wenn es ums Genießen ging. Das gefiel mir.

Ich trat meine Zigarette aus – das Klappen einer Wagentür.

Ein Mann war aus dem grünen Straßenkreuzer gestiegen. Der Mann kam gerade auf mich zu. Ich wußte, wer dieser Mann war. Ich erkannte ihn, obwohl er jetzt eigentlich nicht mehr wie ein höflicher Angestellter aussah.

Ich dachte gar nicht daran wegzulaufen.

»Mein Name ist Salow.« Auch seine Stimme klang verändert; keine Spur mehr von Schweizer Akzent. Doch sie klang immer noch nicht unfreundlich. *»Ihren* Namen kenne ich.«

Ich fragte ihn nicht, woher. Ich fragte: »Was haben Sie mit meiner Tasche gemacht? Wo ist sie?«

»Kann Ihre Tasche schwimmen?« Er breitete beide Arme aus. »Ja?! Dann schwimmt sie jetzt vermutlich die Limmat runter; dann in die Aare, dann in den Rhein – womöglich kann sie es bis zum Atlantik schaffen. Das ist doch schon was für ein einfaches Täschchen aus dem Volke!«

Ich konnte nur den Kopf schütteln.

»Sie haben keine Phantasie«, rügte er. »Es ist schließlich eine *Reise*tasche.«

»Warum verfolgen Sie mich?«

»Ach, ich reise halt auch ganz gern. Außerdem kriege ich

noch Geld von Ihnen – gestern in Zürich hatten Sie es ja leider nicht dabei.«

»Woher wußten Sie ...«

»Ich durfte doch annehmen, Sie hätten es von der Bank geholt; aber Ihr Freund Gennaro war Ihnen wohl zuvorgekommen.« Er seufzte und machte ein bekümmertes Gesicht. »Ja, ja, mich hat er auch geleimt: Hatte mir weisgemacht, er käme ohne Sie nicht an das Geld heran. Ich habe ihm geglaubt – das war sehr dumm von mir.«

»Sie sind sogar *noch* dümmer, wenn Sie glauben, es von mir zu bekommen.«

»Immerhin haben Sie mir schon ein recht interessantes Tonbändchen zukommen lassen.« Wenn er lächelte, sah man, daß die beiden oberen Schneidezähne viel zu groß waren für sein schmales Mündchen. »Besonders der zweite Anruf war schon ein Schlag ins Kontor – für Sie nicht?«

Genau das war es: Warum hatte ich das Band nicht bis zum Ende abgehört? Es war zum Heulen; ich versuchte vielsagend zu lächeln.

»Ihr Freund muß wirklich über beträchtlichen Charme verfügen – oder wie ist er sonst an Ihr Sauererschwindeltes gekommen? Am heiligen Bankfeiertag?!«

Gennaro hatte also das Geld! Irgendwie war er herangekommen, gestern, nein, vorgestern, am Sonntag. Wie er das gemacht hatte, wer dafür verantwortlich war, ist nie geklärt worden: Bankgeheimnis nennt sich das.

Aber das ist Moos von gestern. Salow ließ mich nicht zur Besinnung kommen. »Nun ist eine neue Maus unterwegs – und die werden wir gemeinsam fangen, nicht wahr?«

»Ich werde Sie anzeigen.«

»Ach ja? Wo denn?«

Ich zeigte auf die vergitterten Fenster der Polizeistation.

»Fein!« Er klatschte in die Hände. »Gehn wir!«

Vielleicht gab es eine Methode, ihn einzuschüchtern – aber diese war zweifellos die falsche.

Ich machte einen neuen Ansatz. »Was wollen Sie überhaupt von mir?«

»250 000 Deutsche Mark.«

»Sie sind verrückt!«

»Ich nehme es auch in Franken. Ich nehme überhaupt alles, was wie Geld aussieht; muß eine Art Sammelleidenschaft sein bei mir. Vielleicht bin ich tatsächlich verrückt.« Er rollte die Augäpfel. »Jetzt müssen Sie aber endlich fragen: ›Wie komme ich denn dazu, Ihnen Geld zu geben?‹«

Ich fragte etwas anderes: »Wie stellen Sie sich das vor?«

»Ah, eine sehr gute Frage! Sie waren bestimmt ein guter Schüler, beliebt bei den Lehrern, nicht wahr? Lehrer lieben so gescheite Fragen ...«

Ich sah zu dem stummen Italiener hinüber, der immer noch genauso da lehnte wie zuvor. Ich glaube, Salow spürte, daß er mir nicht zuviel Zeit zum Besinnen geben durfte.

»Sie stehlen das Geld Ihrem alten Freund, dem Professor – so einfach ist das.«

»Warum tun Sie es dann nicht selbst?«

»Ach«, sagte er verschämt, »ich fände es einfach passender, wenn Sie das erledigen. Ich bin Romantiker. Deshalb biete ich Ihnen auch an zu teilen.«

»Halbe-halbe?« Meine Ironie war verschenkt.

»Die Antwort ist fast richtig! Was meint das Publikum? Können wir die Antwort gelten lassen? Jawohl, Sie haben gewonnen – 50 000 Mark! Einverstanden?«

Ich machte einen letzten Versuch, ihn zu stoppen. »Sie müssen tatsächlich verrückt sein! Es gibt keine 250 000. Es gibt keinen Grund für mich, zu stehlen. Es gibt auch ...«

»Es gibt auch keinen Weihnachtsmann«, unterbrach er mich leiernd. »Und dennoch hat er Millionen Kinder in aller Welt glücklich gemacht und ihre kleinen Herzen höher schlagen lassen.« Er verschärfte den Ton. »Wie wäre es mit 100 000?«

Ein merkwürdiger Zufall! Genau die Summe, mit der ich rechnete, die ich verdient hatte. Ich mußte genauer wissen, wieviel er wußte. Ich beschloß, ein paar Fragen auszulassen. Seine flinke Art steckte an. »Womit haben Sie Gennaro erpreßt?«

»Im Vertrauen: Ich habe ihm gedroht, daß ich all seine Sünden seinem Beichtvater stecken würde. Der heilige Mann wäre bestimmt begeistert von Ihrer Pressearbeit!« Er hatte ein äußerst bewegliches Gesicht, das fast jeden seiner Sätze illustrierte: den letzten zum Beispiel mit einem frömmelnden Augenaufschlag. »Ich fand den Trick übrigens auch nicht übel. Wo lassen Sie drucken?«

Ob der Drucker uns verraten hatte? Unmöglich – ich hatte sein Lachen noch im Ohr; es klang so vertrauenerweckend dumm. Er hatte alles für einen einträglichen Scherz gehalten.

»Woher wissen Sie von der ganzen Sache?« Ich fragte möglichst beiläufig.

»Wir haben gemeinsame Bekannte«, sagte er unbestimmt.

»Wen meinen Sie damit? Wo ist Gennaro?«

»Die Antwort würde Ihnen kaum gefallen.« Er drehte den Kopf weg und redete den Baumstamm an. »Sagen Sie's ihm, Schwester!«

»Was soll das? Was ist mit ihm?«

»Sie müssen jetzt sehr tapfer sein. Diagnose A: Operation mißlungen – Patient lebt. Diagnose B: Operation gelungen –«

»Sie lügen! Oder Sie haben ihn selbst . . .«

Er hielt sich die Ohren zu. »Nicht das böse Wort! Aber bitte, wenn es Ihnen recht ist, nennen wir Ihre Hypothese Antwort B1 – Antwort B2 wäre dann: Jemand anderer hat: Punkt, Punkt, Punkt – Unzutreffendes bitte streichen.«

»Wer?« Ich war mir durchaus nicht sicher, wie ernst er es meinte; aber der geringste Zweifel reichte aus, mich völlig durcheinanderzubringen.

»Sie haben zehn Sekunden Bedenkzeit!« Er schlug einen imaginierten Gong: »9, 8, 7 . . .«

Der Professor! Gennaro wollte ihn verlassen. Er war in Frankfurt gewesen. Aber warum spielte er dann noch diese

Rettungskomödie? Eben darum – er war jedenfalls der einzige, der mir einfiel. Ich wollte damals an seine Schuld glauben. Andererseits machte mich der Gedanke verrückt. Mord – damit hatte ich nie auch nur im entferntesten gerechnet.

»Und aus«, sagte Salow. »Tut mir leid.« Er zündete sich eine Zigarette an. Für einen Augenblick sah sein schmales Gesicht mit dem fliehenden Kinn sehr weich aus. »Es bleibt also bei 100 000.«

Da hatte ich die Lösung ganz unblutig und viel naheliegender: Gennaro und Salow – sie waren dabei, den Alten gemeinsam auszunehmen. Das erklärte alles – fast alles: Denn wie hatte sich Gennaro mit so einem Typ einlassen können?

»Sie haben Gennaro mit der Polizei gedroht?«

Er schüttelte den Kopf. »Mein lieber junger Freund«, er lächelte nachsichtig, »Sie machen sich offenbar nicht klar, was es für jemanden mit einem haitianischen Paß bedeutet, seine haitianischen Freunde zu enttäuschen. Was haben Sie übrigens für einen Paß? Einen deutschen, hab ich recht? Lassen Sie doch mal sehen!« Seine Hand fuhr auf mich zu. Ich versuchte, sie abzuwehren und gleichzeitig meinen Mantel zusammenzuhalten. Aber er wollte gar nicht hineingreifen. Er packte meinen Unterarm, drehte ihn mir auf den Rücken und riß ihn hoch. Ich bemühte mich, nicht nach vorn zu knicken. Das war ein Fehler – es tat höllisch weh.

»Ich werde Ihnen jetzt mit meiner Zigarette ein Muster in den Handrücken brennen.« Er parodierte jetzt einen Jahrmarktschreier: »Was hätten Sie denn gern, mein Herr? Unsere Spezialität ist Amors Pfeil, im Herzen steckend, vom Namen der Liebsten umkränzt – na, wie heißt sie denn?!«

Ich gab ihm mit der freien Hand meine Brieftasche. Ich mußte dermaßen keuchen, daß ich nicht einmal ein Schimpfwort herausbekam. Ich starrte hinüber zu dem alten Italiener; er schaute interessiert zu. Salow hatte seinen Griff gelockert und klopfte mir kameradschaftlich auf den Rücken. »So ein Schluckauf ist ganz was Schlimmes«, sagte er.

Ich wagte nicht, ihn zu schlagen.

Er schaute sich meinen Ausweis an. »Das Bild gefällt mir.« Er kniff ein Auge zu. »Obwohl Sie natürlich in Wirklichkeit noch viel besser aussehen. Die langen Locken stehen Ihnen fantastisch, ehrlich!«

Ich hatte immer noch kein Gefühl in der Schulter. »Was soll das? Glauben Sie im Ernst, daß ich das Geld für Sie stehlen werde?!«

»An irgend etwas muß der Mensch ja glauben.« Er lachte sehr über seinen eigenen Witz. Plötzlich konnte ich mir gut vorstellen, wie angeregt und nett unsere Unterhaltung von weitem aussehen mußte.

Ich wischte mir den Schweiß von der Stirn und ein paar Tränen aus den Augen. Vor Schmerz und Wut hatte ich tatsächlich geweint.

»Ich werde das nicht tun. Nie!«

»Doch!«

»Nein!«

»Doch!« Er lachte wieder.

Rasselnd wurden irgendwo die Rolläden hochgezogen. Der alte Italiener schlurfte los; er kam ganz nahe an uns vorbei.

»Nein«, zischte ich, »nie.«

»Tut mir leid, aber ich habe nicht genug Zeit, das hier bis zu Ende durchzuspielen. Zum besseren Verständnis werde ich jetzt Klartext reden.« Er räusperte sich übertrieben. »Also: Sie besorgen das Geld; und zwar bis morgen. Wir treffen uns in Lucca.«

»Und wie soll ich dahin kommen?«

»Nehmen Sie am besten den Bus.« Er zeigte zur Bushaltestelle hinüber. »Kommen Sie mit!«

Nach Lucca gingen vier Busse pro Tag, der erste um Viertel vor zehn. »Dann treffen wir uns um halb elf in der Buchhandlung am Dom, Libreria Faggiola – verstanden?«

»Wie soll ich dahinfinden – ich war noch nie in Lucca?«

»Rechts hinter dem Dom – Libreria Faggiola im Corte Biancalana. Steht alles hier drauf.« Er notierte Uhrzeit und Adresse auf einen kleinen Zettel, den er in meine Brieftasche schob. »Ihren Paß behalte ich solange, als kleine Rückversicherung sozusagen.«

»Aber wenn ich ...«

Er trat einen Schritt näher an mich heran und fixierte mich starr. Seine Augen hatten keine Tiefe und die fahle Farbe von gekochtem Rindfleisch. »Herrje«, sagte er, »wollen Sie wirklich wissen, was passiert, wenn Sie nicht kommen?« Er überzog auch diese Drohgebärde ins Lächerliche. Bei mir wirkte sie trotzdem.

»Aber wenn ich es nicht schaffe – ich meine: zeitlich?«

Er dachte kurz nach. »Sehen Sie, einem vernünftigen Argument stehe ich immer aufgeschlossen gegenüber.« Er entspannte sich; sprach jetzt wie ein leutseliger Aufsichtsrat, wobei er seine Zigarettenkippe wie eine fette Havanna zu Ende paffte. »Sie sollen das natürlich in aller Ruhe erledigen. Gehen Sie kein unnötiges Risiko ein – wer weiß, vielleicht brauchen wir einen Vorsprung.« Er schrieb noch etwas auf meinen Merkzettel. »Wenn es also später werden sollte, hinterlegen Sie eine Nachricht. Und zwar in Boswells ›Londoner Tagebuch‹. Das finden Sie in dieser Buchhandlung leicht, es gibt nur ein Regal mit fremdsprachiger Literatur, im hinteren Raum, gleich neben der Pornografie. Alles klar?« Ich nickte. »Jetzt könnten Sie noch fragen: ›Und was ist, wenn das Buch vorher verkauft wird?‹« Er äffte mich täuschend nach. »Damit würden Sie aber lediglich zeigen, daß Sie weder Boswell noch die italienischen Lesegewohnheiten kennen.«

»Kenne ich auch nicht.« Meine Stimme sollte kühl klingen – sie klang aber bloß patzig.

Vom Kirchturm her begann die Glocke zu läuten.

Als sei das sein Zeichen, strich Salow sich das dünne, blonde Haar aus der Stirn, reckte sich lässig und tänzelte auf mich zu. Ich wollte zurückweichen, doch hinter mir war jetzt das Brückengeländer. Er schüttelte seine Beine aus, wie ein Sprinter vor dem Start.

Dann machte er eine Art Kniebeuge. »Wir werden uns schon zusammenraufen«, sagte er im Hochkommen.

Was dann geschah, sah ich nicht kommen. Ich sah nicht einmal, was er genau machte. Ich spürte nur einen stechenden Schmerz im Unterleib.

»Nichts für ungut. Ich muß jetzt gehen.« Seine Stimme klang dünn und fern. Ich versuchte noch, mich irgendwo festzuhalten, dann fiel ich vornüber auf die Knie. Er gab mir noch einen Tritt in die Nieren und ließ etwas vor mir auf die Straße fallen. »Ich glaube, Sie haben Ihre Brieftasche verloren – da liegt sie, sehen Sie?«

Ich kroch darauf zu.

8

Ich kann nicht begreifen, wie man mir aus meinem Verhalten Salow gegenüber einen Vorwurf machen konnte. Wieso glaubte mir niemand vor Gericht diese Angst, die er mir einjagte? Es mag sich zwar so anhören, als sei er kaum mehr als ein Komödiant – doch bevor man ihn harmlos findet, sollte man wenigstens die Folgen bedenken, die schon diese ersten beiden Begegnungen für mich hatten: Meine Reisetasche und meinen Paß war ich beides losgeworden, einen Arm hatte er mir fast gebrochen, und zu Boden geschlagen hatte er mich auch. Und wenn der Staatsanwalt den Druck, unter dem ich stand, bezweifeln und mir sogar irgendwelche Verabredungen mit ihm und generell »Kooperationsbereitschaft« unterstellen wollte – letzteres mit der lapidaren Begründung, ich hätte mich doch wehren können –, so kann ich nur wiederholen: Ich verabscheue körperliche Gewalt – ich habe ihr nichts entgegenzusetzen. Allen, die es so einfach finden, Widerstand zu leisten, und so verwerflich, sich einschüchtern zu lassen, wünsche ich eine ähnliche Konfrontation; genauer gesagt: einen scharfen Kniff in die Weichteile und einen harten Tritt in die Nieren wünsche ich ihnen. Dann würden sie nämlich anders reden – falls sie überhaupt noch viel zu sagen hätten.

Zu solchem Maulheldentum neigen zuallererst Leute, die nie im Leben einem entschlossenen und geübten Gegner gegenüberstanden. Bei körperlichen Auseinandersetzungen kommt es nämlich keineswegs nur auf Kraft an, nicht einmal auf Geschicklichkeit, über den Ausgang entscheidet allein die Entschlossenheit zuzuschlagen und der feste Wille, dem anderen möglichst weh zu tun. Daß Salow auf diesem Gebiet kein Anfänger war, hatte ich eben zu spüren bekommen.

Das soll nicht heißen, daß ich hier schon bereit war, Salows Forderungen voll und ganz zu erfüllen. Aber eine Ahnung, was ich dagegen machen konnte, hatte ich auch nicht.

Ich hatte andere Sorgen.

Ich rutschte auf Knien über diesen dreckigen Dorfplatz und mühte mich, meine Brieftasche wieder aufzusammeln. Was dann kam, war noch schwieriger: Ich mußte aufstehen. Ohne das Brückengeländer hätte ich es nicht geschafft. Der Fluß stank.

Mit nassen Knien machte ich mich auf den Rückweg. Zur Abwechslung hatte ich ein bißchen Glück: Auf halber Höhe etwa kam mir der Wagen des Professors entgegen.

Er fing sofort an, mir Vorwürfe zu machen. »Wo waren Sie? Sie können doch nicht einfach aus dem Haus gehen – ich habe Sie gesucht!«

»Ich wollte nur etwas zum Frühstück besorgen – Sie schliefen ja noch ...« Ich ließ mich auf den Beifahrersitz fallen. »Der Laden hatte zu: Himmelfahrt.«

»Wie bitte?« Er sah mich an, als sei ich schwachsinnig. »An einem Dienstag?!« Er konnte sich gar nicht wieder beruhigen. Endlich kam er darauf, daß heute ein italienischer Nationalfeiertag sein müsse: »26. April: Tag der Befreiung vom Faschismus.«

Wir fuhren los; leider nicht in Richtung Haus.

Ich fragte ihn mühsam, wohin er wollte.

»Zu Ettore natürlich. Falls Gennaro hier war, weiß Ettore davon.«

»Können wir nicht irgendwo unterwegs anhalten und frühstücken?«

»Nein.« Vielleicht fiel ihm selbst auf, wie schroff das klang, denn er fügte hinzu: »Außerdem werden wir bei Ettore sicher etwas bekommen, etwas viel Besseres.«

Ich war zu schwach, um zu streiten. Ich konnte gerade

noch meinen leeren Magen festhalten. In den Kurven zog er sich krampfhaft zusammen, wobei er sich dennoch anfühlte wie ein viel zu prall aufgepumpter Gummiball.

Die Dörfer, an denen wir vorbeikamen, wirkten noch schäbiger als Piedimonte; bräunliche Brandflecken im grünen Gewand der Hügel.

Der Professor war wieder einigermaßen verbindlich. Er sprach von Ettore; genauer gesagt: Er warnte mich vor ihm. Demnach mußte er ein ziemlicher Menschenfeind sein, nicht leicht zu nehmen und Fremden gegenüber besonders mißtrauisch.

»Rauhe Schale, tauber Kern – ein echter Bauer eben.«

»Aber nein, er war Soldat«, verbesserte mich der Professor. »Fremdenlegion, zehn Jahre oder mehr, Indochina, Algerien ... Aber fragen Sie ihn besser nicht danach – er redet nicht gern über diese Zeit. Er redet überhaupt nicht gern.« Der Professor lächelte. »Ich wüßte auch nichts davon, wenn Gennaro ihn nicht dazu gebracht hätte, etwas von sich zu erzählen. Er war der einzige, der das konnte.«

Sein Lächeln ging mir auf die Nerven. Wenn ich auch nur angedeutet hätte, was ich inzwischen über Gennaro erfahren hatte, wäre es ihm schon vergangen. Leider durfte ich das ja nicht.

Er wurde auch so schon wieder ernst.

»Ich habe mir heute nacht das alles noch mal durch den Kopf gehen lassen«, sagte er. »Eines möchte ich Sie fragen: Was ist das für ein Mädchen, das Sie da gestern angerufen hat?«

»Mona?« Ich hätte mich liebend gern revanchiert und ihm gesagt, das gehe ihn nichts an; aber auch das konnte ich mir nicht leisten. »Eine gute Bekannte«, begann ich, »wir kennen uns zwar noch nicht lange, aber sie ist für mich ...« Ich wäre beinahe ins Schwärmen geraten.

Glücklicherweise unterbrach er mich. »Was ich nur wissen will: Kennt sie Gennaro?«

»Nein.« Und ich hätte es mir auch dreimal überlegt, ihn mit

ihr bekannt zu machen. Schließlich hatte ich oft genug erlebt, wie Gennaro auf Frauen wirkte – ja, auch auf Frauen.

»Seltsam.« Der Professor mußte abbremsen, weil ein paar magere Ziegen über die Straße trotteten. »Sie schien doch gleich sehr interessiert zu sein, und ...«

Diesmal schnitt ich ihm den Satz ab. »Sie ist an *mir* interessiert.«

»Ach ja?« Es klang nicht sehr überzeugt. »Ich meinte nur, weil sie ja immerhin noch ein zweites Mal angerufen hat, von sich aus ... Und sie schien durchaus informiert.«

»Ich habe ihr von Gennaro erzählt«, gab ich zu.

»Auch über Ihre gemeinsamen Unternehmungen?«

»Aber nein, das sagte ich doch bereits.« Es war trotzdem gelogen, wie gesagt.

Aber was hätte es geändert, wenn ich mich dem Professor anvertraut hätte? Ich wäre in eine noch gefährlichere Klemme gekommen – aber das ist denen, die von anderen stets unbedingte Ehrlichkeit erwarten, natürlich ganz egal. Ich fand meine Situation auch so schon schwierig genug.

Also wechselte ich ziemlich schroff das Thema.

»Was treibt dieser Ettore eigentlich hier draußen?«

Er zögerte. »Ach, ich würde sagen: Er hat sich zur Ruhe gesetzt.«

»Ich wußte gar nicht, daß Fremdenlegionäre pensionsberechtigt sind.«

Der Professor lächelte nicht. »Nein, nein. Er ist jetzt ein richtiger Bauer; hat sich einen alten Hof gekauft, baut da Gemüse an, zieht Blumen, Kräuter ... Er hat sogar ein kleines Gewächshaus: exotische Pflanzen, was weiß ich ...«

Irgendwie – vielleicht, weil solche Sachen damals gerade in der Luft lagen – mußte ich sofort an Rauschgift denken: Hanf, Mohn, Marihuana. »Ausgerechnet hier?« fragte ich. »Ich meine, die Gegend ist doch reichlich abgelegen?« Ich schaute aus dem Fenster. Das einzige, was noch entfernt an Menschen erinnerte, war eine halbverfallene Schafhürde.

»Sagen Sie ruhig einsam. Und er lebt hier ganz allein. Kein Wunder eigentlich ...« Er unterbrach sich. »Womöglich ist er ›ein Freund der Pflanze‹, wie Goethe mal von sich gesagt hat.«

Mein Lachen klang wohl verächtlich.

»Dafür sollten Sie doch Verständnis haben – er lebt eben natürlich.« Diese Anspielungen konnte er offenbar nicht lassen.

»Ich werde nie begreifen, wie jemand freiwillig zu den Soldaten gehen kann«, sagte ich.

»Oh, ich schon!« Der Professor gab seiner Stimme einen überzogen tuntigen Tonfall, den sie sonst kaum hatte. »All die starken jungen Männer in ihren schicken bunten Röcken!«

»Ach so.« Hinter einem großen, stockfleckigen Werbeschild bogen wir von der rissigen Landstraße auf einen schmalen Weg, der sich gefährlich nah an einem tiefen Abgrund entlangschlängelte; es ging fast lotrecht hinab.

Der Professor sagte mit ernster Stimme: »Wie schnell Sie bereit sind, sich einer Meinung über einen Unbekannten anzuschließen.« Er schnaufte. »Ja, diese Art von Gerücht ist immer leicht zu verbreiten.«

Ehe ich verstand, was er meinte, und mich rechtfertigen konnte, winkte er schon ab. »Ettore hat bestimmt gute Gründe gehabt für seinen Rückzug. Jeder Einsiedler hat seine Gründe: Enttäuschung, Verletztheit, Verachtung, Angst – im übrigen geht uns das nichts an.«

Jetzt kam er sich vermutlich sehr edel vor und hüllte sich in kostbares Schweigen. Ich möchte hier betonen: Ich habe nichts gegen Homosexuelle – mein bester Freund war schließlich homosexuell: Ich habe lediglich etwas gegen diejenigen, die auch noch bewundert werden wollen dafür, oder bemitleidet, die sind noch schlimmer.

Auch diese typischen 70er-Jahre-Schwuchteln, die aussehen und sich benehmen wie Stummfilmdiven mit ihren toupierten Bubiköpfen und den scharfen Lidstrichen, mag ich nicht.

Grundsätzlich finde ich nichts dabei, homosexuell zu sein, nicht einmal etwas Besonderes.

Der abschüssige Weg bog halsbrecherisch scharf um einen Felsvorsprung. In das schmale, keilförmige Tal fiel nur wenig Licht. Fern, im Trüben, erkannte ich gerade noch eine Rauchgirlande und darunter ein großes Bauernhaus. Es stand dicht am Hang, jenseits einer weiten Wiese. Hohes Gras wogte leicht im Wind und zeigte die unbestimmten Farben brackigen Meerwassers.

Dann hörten wir den Schrei. Es war ein furchtbarer Schrei: laut, langgezogen, jämmerlich – wie aus Todesnot.

Der Professor lachte. »Ettores Esel«, erklärte er, »so begrüßt er alle, die zu Besuch kommen.«

Um meinen Schrecken einigermaßen zu vertuschen, lachte ich mit.

Der Professor hupte ein paarmal und ließ den Wagen langsam ausrollen. Die Hühner, die wir sonst überfahren hätten, beäugten uns mißtrauisch; sie sahen auf geradezu bösartige Weise dumm aus.

Wir stiegen aus. Ein alter, grauer Esel kam langsam um die Ecke. Ein richtiger Esel, der stehenblieb und schüchtern den Blick senkte. Der Professor wollte ihn streicheln, doch der Esel wollte das nicht und wich scheu zurück.

Dann erst trat der Hausherr auf.

Er mußte sich bücken, um aus der Tür treten zu können, und die Tür war nicht eben niedrig.

Ettore war überhaupt das Gegenbild dessen, was man sich gewöhnlich unter einem Italiener vorstellt. Groß, fett und blond; das finstere, eckige Gesicht voller Sommersprossen. Geboren war er in Triest, wie ich später erfuhr.

Er bewegte sich nicht ganz so plump wie Frankensteins Monster; keine Spur von der Grazie, die dicke Menschen manchmal noch ansehnlich macht.

Der Professor reckte sich gewaltig, um ihn zu umarmen. Ettore starrte mich über seinen Kopf hinweg an; ungefähr so erfreut, wie man ein Haar in seiner Suppe oder das Schwarze unter seinen Fingernägeln anschaut.

Der Professor präsentierte ihn mir; stolz wie ein Soldatenkönig auf seinen Lieblingskürassier. Ich verbeugte mich stumm. Den Enthusiasmus, den viele Städter für die einfache Landbevölkerung entwickeln, habe ich nie geteilt.

Der Professor erkundigte sich natürlich zuerst nach Gennaro; auf italienisch. Trotzdem hatte ich keine Schwierigkeiten, die Antwort mitzubekommen: Ettore zuckte nur die mächtigen Achseln. Es war auffallend, wie sehr der Professor bemüht war, seine Enttäuschung zu überspielen.

Das Frühstück, zu dem wir uns selbst einladen mußten, war mäßig. Säuerliches selbstgebackenes Brot, alter selbstgemachter Ziegenkäse, etwas ranzige Butter – selbstgestampft vermutlich – und dünner Pulverkaffee. Ettore selbst aß nichts davon mit. Er knabberte die ganze Zeit Schokoladenriegel. Als er eine Tafel verputzt hatte, ging er an einen Wandschrank und holte sich die nächste. Soweit ich sehen konnte, war der ganze Schrank bis oben hin voller Süßigkeiten.

Der Professor redete fast ununterbrochen; mit Ettore konnte man offenbar deutsch sprechen; er antwortete ohnehin kaum. Es ging ausschließlich um Gennaro – neue Mutmaßungen und Berechnungen, die auf den alten Fehlern aufbauten. Das einzige, was Ettore beisteuerte, war ein gewisses Grunzen, zum Zeichen der Zustimmung, und das dauernde Knistern mit dem Stanniolpapier, in das seine Schokolade eingewickelt war. Wenigstens schmatzte er nicht; er lutschte lautlos. Ein tumber Tor.

Ich weiß, nach allem, was war, dürfte ich nicht so von ihm reden – aber das war eben mein erster Eindruck.

Mir war nach dem Essen kaum wohler als zuvor.

Was sollten wir noch hier? Ich wußte zwar auch nicht genau, wo Gennaro steckte – aber hier war er jedenfalls nicht. Und er würde sich auch hüten, bei irgendwelchen gemeinsamen Bekannten aufzutauchen.

Ich stand einfach auf und ging hinaus – »eine Zigarette rauchen«, sagte ich.

Statt dessen ging ich zum Wagen. Um das Geld an mich zu nehmen? Natürlich nicht. Von hier aus wäre ich damit ohnehin nicht davongekommen. Ich wollte lediglich wissen, wo es war.

Ich traute mich nicht, im Kofferraum nachzusehen, denn ich wußte nicht, ob man mich durch eins der Fenster beobachten konnte. Ich mußte mich vergewissern.

Eines stand offen; als ich mich näher heranpirschte, hörte ich die Stimme des Professors.

»Er ist doch gar nicht so übel ... woher willst du das wissen?«

Ettores Gebrumm war nicht zu verstehen.

»Er ist nur irgendwie schwierig ... total verklemmt ... aber Gennaro hat ihn gern, und Gennaro versteht etwas von Menschen ... Du auch, ich weiß ... Aber was soll ich machen? Ich kann ihn doch nicht einfach sitzenlassen ... Du hast ja recht, bei solchen Typen kann man nicht vorsichtig genug sein ... Ich weiß nicht mal, ob er schwul ist oder andersrum – und ich bezweifle, ob er es selbst so genau weiß, hahaha ...«

Ich hatte genug gehört zu meiner eigenen Schande. Ich drehte mich um und sah in die traurigen Augen des alten Esels.

Von mir ließ er sich übrigens streicheln; irgendwie freute mich das.

Als wir wegfuhren, stieß er wieder seinen jammervollen Schrei aus. Ich könnte schwören: Es gibt nichts, das einsamer klingt als der Schrei eines einsamen Esels.

Ich hatte immer noch gehofft, mit diesem erfolglosen Besuch bei Ettore sei die Suche nach Gennaro vorläufig eingestellt; doch im Gegenteil: Für den Professor ging sie jetzt erst los. Und mir blieb nichts weiter übrig, als ihn zu begleiten. Meinen desolaten körperlichen Zustand ignorierte er, und ich mochte auch nicht davon anfangen. Einen anderen plausiblen Grund, mich abzusetzen, wußte ich nicht; jedenfalls keinen, der sich ihm gegenüber vorschützen ließ. Schließlich konnte ich ihm schlecht erzählen, ich wollte jetzt gern seinen Wagen und sein Haus nach dem Köfferchen mit dem Geld durchsuchen. Ebensowenig konnte ich ihn darauf bringen, daß nach meiner Theorie Gennaro sich von uns gar nicht finden lassen wolle.

Auf der Fahrt nach Pisa überdachte ich meine Situation – nur kurz, denn soviel wurde mir gleich klar: Salow war mein Mann; meine einzige Chance, an Gennaro und das Geld zu kommen. An ihn mußte ich mich halten; und dafür würde ich den Professor bestehlen müssen. Selbst wenn ich mich täuschte und Gennaro nicht mit Salow gemeinsame Sache machte, blieb mir gar nichts anderes übrig. Denn auch wenn Salow Gennaro erpreßte, bedrohte oder sonstwie in der Hand hatte, konnte es doch nur im Sinne des Professors sein, Salows Forderung zu erfüllen.

So dachte ich damals tatsächlich. Mir später vorzuhalten, ich hätte mich doch auch dem Professor anvertrauen können, ist natürlich einfach. Aber man vergißt wieder eines: meine Angst. Vor Salow hatte ich von Anfang an weitaus mehr Angst als vor dem Professor. Angst ist kein niederer Beweggrund. Und ein Mord setzt »niedere Beweggründe« voraus. Die Konstruktion des Staatsanwalts, der meine Angst ausschließlich als das Produkt solcher niederen Beweggründe darzustellen versuchte, ist nicht nur spitzfindig, sondern geradezu unsinnig.

All seine Vorwürfe gegen mich wären doch nur dann berechtigt, wenn ich damals schon gewußt hätte, was wirklich geschehen war. Doch davon hatte ich wie gesagt noch nicht einmal eine Ahnung.

Der Flughafen von Pisa ist nicht groß. Das Gebäude hat ungefähr die Ausmaße eines Kleinstadtbahnhofs; noch mehr erinnerte es mich allerdings an eine Badeanstalt.

Der Professor wollte feststellen, ob Gennaro gestern dort eingetroffen wäre. Er hatte genau die richtige Art, mit den

Angestellten der Fluggesellschaft umzugehen; selbstsicher und freundlich – doch auch nicht zu selbstsicher oder allzu freundlich. In dieser Beziehung ähnelte er fast Mona. Auch sie besaß diese Fähigkeit, Leute für sich springen zu lassen; so, als sei das selbstverständlich und eher ein Gefallen ihrerseits, sich einen Gefallen erweisen zu lassen.

Ich hatte einmal erlebt, wie sie einen überlasteten Kellner durch ihre Sonderwünsche so lange gescheucht hatte, bis ihm vor Entkräftung sein ganzes Wechselgeld aus der Hand gefallen war. Als der alte Mann dann auf dem Boden herumkroch, um es wieder aufzusammeln, lachte sie – und er hatte sich nur zu ihr umgedreht und gelächelt; schmerzlich zwar, doch irgendwie auch noch dankbar.

Der Professor wurde jedenfalls prompt bedient. Man beeilte sich, in allen möglichen Büchern für ihn nachzuschauen. Gennaro war gestern nicht angekommen; das war relativ schnell überprüft. Von Frankfurt kam nur eine Maschine täglich, Ankunft in Pisa 11 Uhr 55. Ein Haitianer stand auch für heute nicht auf der Passagierliste. Trotzdem bestand der Professor darauf, diese Maschine noch abzuwarten. Wir setzten uns in die kleine, schäbige Wartehalle.

»Er kann doch genausogut mit dem Zug gefahren sein«, sagte ich versuchsweise. »Gerade wenn er von irgend jemandem überwacht würde – Bahnhöfe gibt's genug . . .« Er reagierte nicht. »Oder er ist mit dem Wagen gekommen.«

Er schnaufte. »Mit welchem denn? Seiner steht in Zürich – das wissen Sie.«

Das wußte ich nicht. »Ein Leihwagen womöglich«, schlug ich vor. Ich hatte einfach keine Lust, hier sinnlos herumzuwarten.

Er schüttelte den Kopf. »Wieso sind Sie plötzlich so sicher, daß er einen Verfolger abschütteln mußte?«

Das konnte ich ihm schlecht verraten.

»Aber Sie haben ja recht«, sagte er unvermutet. »Es erklärt zumindest, warum er unsere Verabredung in Frankfurt nicht einhalten konnte.« Er sah mich groß an. »Aber warum hat er am Telefon nichts davon gesagt?«

»Vielleicht war er nicht allein, als er telefoniert hat?«

Er schüttelte wieder den Kopf.

Ich wußte es ja selbst besser: Als er mit dem Professor telefonierte, hatte er Salow entweder längst abgeschüttelt oder sich bereits mit ihm geeinigt.

Der Professor saß neben mir und starrte auf die große Uhr neben der Flugzeittafel. Unaufhörlich strich er den glatten Flanell über seinen Knien noch glatter. Das Geräusch tat mir weh. Zum erstenmal lokalisierte ich den stechenden Schmerz jetzt bewußt in meiner linken Seite dicht unter den Rippen.

Natürlich weiß ich, daß die Leber rechts sitzt und entsprechend der späteren Diagnose auf depressive Hepatitis der Schmerz von dort hätte ausgehen müssen. Er tat es aber nicht. Wer selbst einmal unter dieser Form von Gelbsucht gelitten hat, weiß, wie unberechenbar die fühlbaren Symptome auftreten.

Wer dagegen glaubte, mich bei einer weiteren Lüge ertappen zu können, den muß ich enttäuschen: Der Schmerz kam von links.

Die Maschine aus Frankfurt hatte Verspätung. Wir mußten warten; dann kamen ungefähr drei Dutzend Passagiere: Einer von ihnen war Rudi Dutschke.

So. Das war nun tatsächlich eine Lüge: Dutschke war 1980 bereits tot. Das weiß ich doch auch. Ich wollte nur beweisen, wie leicht ich lügen könnte, wenn ich nur wollte. Aber mir liegt nichts daran. Andere könnte ich täuschen – mich selbst nicht. Ich will selbst die Wahrheit wissen, und nichts als die Wahrheit. Die Wahrheit ist: Rudi Dutschke starb am 24. 12. 1979, am letzten Heiligen Abend, in der Badewanne.

Ein würdiger Abschluß für diese dreckigen, dürftigen, dämlichen 70er Jahre.

Ich haßte diese Zeit, das war mir schon früher klar geworden. Ich haßte diese Wohngemeinschaften, deren revolutionäre Projekte nie über minutiöse Einkaufs- und Abwaschpläne hinauskamen. Ich haßte diese Zweierbeziehungen mit ihren endlosen Debatten über die eigene Unfähigkeit zu lieben oder zu trauern, zärtlich oder spontan zu sein oder überhaupt irgend etwas Gescheites anzufangen. Ich haßte es auch, allein in irgendwelchen muffigen Plüschkneipen herumzulungern und sauren Retsina oder süßen Metaxa zu trinken, Gesprächen am Nebentisch zuhörend, die garantiert um das nächste Straßenfest gingen oder um den letzten alternativen Flohmarkt, wo man auch wieder Selbstgetöpfertes für die dritte Welt verscherbelt hatte oder die Krabbelstuben-Band ganz spontan die Internationale auf Fahrradklingeln geklimpert hatte.

Ich haßte diese ganze Szene, aus der ich kam: Den Proletkult, der mit echten Werktätigen getrieben wurde, die man zum Tee einladen mußte und deren ekelhaften Margarinekuchen man essen mußte, da man eine Gegeneinladung nicht ausschlagen durfte. Dies Interesse für streikende Chemiearbeiter, hungernde Palästinenser, ausgebeutete Naturschätze und verseuchte Inderbabys wollte ich nicht länger heucheln. Dies Getue um jede Minderheit vom schwerererziehbaren Slumbubi bis zur uralten Indiosquaw mochte ich nicht mehr mitmachen. Außenseiter und Aufrührer, Revoluzzer und Terroristen – meine Helden waren das im Grunde nie gewesen: Sie waren gescheitert, also waren sie Versager, und ein Alibi für die Millionen, die nicht mehr gewagt hatten, als sich ihre Bilder an die Wand zu postern. Ich hatte keine Lust mehr, mich als Sympathisant mit in den Sumpf ziehen zu lassen und mir bei Demonstrationen an versyphten Bauzäunen die Hände schmutzig zu machen oder mir dabei eine blutige Nase zu holen, während die innerhalb der Zäune sich eine goldene verdienten. Bitte, von mir aus sollten sie – nur sollten sie mich ein wenig mitverdienen lassen.

Vor allem hatte ich die Nase voll von Frauen, die sich in Selbsterfahrungsgruppen um den Preis für die schwerste

Kindheit stritten, die sich listenweise zu Abtreibungen bekannten, bevor sie je mit einem Mann geschlafen hatten, die sich zum 30. Geburtstag Frauen-Bücher wünschten, wie Dreijährige Kinderbücher, die sich die Haare lang wachsen ließen, nur, um sie irgendwann ratzekahl abscheren zu können, die aus ihren Kastrationsphantasien dilettantische Gedichte machten und aus ihren Menstruationsbeschwerden ganze Spielfilme, die auf dem dritten Bildungsweg ihr Abitur nachmachten, um Sozialpädagogik studieren zu können, die es für emanzipiert hielten, im Stehen zu pinkeln, oder auf ihren Toiletten Schilder aufhängten, die Männern das verboten. Ich hatte genug von ihrem dämlichen Männerhaß – ich haßte sie.

Mir war klar geworden, daß ich zehn Jahre meines Lebens vergeudet hatte. Seit ich 1970 mit dem Studieren angefangen hatte, hatte ich nie aufgehört, zunächst an andere zu denken. Damit war jetzt Schluß. Ich dachte nur noch an mich.

Dutschke war also nicht unter den Ankommenden gewesen; ebensowenig wie Gennaro.

»Was haben Sie jetzt vor?« fragte ich den Professor, als alle Passagiere vorbei waren.

Er antwortete mit Verzögerung. »Soweit ich es übersehe, kommen drei Adressen in Frage, an die sich Gennaro wegen des Geldes gewandt haben könnte. Wenn Sie nichts dagegen haben, würde ich gern dort vorbeifahren.«

Ich hatte etwas dagegen. Der Gedanke an das Geld in dem Koffer ließ mir keine Ruhe; ich wollte es hinter mich bringen. Aber was sollte ich machen? Ich nickte bloß lahm.

»Natürlich müssen wir äußerst vorsichtig nachforschen«, sagte er. »Wir dürfen Gennaro auf keinen Fall in Verlegenheit bringen. Am besten, Sie überlassen es mir, die Fragen zu stellen.«

Dagegen hatte ich nichts. Ich fragte: »Und wo fangen wir an?«

»Eine ist direkt hier in Pisa. Die beiden anderen sind auch nicht sehr weit.«

Drei Adressen – wieder ärgerte mich diese Vorstellung: Gennaro kannte hier also mindestens drei Leute gut genug, um ihnen zuzutrauen, daß sie ihm mit Geld aushelfen würden – mit viel Geld sogar. Ich hätte, wie gesagt, selbst in Frankfurt niemanden gekannt, der dazu reich genug war. Abgesehen davon, daß *mir* niemand etwas geliehen hätte.

9

Ich verließ Pisa, ohne den schiefen Turm auch nur von ferne gesehen zu haben; und ich war am Meer, ohne auch nur eine einzige nennenswerte Welle zu Gesicht zu bekommen. Das lag eindeutig am Meer: Es war fast so glatt wie ein Spiegel. Zu spiegeln gab es allerdings nicht viel; der Himmel war einheitlich grau.

Weil wir »das Angenehme mit dem Nützlichen« verbinden wollten, mußten wir bei diesem Landsmann Gennaros zu Mittag essen. Dieser Besuch in Viareggio wurde das Unnützeste und vor allem das Unangenehmste, was ich bisher mitgemacht hatte.

Das ging schon vor dem Hotel Hispaniola los: Ich stolperte über den zu hohen Bordstein und schlug hin; ich schürfte mir dabei beide Handflächen auf. Der Professor ging weiter, als wäre nichts geschehen.

Ich muß zugeben: Inzwischen war ich wirklich wütend auf ihn; spätestens seit seinem Gespräch mit der alten Amerikanerin in Pisa. Sie bewohnte dort einen schmucken alten Palazzo und hatte sich die ganze Zeit nur beschwert: über Italien im allgemeinen und die Italiener im besonderen. Als Dienstboten wären sie nicht zu gebrauchen, weil sie zu faul seien, ihre Städte würden sie kaputt machen, weil sie zu emsig dabei seien, alles zu modernisieren, ihr Land müsse verkommen, weil die Bauern zu altmodisch seien, den Staat hätte längst die Mafia ruiniert und von ihrer Kultur hätten Italiener ohnehin keine Ahnung. Wenn die Ausländer und ihr guter Einfluß nicht wären, sähe die gesamte Toscana doch längst aus wie Tennessee und Pisa wie Nashville, wo sie anscheinend herkam und meinetwegen auch hingehörte.

Ich verabscheute sie und ihre Gesinnung und den Professor dafür, daß er ihr kaum widersprochen hatte, und ich kultivierte diese Wut – vielleicht, um bei dem, was ich ihm antun mußte, ein weniger schlechtes Gewissen zu haben. (O ja, ich *hatte* ein Gewissen!) Ich hatte mir aber fest vorgenommen, ihn nichts merken zu lassen von meiner Wut. Der Gedanke, im Grunde viel mehr zu wissen als er, erleichterte das.

Zum Beispiel wußte ich im voraus, daß wir auch in Viareggio nichts über Gennaros Verbleib erfahren würden.

Und ich behielt recht. Eine Postkarte zu Ostern war das Aktuellste, was man von ihm gehört hatte.

Das Restaurant machte noch Winterpause; trotzdem wurden wir – wie vorausgesagt – zum Essen eingeladen.

Juan, der »Patron«, wie ihn der Professor nannte, war ein verkniffener, hagerer, beweglicher, kleiner Mann; mit seinem blassen Gesicht, das von noch blasseren Narben durchzogen wurde, hätte er in jedem Kriminalfilm den kokainsüchtigen Messerstecher geben können. Außer seiner Herkunft hatte er mit Gennaro nur die dichten, rabenschwarzen Haare gemeinsam.

Der erste Teil der Unterhaltung fand in der Küche statt; ein hell erleuchteter, großer Raum, in dem es betäubend nach Abfällen roch. Daß ich nicht viel mitbekam, hatte drei Ursachen: Erstens war Juans Italienisch kaum zu verstehen; zweitens benutzte er zum Gemüseschneiden eine Art Dolch, mit dem er so flink auf alles einhackte, daß ich nur darauf wartete, einen abgeschnittenen Finger zwischen die Petersilie fallen zu sehen. Und drittens wurde mir wieder mal schlecht; schlechter als je zuvor. Ich kann deshalb nur ungefähr wiedergeben, was die beiden redeten.

Auch Juan machte sich zunächst Sorgen; doch als der Professor andeutete, Gennaro habe eventuell Schwierigkeiten mit den haitianischen Behörden bekommen, winkte er ab. Das könne er sich nicht vorstellen; im Gegenteil: Von dieser Seite hätte er doch kaum etwas zu befürchten, schon wegen seines Vaters. Gennaro sei schließlich kein unfreiwilliger Emigrant wie er selbst.

Der Professor war anscheinend nicht im Bild: Er denke, Gennaros Vater sei auf Haiti ermordet worden.

Juan schlitzte einem häßlichen großen Fisch den Bauch auf. Er schüttelte finster den Kopf. Gennaros Vater sei zwar umgebracht worden – doch nicht auf Haiti, sondern in Nicaragua; und auch nicht auf Befehl von oben, sondern durch eine oppositionelle Gruppe. Ich glaube, es waren die Sandinisten.

Dem Professor war das sichtlich neu; er wollte es nicht wahrhaben.

Juan sagte sehr langsam und deutlich: »Gennaros Vater war ein großes Tier. Und er war ein Schwein – ein großes Schwein war er.« Er ließ sich nicht unterbrechen. »Er war eine Art Botschafter – Verbindungsmann – Sonderbeauftragter.« Er ließ Fischstücke einzeln in einen Suppentopf fallen. »Haiti, Nicaragua, Dominikanische Republik – die Trujillos, die Somozas, die Duvaliers . . . Doc Duvalier!« Er warf den Fischkopf in den Abfalleimer. »Aber das versteht ihr hier nicht«, sagte er dann.

Der Professor wollte wissen, ob er ganz sicher sei. Das seien doch alles Familiendiktaturen, Tyrannen, seines Wissens. Er konnte es offenbar nicht ertragen, daß Gennaros Vater eine Schurkenrolle gespielt hatte. Sein Held sollte rein sein und makellos; mindestens seit dem dritten oder vierten Glied.

Juans Antwort bekam ich nicht mehr mit. Er hatte angefangen, blutig braune Fleischstücke in weißlich schleimige Häute einzuwickeln. Das gab mir den Rest – ich schaffte es gerade noch bis auf die Toilette.

Zum Essen saßen wir in dem kalten, leeren Speisesaal. Das Graue vor den Fenstern sollte wohl das Meer sein.

Auch hier bei Juan war das Bemerkenswerteste ein Bild: Um einen gedeckten Tisch hatte der Maler eine sehr gemischte Gesellschaft versammelt: Nasser, Kossygin, Papst Paul, Mao und Elisabeth II. durften sitzen; hinter ihnen standen De Gaulle, Martin Luther King, Jackie und Bob Kennedy,

Sarragat und Ludwig Erhard; daneben, am Herd, die Hauptperson: Juan persönlich.

Ich weiß nicht, ob es an den blassen, kalkigen Farben oder den starren Gesichtsausdrücken lag – irgendwie machten all seine prominenten Gäste jedenfalls den Eindruck, als fürchteten sie sich sehr vor diesem Essen.

Mir ging es genauso.

Juan servierte mit Grandezza. Es sollte Fischsuppe geben, flambierte Wachteln, salbeigespickte Leber und noch einiges; bestimmt Köstlichkeiten für den, der sie mag. Ich mag auch unter normalen Umständen weder Fische noch Vögel; und bei der Leber wurde mir schon vom Geruch wieder übel.

Diesmal war es aus Gründen, die jeder kennt, der häufiger unter Brechreiz leidet, noch wesentlich schlimmer als zuvor. Ich will das alles nicht näher beschreiben – nur soviel: Hinterher fühlte ich mich wie nach 25 Sparringsrunden mit einem guten Schwergewichtler; meine Magengegend war hart wie eine Tischplatte, die Haut darüber spannte sich wie ein dünnes Wachstuch.

Als ich zurückkam, schwiegen die beiden betreten; vielleicht sollte es auch dezent wirken. Man sah mir vermutlich an, was ich hinter mir hatte.

Ich beklagte mich nicht. Mir tat zwar alles weh, doch dieser Schmerz war erträglich, verglichen mit dem überstandenen.

Übrigens war damit der erste kritische Höhepunkt meiner Krankheit erreicht und überschritten. Dieser Verlauf ist, wie ich später erfahren habe, nicht ungewöhnlich bei dieser Form von Hepatitis. Während der beiden nächsten Tage blieb ich verschont von akuten Beschwerden; was später kam, war scheußlich, ist aber nicht mehr von Belang.

Dennoch darf der Einfluß nicht unterschätzt werden, den dies ekelhafte und lästige Gemisch aus Übelkeit und Schlafmangel, Überspanntheit und Apathie, auf mich gehabt hatte – und weiterhin haben sollte. Meine Nerven waren sehr geschwächt, mein Urteilsvermögen stark getrübt. Einige meiner schlimmsten Fehlhandlungen und dümmsten Fehleinschätzungen werden so vielleicht verständlich – entschuldbar sind sie dadurch natürlich noch nicht.

Man sagt, das Schönste am Schmerz sei, wenn er endlich nachläßt. Das mag sein; mich machte allerdings auch das nicht aufnahmebereiter – ich blieb teilnahmslos wie zuvor.

Soweit ich mich erinnere, gab mir der Professor noch bei Tisch eine Zusammenfassung dessen, was Juan ihm inzwischen über die haitianische Geheimpolizei und ihre Methoden erzählt hatte: daß sie ständig schwarze Sonnenbrillen trügen und daran zu erkennen seien; daß man nicht einmal hier in Europa vor ihnen sicher sein könne; daß sie rachsüchtig, gewalttätig und skrupellos seien und so weiter. Nichts, was ich nicht schon kannte aus Gennaros Warnungen. Ich nahm es jetzt noch weniger ernst als damals. Da ich wußte, woher wirklich Gefahr drohte, schreckten mich diese Befürchtungen kaum – ich hielt sie immer noch für ganz unbegründet.

Juan verglich diese Aktivitäten sogar mit denen der Südkoreaner, die gerade wieder ein paar ihrer Landsleute in der Bundesrepublik einfach liquidiert oder in die Heimat entführt hatten. Der Professor war so beeindruckt, daß er sogar auf den Nachtisch verzichtete. Ich war froh, daß auch ihm der Appetit vergangen war.

Ich weiß nicht, wie lange sie noch weiterredeten; zuhören konnte ich nicht mehr. Ich war vollauf damit beschäftigt, in mich hineinzuhorchen. Ich lauschte hingerissen dem Abklingen meiner Schmerzen, die allmählich in Wellen verebbten, bis nur noch die Erinnerung übrigblieb, nicht mehr als ein fernes Echo.

Mein Geist war abwesend; mein Körper reagierte höchstens noch auf gewisse Geräusche. Als Juan zum Beispiel mit der Kante eines Bierdeckels Brotkrumen und andere Essensreste vom Tischtuch wischte, hätte ich mich wieder krümmen mögen. Doch irgendwie war auch dieser Krampf schon unwirklich.

Der Himmel und das Meer gaben sich einen feuchten Begrüßungskuß; diskret verschwand der Horizont.

Wir fuhren zurück ins Innere des Landes.

Der Professor fuhr langsam. Er sah niedergeschlagen, sorgenvoll und irgendwie beleidigt aus; ungefähr wie eine Katze, die durchschaut hat, daß das Wollknäuel keine Maus ist und nur belebt, weil am anderen Ende einer daran zieht; einer, der ihr über ist und sein Spiel mit ihr treiben will. Katzen mögen so etwas bekanntlich nicht.

Trotzdem bestand er darauf, noch einen dritten Anlauf zu unternehmen. Vollkommen sinnlos – aber mir sollte es recht sein. Mir war überhaupt alles recht; seit der Schmerz in meiner Seite nachgelassen hatte, war meine Laune wieder umgeschlagen in eine Art fatalistischer Euphorie.

Die Straße schlängelte sich zwischen Tümpeln in Richtung Lucca. An jedem Tümpel stand eine Wellblechhütte, vor jeder Hütte ein kompliziertes Holzgerüst, zum Trocknen der Netze.

Bevor wir in die Stadt kamen, bogen wir ab. Das Haus, vor dem wir hielten, war offensichtlich ein Neubau. Es war eigentlich schon mehr ein Anwesen und sah aus wie der stein- oder glasgewordene Alptraum eines Architekten. Besser gesagt: zweier Architekten, von denen der eine märchenhafte Kristallberge zusammengeträumt hatte, während dem anderen bucklige Höhlungen wie aus einem expressionistischen Stummfilm erschienen waren; schwer zu beschreiben das Ganze.

Es gehörte einem Fotografen, der sich Lorenz van Tieck nannte und von dem ich nur soviel erfuhr, daß er – aus rein ästhetischen Gründen, versteht sich – für Gennaro schwärmte und hier mit wechselnden Freunden zu überwintern pflegte.

Der Professor schärfte mir noch einmal ein, daß wir Gennaros wegen nicht zu große Sorge zeigen dürften; gerade hier nicht. Das würde mir nicht schwerfallen.

Wir erklommen eine schmale, gewundene Treppe aus porösem Muschelkalk, und der Professor setzte durch kräftigen

Zug an einer kupfernen Klaue ein ganzes Glockenspiel in Gang. Es läutete gewaltig; trotzdem dauerte es eine ganze Weile, ehe uns aufgetan ward. Ein blonder, blauäugiger Mann öffnete; sehr blond und sehr blauäugig. Er trug einen scharlachroten Samtmantel mit Seidenkragen, der über seiner öligen Brust weit offenstand, und eine dunkelgrün verglaste, kleine Taucherbrille, die er graziös in die Stirn schob. Das Gummiband ließ seine Ohren weit abstehen.

Sein Mienenspiel war sehenswert: Es durchlief in kürzester Zeit alle Nuancen von vornehmer Abweisung über ungläubiges Erstaunen bis zum freudigsten Erkennen. Dann umarmte er den Professor wie einen totgeglaubten Bruder.

»Dios mios! Wenn ich das geahnt hätte ... ich muß ja scheußlich aussehen ... Aber kommt doch rein, Amigos! Kommt doch rein!« Seine Aussprache war norddeutsch breit. Der Professor nannte ihn Jens.

Jens schritt voraus in einen riesigen, an drei Seiten verglasten Raum, der ganz in Weiß gehalten war; Möbel, Teppiche, Vorhänge – alles. In einigen Vasen und Schalen schwammen ungefähr 1000 rote Rosenblüten; vielleicht waren es auch nur 900. Auch die Aussicht war natürlich entsprechend: grüne, bucklige Hügel, zwischen denen sich helle Sandwege verloren und auf deren Kuppen einzelne Bäumchen herumstanden; so regellos, als hätte ein Kind sie dort zum Spiel aufgepflanzt.

Der Professor stellte mich vor. Jens musterte mich; so scharf und prüfend wie eine Hausfrau das Sonderangebot der Woche. Ich starrte so streng wie möglich zurück. Er raffte den Mantel über der Brust zusammen und ließ sich elegant in eine Couchecke fallen.

»Ich wollte gerade ein wenig von der Sonnenbank abheben«, erklärte er und zog mit dem nackten Fuß einen Wagen zu sich heran, auf dem Flaschen und Gläser standen. »Was trinkt ihr?«

Der Professor lehnte dankend ab und fragte nach dem Hausherrn.

Jens machte ein gequältes Gesicht. »Oh, Monsieur arbeitet. Pardon: Er schöpft! Das heißt: Er ist in der Dunkelkammer – do not disturb! Ihr wißt ja, wie er dann ist ...« Er legte den Handrücken an die Stirn. »Ach, es wird ohnehin immer unerträglicher mit ihm. Neuerdings bildet er sich ein, Fotografie hätte etwas mit Kunst zu tun – könnt ihr euch das vorstellen?! Es ist doch lachhaft!« Er lachte hell auf.

Der Professor nickte und erkundigte sich höflich, was es sonst Neues gäbe; den Namen Gennaro vermied er noch.

Jens sprang sofort auf und warf uns einen Packen Zeitschriften vor die Füße; hauptsächlich italienische und französische Modejournale.

»Da«, sagte er.

Bei zweien war er auf dem Titelblatt: einmal mit Schirmmütze und passendem Schal à la Herrenreiter, auf dem anderen in Badehose. Er hatte eine hinreißende Art, den Mund halb offen zu lassen.

Er blätterte ungestüm in den übrigen Heften und suchte weitere Aufnahmen von sich heraus. Er schien aber nicht ernsthaft zu erwarten, daß wir uns dafür interessierten.

Dann mixte er sich allerhand in einen großen Glaspokal, verjagte eine weiße Angorakatze und warf sich wieder in einen Fauteuil.

Der Himmel draußen wurde zusehends düsterer. Nur über den Kämmen hielt sich noch ein hellerer Streif, so daß die Hügel aussahen, als leuchteten sie von innen.

Der Professor hatte es endlich geschafft, das Gespräch auf Gennaro zu bringen.

Jens warf einen vielsagenden Blick auf mich; aber das war ich inzwischen schon gewohnt.

»Ich mochte gar nicht davon anfangen«, sagte er und kicherte schulmädchenhaft. »Ich bin ja von geradezu traumwandlerischer Diskretion – oder sagt man Dezenz?«

»Sie meinen wahrscheinlich: Debilität.« Ich sagte das schroffer, als ich eigentlich wollte. Aber ich kam mir schon die ganze Zeit so plump und schmutzig vor in diesem Elfenbeinzimmer.

Der Professor beruhigte Jens mit einem Lächeln und erklärte, warum wir Gennaro suchten; er blieb bei der Version mit der unglücklich verpaßten Verabredung.

»Dios mios!« sagte Jens. »Wie überaus unannehmlich! Aber ich bin auch so unwahrscheinlich vergeßlich – ich vergesse alles.« Er zwinkerte mir zu. »Besonders Termine und Dates. Dabei sagt man doch, Höflichkeit sei die Pünktlichkeit der Könige – oder sagt man nicht so?« Er kicherte wieder, drapierte sich kurz um und ließ schnell noch etwas Angostura in seinen Pokal tropfen.

»Ihr habt also auch nichts von Gennaro gehört?«

Jens riß die kornblumenblauen Augen auf. »Nichts gehört?! Hach, ich höre ja dauernd von ihm!« Er hielt sich kurz die Ohren zu. »Erstens spricht Lolo ja von nichts anderem mehr – Apollo! Er vergleicht ihn mit Apollo – oder war es Merkur? –, ja, und zweitens ist da dann auch noch die kleine Menander – ein schreckliches junges Ding! Erzählt die abscheulichsten Dinge über Gennaro. Wir haben sie unlängst auf einer Party getroffen, und da ...«

»Glaubt ihm kein Wort«, sagte eine Stimme.

»Schau nur, wer hier ist! Mein Gott, wie du aussiehst, Lolo!«

Der Fotograf trug eine fleckige Kittelschürze, rosa Gummihandschuhe und ein verwegen getupftes Kopftuch. Er roch ziemlich streng nach Chemikalien. »Ich kann euch leider nicht die Hand geben ...« Er sah mich an. »Wen haben wir denn da?«

Der Professor sagte es ihm und fragte, wie es ihm gehe.

»Elend. Ich habe die ganze Nacht von halbierten Fischen geträumt – querdurch.« Er machte eine entsprechende Handbewegung. »Und beide Hälften konnten schwimmen!«

»Iihh!« Jens schüttelte sich ausgiebig. »Die beiden suchen Gennaro. Ich glaube, er ist durchgebrannt!«

»Du redest einen grausigen Unfug«, stellte van Tieck fest und legte ihm eine Hand auf den Kopf. »Wieder zu lange unter der Höhensonne gewesen, he?«

»Und du stinkst wieder nach deinen ekelhaften Fixierbädern!« Jens hielt sich die Nase zu.

»Einer muß schließlich das Geld verdienen, das du versäufst«, sagte van Tieck.

Jens machte: »Püh.«

Offenbar hatten die beiden Spaß an dieser Szene: Ehekrach – perfekt inszeniert und schon lange im Repertoire.

»Er ist ein schandbares Tratschmaul. Dabei weiß er von Gennaro genauso wenig wie ich.«

»So! Und warum sagst du dann nicht, daß die kleine Menander überall herumerzählt, daß der schöne Gennaro ihr ein Kind gemacht hat?! Ein Kind!« Jens' Stimme überschlug sich fast vor Triumph.

»Weil es kompletter Blödsinn ist; und weil die Menander genauso eine verlogene, dumme Luxusnutte ist wie du.«

»Hah!« machte Jens.

»So, und nun hau ab in dein Solarium und bleib dort, meinetwegen so lange, bis du rot wirst wie ein Pavianarsch!«

Schwer zu sagen, ob ihn dieser letzte Wunsch wirklich beleidigt hatte – Jens lief jedenfalls rot an und aus dem Zimmer.

Van Tieck breitete die Arme aus. »Tut mir leid, aber er ist manchmal einfach nicht anders zu bremsen.«

Der Professor nickte verständnisinnig. »Ist denn was dran an dem, was er erzählt?«

»Ach Quatsch – er ...« Von draußen kam ein klirrendes Geräusch. »O Gott – nein! Jetzt geht das wieder los. Entschuldigt, aber ...«

Wieder das Klirren.

»Wir müssen sowieso weiter«, sagte der Professor.

»Ihr findet hinaus?«

Im Vorbeigehen sahen wir Jens. Er stand in der Küche und ließ in regelmäßigen Abständen Tassen und Teller aus wunderschönem, blau-weißem Prozellan auf den wunderschönen, blau-weißen Kachelfußboden fallen. Mit fast königlicher Gebärde – das Porzellan ging trotzdem dabei kaputt.

Es hatte zu regnen begonnen. Die Scheibenwischer nahmen den Kampf auf. Das Grün der Hügel strahlte vor Frische.

Ich kam sofort auf die Beziehung Gennaros zu dem Mädchen zu sprechen, obwohl ich mir denken konnte, daß dem Professor dies Thema keineswegs angenehm war.

»Das ist doch ein Witz!« Er sprach das letzte Wort aus, als sei ein Witz das Verabscheuungswürdigste auf der Welt. »Diese ganze Familie ist ein Witz – Dänen. Der alte Menander ist vor dreißig oder mehr Jahren aus Dänemark gekommen; angeblich um eine Puccini-Biografie zu schreiben.«

»Ausgerechnet in Lucca?«

»Puccini wurde da geboren. Er – also Menander – hat eine Italienerin geheiratet und ist hier hängengeblieben. Erst hat er wohl von seiner Frau gelebt; nach ihrem Tod machte er dann eine Galerie auf – daher kenne ich ihn.« Er schnaubte verächtlich. »Er versteht überhaupt nichts von Bildern – wie alle Musiker. Haben Sie mal Verdis Alterssitz gesehen? Was da für Schinken hängen!« Er ließ für eine Sekunde das Steuerrad los und faßte sich an den Kopf.

Seine Über-Reaktion machte mich stutzig. Was hatte er gegen die Leute? Ich fragte nach der Tochter.

»Greta? Ein sehr törichtes Mädchen; eins von diesen jungen Dingern, die glauben, die ganze Welt sei nur gemacht, um ihnen Anlaß zu bieten, kleine spitze Schreie auszustoßen ... Ihr Bruder ist allerdings noch unerträglicher.« Er schnaubte wieder; diesmal wohl vor Empörung. »Verzeihen Sie, daß ich so spreche, aber manchmal finde ich es wirklich ausgesprochen schwierig, mit jungen Leuten auszukommen. Sie sind so naiv und« – ich bekam einen Seitenblick mit – »rücksichtslos. Maßlos in ihren Ansprüchen, als ob ihnen alles zustände.«

Ich fühlte mich unangenehm berührt; doch ich sagte lieber nichts.

»Ich meine: Die Welt ist doch kein Wunderhorn, kein Präsentkorb, in dem alles nur bereitliegt, um von ihnen gnädig angenommen oder verworfen zu werden ... So verhalten sie sich aber – nicht alle, versteht sich – und wollen dafür von uns Alten auch noch gelobt und bewundert werden ... Das geht doch zu weit, oder?« Sein Lächeln sollte mich wohl mit einbeziehen. Ich war aber nicht gewillt, mein Thema fallenzulassen.

»Wenn diese Greta solche Sachen über Gennaro verbreitet, muß aber doch wohl irgendein Anlaß bestehen?«

»Renommisterei.« Er schob das Kinn vor.

»Ich würde mich trotzdem gern mal mit ihr unterhalten; vielleicht weiß sie etwas ... Könnten wir nicht kurz vorbeifahren?«

»Das verlohnt sich doch nicht. An diese Leute hat sich Gennaro bestimmt nicht gewandt, wenn er Geld brauchte; abgesehen davon, daß sie das Geld nicht hätten.«

Je mehr er sich dagegen sträubte, desto mehr versprach ich mir davon; vielleicht einfach eine Überfunktion meiner neuerwachten Lebensgeister – ich ließ jedenfalls nicht locker. »Ich finde, wennschon, sollten wir auch keine Möglichkeit außer acht lassen ... Gerade weil es so unwahrscheinlich ist ...«

»Wenn Sie unbedingt wollen – wir kommen ohnehin durch Lucca.« Seine Stimme klang wütend. »Sie müssen allerdings allein gehen. Ich setze keinen Fuß mehr in dieses Haus.«

»Wieso nicht?«

»Das werden Sie schon sehen.« Er grinste grimmig. »Und wie gesagt: Es ist vollkommen aussichtslos.«

»Wenn es Ihnen nichts ausmacht ...«

Es machte ihm sehr wohl etwas aus – für den Rest der Fahrt sagte er kein Wort mehr. Aber das steigerte nur noch meine Erwartungen.

10

Es gibt kaum eine Stadt, die mir schon auf den ersten Blick einen so angenehmen Eindruck gemacht hat wie Lucca.

Schwer zu sagen, woran das lag.

Vielleicht bin ich einfach nicht genug herumgekommen – aber einige vergleichbare Städte, alt und klein, kenne ich schon. Lucca war etwas anderes; fast wie die Rückkehr an einen Ort, den man vor langer Zeit verlassen hat.

Als ich den Professor darauf ansprach, meinte er, auf das richtige Verhältnis von Fremdheit und Vertrautheit käme es an. Er war nicht davon abzuhalten, einen seiner Vorträge daraus zu entwickeln. »Natürlich ist in einer neuen Stadt zunächst alles fremd. Doch dauert es ganz unterschiedlich lang, bis sich die Art Vertrautheit bildet, die ich meine. Man kann jahrelang irgendwo leben, ohne daß sie sich einstellt. Oder man kann in eine fremde Stadt kommen und fast mit jedem Schritt davon gewinnen – weil man sich vorstellen kann, hier zu leben. Auch Gennaro war immer gern in Lucca.« Er seufzte. »Wahrscheinlich sind es nur Erinnerungen, die angetippt und abgerufen werden; Vorstellungen oder Wünsche: ein Haus, in dem man wohnen möchte; eine Straße, durch die man gern morgens zur Arbeit ginge; ein Café, das man sich als Treffpunkt aussuchen würde, und Menschen, die einem irgendwie bekannt vorkommen.« Ich mußte zugeben, daß er recht hatte. »Übrigens geht es mir hier nicht so«, sagte er, »alles etwas zu klein, zu stillos.«

Mir gab die Stadt ein Gefühl der Sicherheit. Ich mochte Lucca, trotz des Regens, trotz der hereinbrechenden Dunkelheit und trotz des Professors, der mir lang und breit die Geschichte der Stadt erklärte – irgend etwas von Guelfen und

Ghibellinen bis zu Napoleon – und in kleinen, widerwilligen Sprüngen über die Pfützen setzte.

Den Wagen hatten wir außerhalb der Stadtwälle abgestellt. An einem Stand kauften wir uns jeder einen kleinen Regenschirm; er einen braunen, ich einen grünen.

Ich hätte ihn gern an meiner Stimmung teilhaben lassen, denn er tat mir leid. Ein alter Mann, der fürchtete, nasse Füße zu bekommen; der hinter jemandem herlief, der ihn längst abgehakt hatte – und neben jemandem, der nur darauf wartete, ihm sein Geld abzunehmen.

Dieser letzte Gedanke dämpfte mein Wohlgefühl etwas. Ich mußte versuchen, mich auf das Nächstliegende zu konzentrieren. Wie sollte ich mich verhalten, falls sich tatsächlich Kontakt zu Gennaro aufnehmen ließe? Ich machte mir ernsthaft darüber Gedanken. Ein Beweis dafür, daß ich immer noch entschlossen war, den Diebstahl zu vermeiden, falls irgendeine andere Möglichkeit bestand, mein Geld zu bekommen. Das war der einzige Grund meiner Bemühungen; und selbst der Staatsanwalt war nicht einfallsreich genug, einen anderen zu erfinden. Für ihn war einfach unlogisch, was ich tat.

Ich gebe zu, ich war leicht abzulenken. Das nasse Pflaster spiegelte verzerrt die erleuchteten Fenster. Einen Augenblick störte mich der Gedanke, mit jedem Schritt Tausende dieser winzigen Lichtschlangen zu zertreten; gleichzeitig ärgerte es mich, keine Spuren zu hinterlassen.

»Dort ist die Galerie. Darüber wohnen diese Leute.« Der Professor hatte mich am Arm festgehalten und zeigte in eine schmale, dunkle Seitengasse. »Ich halte es wirklich für wenig sinnvoll ...« Er gab mir noch einige Sekunden Bedenkzeit. »Aber Sie müssen ja wissen, was Sie wollen.«

Ich nickte gedankenlos.

»Ich warte hier in dem Restaurant.«

Ich merkte mir den Namen: Nuova Luna.

Die Galerie war geschlossen. Die ausgestellten Bilder sahen auch für meinen Geschmack nicht gut aus; surrealistische Aufgüsse, groß und platt: eine Kuh, die einen Totenkopf betrachtet; eine liegende Nackte, hinter deren Brüsten ein Fesselballon aufsteigt; ein Radfahrer mit Vogelkopf; ein Gesicht mit Wolken statt Brauen, Seen statt Augen, Stacheldraht im Mund und einer Raketennase.

An einer kleineren Tür daneben war ein Namensschild: Menander. Ich schellte.

Ein rotbärtiger Mann öffnete.

»La galleria è chiusa.«

»Signor Menander?«

Er nickte, dann wiederholte er: »La galleria è chiusa.«

Er war viel zu jung, um der Vater zu sein; also fragte ich nach seiner Schwester.

»Sind Sie Däne?« fragte er zurück.

»Nein, Deutscher.«

»Die Galerie ist geschlossen«, sagte er noch einmal auf Deutsch.

»Ich möchte Ihre Schwester etwas fragen«, sagte ich.

»Was?« Er war nicht unhöflich – er war grob.

»Ob die Galerie geschlossen ist.«

Er knurrte wie eine Dogge.

Ich ging hinter ihm her. Eine dunkle Treppe, ein dunkler Flur, dann ein Zimmer, durch das unregelmäßig bläuliche Lichtstöße zuckten. Wortlos setzte er sich vor den laufenden Fernseher.

Durch eine halboffene Schiebetür blickte ich in einen anderen Raum – und in eine andere Zeit. Alte Möbel, schwere Vorhänge, Regale voller Bücher, Stapel von Zeitschriften, ein Flügel; Geschirr stand überall herum. Das Licht wirkte rötlich und gedämpft; vielleicht von der ewigen Staubwolke, die in solch einem Zimmer hängen mußte.

In einer freieren Ecke, an einem kleinen dreibeinigen Spieltisch saßen sich ein alter Mann und ein junges Mädchen gegenüber. Nur das Mädchen schaute auf, als ich eintrat.

Man konnte nicht sagen, ob sie Ähnlichkeit mit ihrem Bruder hatte; der fehlende Vollbart machte jeden Vergleich unmöglich. Sie trug eine Art Gewand, das über der Taille so weit gerafft war, daß man es ebensogut für ein Empiremodell wie für ein Umstandskleid halten konnte.

»Entschuldigen Sie die Störung – hätten Sie wohl etwas Zeit für mich?« Ich verbeugte mich. »Sie sind doch Greta Menander?«

Sie nickte nur. Wasser tropfte von meinem Schirm auf das Parkett.

»Ich wollte mich nur nach einem gemeinsamen Bekannten erkundigen – Gennaro.« Sie sprang auf und faßte sich an den Hals. Ihre kleine, weiße Hand sah auf dem dunkelgrünen Samt sehr dekorativ aus; sie krampfte sie fast in den Stoff, und sie atmete schwer.

»Sie bringen Nachrichten von Gennaro?!«

Bis hierher war es fast wie in einem Tolstoi-Roman. Nur der Fernsehton störte; hörte sich nach einem amerikanischen Trickfilm an.

»Vater, er kommt von Gennaro!«

Der Alte reagierte nicht.

Vermutlich hätte ich jetzt antworten müssen: ›Gennaro hat sich im Kampfe höchst heldenhaft bewährt. An der Spitze seiner Schwadron stürmte er die Brücke und ist dafür zum Rittmeister befördert worden. Morgen will ihm der Zar den Alexanderorden verleihen ...‹

Ich sagte: »Nein, es ist eigentlich etwas anders – ich suche nämlich nach ihm, und da wollte ich mich erkundigen, ob Sie nicht vielleicht ...«

»Scheiße«, sagte sie.

Ihr Vater war gerade dabei, einen weißen Stein auf dem Spielbrett gegen einen schwarzen auszutauschen. Dann sagte er weinerlich etwas in einer Sprache, die ich für Dänisch hielt und nicht verstand.

»Schon gut, wir spielen ja gleich weiter«, sagte Greta; und dann zu mir: »Da kann ich Ihnen nicht helfen, tut mir leid.«

Sie warf mir einen bedeutungsvollen Blick zu, dessen Bedeutung mir aber erst klar wurde, als sie sich den Zeigefinger zunächst auf die geschlossenen Lippen legte und dann auf ihren Vater zeigte. Der verrückte mit seinen langen, dünnen Fingern einen weiteren Stein. Er bewegte sich so verstohlen und sachte wie ein Nachtäffchen; und er sah auch so ähnlich aus: Die runden, dunklen Augen und die durchscheinenden Ohren wirkten riesengroß gegen das Mündchen und die Stupsnase; kurzgeschorenes weißes Haar wuchs ihm als weiche Bürste tief in die breite, sorgenfaltige Stirn. Als er bemerkte, daß wir ihm beim Schummeln zuschauten, fing er wieder an zu quengeln.

»Der Herr ist ein Freund von Gennaro«, erklärte Greta. »Er läßt dich grüßen.«

Der Alte machte ein äußerst mißtrauisches Gesicht; dann rief er mit hoher und erstaunlich lauter Stimme seinen Sohn: »Rodolf! Rodolf!«

Der Rotbart erschien in der Tür und schaute finster.

Der Alte zeigte auf mich und redete schnell. Ich verstand wieder nichts; nur die Namen Furttmann und Gennaro hörte ich heraus.

Rodolf nickte mit Kennermiene.

»Sie sind also auch so einer«, stellte er fest. »Hauen Sie bloß ab! Los, raus hier!«

In solchen Situationen fällt mir nie eine passende Entgegnung ein; falls es überhaupt eine gibt.

»Schwule Sau!« Rodolf baute sich vor mir auf; er roch nach Bier.

Greta ging routiniert dazwischen und nahm mich beim Arm. Es sah aus, als hindere sie mich am Zuschlagen; ich war ihr durchaus dankbar dafür.

»Laß das, Rudy«, sagte sie kühl zu ihrem Bruder. Er gehorchte ihr aufs Wort und gab die Tür frei. Zu mir sagte sie: »Es ist besser, Sie gehen. Ich habe von Gennaro nichts mehr gehört seit einem Vierteljahr, mindestens. Außerdem kannte ich ihn ja kaum.«

Rodolfs Lachen klang wie mehrmaliges Rülpsen; falls es das nicht überhaupt war.

»Aber ...«

»Sie sollen verschwinden!« Rodolfs roter Vollbart zitterte vor Erregung.

Greta zog mich zur Tür. Nennenswerten Widerstand leistete ich nicht. Im dunklen Flur faßte sie meinen Kopf und zog mein Ohr auf Mundhöhe zu sich herab.

»Treffen wir uns morgen mittag im Café Sima«, flüsterte sie, »Via Fillungo.«

»Aber ...« Ich wollte ihr sagen, daß ich morgen wohl nicht mehr in der Stadt wäre, doch von drinnen keifte die Stimme des Alten: »Greta!«

»Café Sima«, wiederholte sie, »morgen gegen zwei.«

Auf der Treppe wäre ich fast noch hingefallen.

Es regnete jetzt nicht mehr; es goß. Der Wind trieb die Regengüsse kreuz und quer durch die engen Gassen. Vor dem Nuova Luna standen noch ein paar Tische draußen. Auf ihren Wachstuchdecken explodierten die Tropfen; im farbigen Abglanz der Leuchtbuchstaben war es das reinste Miniaturfeuerwerk.

Der Professor saß drinnen ganz allein an einem langen Tisch; er unterhielt sich mit dem Kellner. Der Kellner hatte einen bemerkenswerten Unterbiß und ein wölfisches Grinsen; er sah schmuddelig, häßlich und unsympathisch aus, genau wie das ganz Lokal. Die Trauben aus braunen Eierschalen, die wie bizarre Kronleuchter von der hohen Decke hingen, waren wohl von Ostern übriggeblieben.

Ich war durchaus nicht entmutigt; ich war hungrig. Beim Essen erzählte ich den Verlauf meines Besuches in allen Einzelheiten – bis auf den Abgang; die Beleidigungen und die sinnlose Verabredung ließ ich natürlich weg. Gemeinsam machten wir die ganze Familie herunter; wir waren uns selten so einig gewesen. Der Professor nickte eifrig: Er hatte ja alles vorher gewußt.

»Naro hatte ein Faible für dergleichen Leute, immer schon.« Das hatte ich heute nachmittag gemerkt. »Ihn langweilt alles, was sich normal gibt; er liebt das Risiko, Überraschungen, kleine Schocks. Er hat die Art Phantasie, die überall neue Anregungen sucht und aufnimmt.« Ich hätte das nicht Phantasie genannt; wenn er soviel besaß, woher dann dies Bedürfnis nach Anregung? Aber ich widersprach nicht.

Der Professor vergaß sogar das Essen über seiner Schwärmerei.

»Mir ist immer wieder aufgefallen, daß sich Menschen in seiner Gegenwart viel freier benehmen. Er weckt ruhende Fähigkeiten, bringt verborgene Möglichkeiten zum Vorschein, die man zuvor bei ihnen nie vermutet hätte. Ich habe das oft genug bei alten Bekannten beobachtet – bei mir selbst natürlich auch.« Er nahm einen Schluck Wein. »Selbst Ettore ist in Gennaros Gegenwart weniger verschlossen und träge. Einmal hat er es sogar fertiggebracht, ihn nach Florenz in die Oper zu locken, in die Oper! Stellen Sie sich das vor: Ettore in der Oper!« Vermutlich hatte er seinem Hintermann die Sicht genommen und die übrigen Zuschauer durch fortgesetztes Knistern mit Schokoladenpapier in den Wahnsinn getrieben.

Aber ich ließ den Professor reden – es war halt sein Lieblingsthema.

Das Essen und der Wein verbreiteten ein angenehmes Gefühl der Entspannung im ganzen Körper: friedfertig, warm. Wie schön, wenn jetzt Gennaro zur Tür hereinspaziert wäre; die Taschen voller Geld womöglich. Ich hätte meinen Anteil eingesteckt, den beiden Liebenden viel Glück gewünscht und wäre heimgefahren, zu Mona. Sie hätte ihr kleines Restaurant aufgemacht, ich hätte ihre Kochkünste angepriesen und die Kunstwerke serviert, und eines Tages – nachdem sich ihr Ruf weit genug verbreitet hätte – wäre ein Testesser vom Guide Michelin vorbeigekommen, und er hätte Mona gewiß die hoch verdienten drei Sterne verliehen, wenn, ja, wenn ich ihm nicht zum Abschluß den Kaffee über die Hose gegossen hätte – wahr ist: Ich hatte eigentlich keine Vorstellung von einer gemeinsamen Zukunft mit Mona. Nur so weit reichte meine Phantasie: Wegfallen würde endlich das beunruhigende Gefühl, alles zum letzten Mal zu tun, keine Wiederholungsmöglichkeit zu haben; auch die Heimlichkeiten, die kurzfristigen Verabredungen, die noch kurzfristigeren Absagen; dies vergebliche Warten, die Angst, entdeckt zu werden, das Lauern auf Anzeichen der endgültigen Trennung – aber würde es ohne diese Spannung überhaupt gehen? Würde sie meinetwegen tatsächlich ihren Mann verlassen? Warum nicht? Für mich war er, wie gesagt, nicht viel mehr als ein Phantom, eine sehr vage Bedrohung: die herausgerissene Widmung, der abgetragene Herrenmantel an der Garderobe, das Klingeln des Telefons. Einmal hatte sie mich aus dem Zimmer geschickt, als er anrief.

Der Professor fragte, worüber ich nachdächte.

Statt einer Antwort bestellte ich noch eine Portion Nudeln.

»Ich war häufig mit Gennaro hier.« Er betrachtete mißbilligend die Reste auf seinem Teller. »Sogar die Küche hat sich mehr Mühe gegeben, wenn er dabei war.«

»Tut mir ja leid, daß Sie heute mit mir vorliebnehmen müssen.« Ich wußte selbst nicht, warum ich das jetzt sagte.

Er schien aufrichtig entsetzt, entschuldigte sich vielmals. »Sie verstehen mich ganz falsch – so war das nicht gemeint. Ich bin sicher, wir drei wären längst gute Freunde.« Er lächelte. »Ich war nur, ehrlich gesagt, immer etwas eifersüchtig.«

»Dazu bestand nicht der geringste Anlaß. Ich hatte Gennaro gegenüber nie irgendwelche Absichten – das heißt ...« Meine ungeschickte Ausdrucksweise ärgerte mich; ich fühlte, wie ich rot wurde. »Ich meine: Absichten, wie Sie – ich meine ...«

»Schon gut.« Sein Lächeln wurde noch breiter. »Mir ist klar, daß Sie ihn auf andere Weise lieben; aber, sehen Sie: Die Weise, in der ich ihn liebe, macht überempfindlich. Der böse, böse Besitzanspruch ... Ich war eifersüchtig, weil er viel von Ihnen sprach. Er mag Sie, ja, in gewisser Weise bewundert er Sie sogar.«

»Weshalb sollte er?« Ich war ehrlich erstaunt.

»Ich weiß nicht ...« Er griff mit beiden Händen in die Luft, als wolle er einen Gedanken bei den Haaren herbeizerren. »Er hielt Sie zweifellos für gescheit. Gescheit auf eine kühle, zurückhaltende Art, die ihm fehlte. Sie haben ihn stark beeinflußt, damals, als er zur Universität gehen wollte, mehr als Sie ahnen vermutlich. Naro hat Sie damals für revolutionär gehalten, er hat ja täglich gewartet auf die Revolution, auf so eine romantische Revolution wie in Lateinamerika: Viva Zapata! Hehe«, er kicherte unfroh. »Durch Sie hat er begriffen, daß alles nur theoretisch gemeint war, Sie waren für ihn der geborene Theoretiker, deswegen hat es mich auch so erstaunt, daß Sie sich auf solche Praktiken eingelassen haben. Ich habe immer geglaubt, alle 68er würden irgendwann als Abgeordnete, Staatssekretäre, Minister enden oder in der Großindustrie, zumindest die Begabteren.«

Und nicht als Kleinkriminelle – aber das sagte er nicht ausdrücklich. Statt dessen bohrte er weiter in offenen Fragen.

»Ich wüßte doch gern, wer auf die Idee gekommen ist, die haitianische Regierung auf diese Weise zu enteignen? Oder wer dabei die treibende Kraft war, sie in die Tat umzusetzen? Ohne Sie hätte Gennaro gewiß nicht ernst gemacht damit ...«

Ich lächelte undeutlich.

»Er legte immer viel Wert auf Ihr Urteil; er verließ sich darauf. Er sagte mir einmal, Sie hätten einen sicheren Blick für die bessere Möglichkeit; Sie würden sie sofort wahrnehmen, auch wenn sie zunächst wie ihr Gegenteil aussähe. Er sagte: ›Ich werde dann nicht klug aus ihm – aber das liegt nur daran, weil er eben klüger ist als ich ...‹ Das schien ihm gerade zu gefallen – wie gesagt: Er mochte Sie.«

»Wieso mochte? Er mag mich hoffentlich immer noch.« Mein Ton klang wieder viel zu scharf.

»Aber natürlich! Gewiß!« Ich hatte ihm Angst eingejagt; das war deutlich zu sehen. »Ich bin wohl etwas durcheinander. Er hat mich noch nie in eine derartige Situation gebracht, wissen Sie ... Ich verstehe einfach nicht, weshalb er nicht hier ist. Gestern war ich noch vollkommen sicher, ihn hier unten zu treffen, und nun – wo sollen wir denn sonst noch suchen? Sehen Sie«, er sah mich mit einem Blick an, der einen Schwerbeschädigten dazu gebracht hätte, seinen Sitzplatz zu räumen, »sehen Sie: Eben, als ich hier so allein war, da kam mir mit einem Mal der Gedanke, er könnte tot sein.« Ich beobachtete ihn scharf: Sein Schmerz wirkte echt. Es tat mir leid, ihn so weit gebracht zu haben, aber seine plötzlichen Schmeicheleien waren mir auf die Nerven gegangen; außerdem hab ich es nie leiden können, wenn andere über mich reden – selbst wenn es günstig für mich ist; die bloße Tatsache, daß es in meiner Abwesenheit geschehen ist, irritiert mich und macht mich aggressiv. Doch er tat mir wirklich leid.

»Unsinn«, sagte ich eilig. »Das ist doch Unsinn. Warum sollte er denn – nicht mehr am Leben sein?! Es gibt absolut nichts, was dafür spricht.«

Er berührte meine Hand. »Ich bin Ihnen wirklich dankbar, daß Sie das sagen. Natürlich ist es unsinnig. Es war eigentlich auch kein Gedanke – nur ein stechender Schmerz, eine unwillkürliche Einsicht, die sich selbst in Worte faßt, ehe man es ihr verbieten kann, verstehen Sie?« Ich nickte. »Ich bin ehrlich froh, Sie bei mir zu haben. Ich könnte diese Ungewißheit allein nicht ertragen.«

Er streichelte meinen Handrücken. Wie alle Leute, die gewohnheitsmäßig andere berühren, kam es ihm gar nicht in den Sinn, ich könnte das unangenehm finden. In seinen Augen standen Tränen. »Wenn es wenigstens nur um dieses Geld ginge – das wäre ja kein Problem.«

Ich zog abrupt meine Hand weg, schenkte ihm Wein nach.

»Trinken Sie noch etwas.«

Er trank.

Mir war klar, daß es für mein Vorhaben günstig war, ihn zum Trinken zu animieren: Gewalt anzuwenden kam für mich nie in Frage; je mehr Alkohol, desto besser – er hatte dann einen festeren Schlaf. Aber mir war nicht wohl bei diesem Hintergedanken. Wenn es noch eine andere Möglichkeit gegeben hätte – wie gesagt ...

»Wir wollen dann heimfahren«, sagte er leise.

»Aber es ist noch gar nicht spät.« Es war Viertel vor zehn. »Ich wollte gerade vorschlagen, daß wir uns noch ein wenig in der Stadt umschauen. Vielleicht haben wir Glück ... Hatte Gennaro nicht irgendwelche Stammlokale?«

Er sah mich an, als wisse er meinen Versuch, seine Hoffnung zu stärken, wohl zu schätzen; ich ließ ihn in dem Glauben.

Dann sagte er: »Das Aurora Boreale vielleicht.«

II

Das Aurora Boreale ist eine Bar an der Piazza Napoleone. Schräg gegenüber liegt der Palazzo Communale mit dem Polizeipräsidium.

Es war nicht weit, aber wir wurden trotz unserer Schirmchen reichlich naß.

Natürlich war Gennaro nicht da. Das hatte wohl auch keiner von uns ernsthaft erwartet; wir erwähnten es nicht mal.

Der Raum war groß und hell und wirkte durch eine Spiegelwand noch größer und noch heller. Im abgedunkelten Hintergrund saßen zwischen allerhand Topfblumen und Schlingpflanzen zwei Frauen und ein alter Mann; sie schauten zu einem Fernsehgerät auf. An der langen Theke standen vier Leute; einer davor und drei dahinter.

Wir setzten uns an einen Tisch am Fenster. Ich wollte für uns beide Brandy bestellen, doch der Professor blieb bei Weißwein; ein leichter Galestro – wie sollte er davon je betrunken werden?

Ich konnte jetzt an nichts anderes als an den Diebstahl denken. Es war schlimm; den Professor mochte ich kaum noch ansehen. Er blieb unverändert leutselig, kaum wiederzuerkennen gegenüber dem Vortag. Womit hatte ich dies plötzliche Wohlwollen nur verdient?

»Sie sollten auch etwas Scharfes nehmen«, schlug ich vor, »das ist gut gegen Kälte und nasse Füße.«

Er ließ sich nicht überreden. »Wissen Sie, ich hatte mal eine Phase, während der ich übermäßig viel trank.« Jetzt wurde er auch noch vertraulich. »Ich trank allein, aus Langeweile – dabei ist nichts langweiliger, als allein zu trinken.«

Ich prostete ihm zu.

Draußen war es stockfinster; das Wasser lief ununterbrochen die Scheiben hinunter. Ungefähr so müßte man sich in einer Autowaschanlage vorkommen.

»Wissen Sie, irgendwann bemerkt man«, setzte der Professor neu an, »daß ein sehr unmittelbarer Zusammenhang besteht zwischen den Zielen, die man sich setzt, und der Altersstufe, auf der man sich gerade befindet. Je älter man wird, desto enger paßt man seine Wünsche seinen Möglichkeiten an ... Eines Tages stellt man fest, daß beide sich decken – das ist ein gefährlicher Punkt. Wenn ich damals nicht Gennaro getroffen hätte ...«

Er schwieg. Ich brachte es nicht über mich, ihn zu fragen, was dann geworden wäre. Ich wollte es nicht wissen.

»Und Sie?« fragte er nach einer Weile. »Was haben Sie für Wunschträume? Irgendwelche konkreten Ziele?«

»Im Moment?« Das konnte ich ihm wirklich schlecht verraten. »Ich habe eben an Gennaro denken müssen«, log ich.

Er schnaufte wehmütig. Dann war es für einen Augenblick ganz still. Selbst die Musik aus dem Fernseher hatte ausgesetzt. Ich griff nach meinem Glas, setzte es an, wagte aber nicht zu schlucken.

Der Fernsehton setzte wieder ein: rauschender Beifall – die Übertragung eines Fußballspiels. Die beiden Frauen gingen weg; nur der alte Mann blieb noch sitzen.

So konnte es nicht weitergehen: Ich trank bereits meinen dritten Cognac; und ich spürte auch schon die Wirkung. Er nippte immer noch an seinem ersten Glas Wein.

Ich bestellte mir einen Kaffee.

»Ist es immer so leer hier?« Mir fiel keine bessere Frage ein.

»Nicht ganz so, aber viele Gäste sind so spät eigentlich nie da. In Lucca geht man früh zu Bett.« Er schaute sich weitschweifig um. »Gennaro schätzte das sehr: diesen großzügigen, hohen, fast vornehmen Raum; den glatten Steinfußboden, die kühlen Marmortischplatten, das dunkle Holz des Buffets, die silbrige Espressomaschine ... Er hat einmal gesagt, wenn er könnte, würde er gern jeden dieser Liköre probieren; alle an einem Abend – das sei dann fast wie eine kleine Weltreise.« Er zeigte zur Bar. »Sehen Sie das lange Regal vor dem Spiegel: alles verschiedene Marken!«

Ein kalter Luftzug erwischte mich im Nacken. Ich drehte mich zur Tür um: Jemand war hereingekommen; es war Salow.

Er ging ohne Seitenblick an unserem Tisch vorbei, lehnte sich lässig an die Bar; sein Trenchcoat war dunkel vor Nässe.

»Ist etwas?« fragte der Professor.

»Ich – ich habe nur versucht, diese Flaschen zu zählen, aber es sind zu viele.«

Er sagte noch etwas darüber, wie erstaunt er in Italien immer wieder sei über die riesige Auswahl, selbst in dem kleinsten Café, im winzigsten Dorf ...

Ich hatte einen Einfall. Und ich wartete nur noch darauf, ihn anzubringen. Salow drehte mir immer noch den Rücken zu. Er strich ein paar nasse Haarsträhnen aus der Stirn, zündete sich eine Zigarette an und schaute sich wohlgefällig im Spiegel dabei zu. Ich versuchte, einen Blick von ihm aufzufangen; doch er verriet mir nicht durch den kleinsten Hinweis, was er vorhatte.

Der Professor fragte besorgt, ob wir gehen sollten; ich sähe so abgespannt aus.

Ich sagte, daß ich nur überlegte, mit welchem der Liköre ich anfangen sollte. Kein schlechter Anlaß, an die Bar zu gehen. Ich tat so, als suche ich das Regal ab und tastete mich dabei unauffällig näher an Salows Platz.

Er machte es weniger umständlich. Ich hörte ihn nach der Herrentoilette fragen; laut und deutlich. Einer der Kellner zeigte mit dem Daumen den Weg; und Salow ging. Ich ließ nur ein Anstandsweilchen verstreichen; dann bestellte ich einen Amaretto, nickte dem Professor kurz zu und ging hinterher.

Sogar die Herrentoilette war im Aurora größer und freundlicher, als Herrentoiletten es für gewöhnlich sind.

Salow lehnte an einem der Waschbecken.

»Da«, sagte er und drückte mir ein flaches Tütchen in die Hand.

»Was soll das?«

»Ich habe mir gedacht, Sie könnten ein Beruhigungsmittel gebrauchen. Sie machen einen so nervösen Eindruck.«

Ich machte ein erstaunlich dummes Gesicht; das konnte ich im Spiegel sehen.

»Natürlich für *ihn*!« betonte Salow unmißverständlich. »Damit er etwas besser schläft heute nacht – oder haben Sie das Geld etwa schon?«

»Nein, noch nicht.« Er nickte. »Aber ich habe da eine Idee: Ich halte ihn hier lange genug auf – Sie fahren hin und holen in der Zeit das Geld.«

»Igitt!« Er sah mich an wie Antonius seine Versucher. »Das wäre ja glatter Diebstahl.«

»Aber hören Sie, ich weiß bestimmt, daß er das Geld oben im Haus hat; ich glaube, es ist ...« Hinter mir ging die Tür auf: Es war der Alte vom Fernseher. Salow hatte geistesgegenwärtig den automatischen Trockner in Gang gesetzt und rieb sich darunter die Hände.

»Wieso sollte ich mir die Finger schmutzig machen?« fragte er todernst. »Wenn Sie was von dem Geld haben wollen, müssen Sie auch was dafür tun.«

»Ich sehe überhaupt nicht ein ...«

»Wenn er annehmen muß, daß Sie es waren, wird er doch nicht zur Polizei rennen, jedenfalls nicht gleich. Endlich kapiert?«

»Das heißt also: Ich darf die Drecksarbeit machen, während Sie hinterher nur abkassieren?!«

»Genau!« Er strahlte. »Ich hätte es selbst kaum trefflicher formulieren können – obwohl: Drecksarbeit klingt doch leicht übertrieben.«

»Dann will ich aber auch mindestens« – der Wärmestrahl setzte aus – »die Hälfte«, flüsterte ich.

Die Wasserspülung rauschte.

Salow gab mir eine schallende Ohrfeige. »Bis morgen also – und vergessen Sie ihr Beruhigungsmittelchen nicht.«

Ich glaube, von diesem Augenblick an haßte ich ihn.

Salow stand nicht mehr an der Bar, als ich zurückkam. Der Professor saß vor seinem leeren Glas und sah traurig aus.

Ich fühlte mich verpflichtet zu erklären, wieso ich so lange ausgeblieben war. »Mir war wieder etwas übel.« Das war ebenso überflüssig wie falsch. Er machte prompt sein besorgtes Großvatergesicht.

»Wir können sofort gehen«, sagte er. »Ich hatte nur eben noch ein Glas Wein bestellt, aber ...«

»Natürlich, ich bitte Sie, davon wird mir schon wieder besser.« Ich trank hastig meinen Amaretto; er schmeckte wie flüssiges Marzipan. Jetzt wurde mir tatsächlich wieder schlecht. In meiner linken Hosentasche fühlte ich das Tütchen.

Wie stark das Mittel wohl wirkte? Ich durfte es ihm keinesfalls zu früh verabreichen; schließlich wollte ich noch heil zurückkommen. Wahrscheinlich war es überhaupt besser zu warten, bis wir wieder im Hause sein würden. Aber wie ...

Ein Kellner brachte dem Professor seinen Wein.

»Entschuldigen Sie mich einen Moment.« Er stand auf und ging den gleichen Weg, den ich gerade gekommen war.

Die Gelegenheit war zu günstig. Ich zog spielerisch das Tablett mit dem Weinglas näher zu mir heran. Die drei Kellner hinter der Bar hatten sich über eine Zeitung gebeugt und unterhielten sich angeregt kichernd; keiner schaute zu mir herüber. Aber ich schaute zu lange auf sie – einer blickte auf. »Ancora un bicchiere?« Er zeigte auf mein leeres Gläschen. Ich winkte entschieden ab.

Noch ein Blick in Toilettenrichtung – jetzt oder nie! Ich riß das Tütchen unter dem Tisch auf, schüttete den Inhalt aus der hohlen Hand in das Glas. Es war ein feines, weißes Pulver; hoffentlich löste es sich schnell und gründlich auf.

Jemand lachte laut im Hintergrund. Ein dreckiges Lachen; es kam mir bekannt vor. Ich machte Salow im Halbdunkel des

Fernsehdschungels aus; er amüsierte sich offenbar gut – und bei einem Fußballspiel gibt es wenig zu lachen.

Immer unwiderstehlicher kam ich mir wie der Idiot vor, zu dem er mich machte – vollkommen unfähig.

Hastig schob ich das Glas zurück auf die andere Seite des Tischchens; dabei warf ich es fast noch um.

Der Professor war zurück. »Geht es Ihnen besser?«

Ich konnte nur nicken. Ich mußte die ganze Zeit auf sein Glas starren: Sah der Wein nicht irgendwie trüber aus?

»Oder wollen wir nicht doch lieber gehen?«

»Ich denke, ich trinke noch eine Grappa.«

»Sie sollten lieber Wein trinken; und vor allem nicht so viel durcheinander: Rotwein zum Essen, Cognac, Likör und jetzt noch Grappa?!«

»Also gut: einen Wein!« Ich bestellte.

Der Professor schüttelte den Kopf; nachsichtig lächelnd.

Salow ging jetzt dicht an unserem Tisch vorüber; er grinste unverschämt. Dann war er endlich weg.

Ich bekam meinen Wein.

»Sie werden sehen, er ist sehr ordentlich: trocken, aber nicht stumpf.«

Wir tranken uns zu; das heißt: Ich nahm einen großen Schluck – der Professor nippte nur ganz leicht. Er verzog das Gesicht.

Dann rief er laut nach dem Kellner.

Ich verfluchte Salow und sein Pülverchen.

Der Professor monierte, das sei nie und nimmer ein Galestro.

Der Kellner protestierte eifrig.

Zumindest sei es ein anderer als vorhin.

Beschwörend legte der Kellner eine Hand auf seine Herzgegend.

Der Professor lud ihn ein, davon zu kosten.

Der Kellner nahm mit spitzen Lippen einen tiefen Zug, legte den Kopf in den Nacken wie ein Hahn beim Krähen, rollte den Wein im Mund und schluckte geräuschvoll. Bedenklich wiegte er den kahlen Kopf.

Der Professor hatte inzwischen aus meinem Glas genippt und bestand darauf, daß auch der Kellner die Gegenprobe machte.

Es folgte ein opernhafter Wortwechsel. Die Szene wurde zum Quartett – ich war ja nur Zuschauer –, als die beiden Kollegen auch noch an unseren Tisch kamen.

Sie mußten natürlich ebenfalls kosten.

Nun wurde es erst richtig hitzig. Soweit ich mitbekam, schlugen sich die beiden Neuen sofort und mächtig auf die Seite des Professors, während der Alte immer noch Zweifel hegte.

Also probierten alle noch mal.

Nur der Professor trank nichts mehr von seinem Wein.

Bei jedem weiteren Schluck wuchs meine Angst, der jeweilige Trinker werde im nächsten Moment einfach umfallen. Noch war nichts dergleichen passiert – doch sie wollten unbedingt neuen Wein bringen.

Gott sei Dank war der Professor einverstanden, endlich aufzubrechen.

Als wir gingen, war die Erregung noch keineswegs abgeflaut; aber das Glas war endlich leer.

Die drei würden einen festen Schlaf haben in dieser Nacht.

Ich saß auf meinem Bett. Mantel und Schuhe hatte ich ausgezogen, mich in eine Wolldecke gewickelt, das Licht gelöscht. Ich wartete.

Draußen fiel der Regen so dicht, daß man die dunklen Umrisse der Zypressen kaum noch erkennen konnte. Nur auf den unteren Teil der Stämme fiel schwaches Licht, das aus dem Zimmer des Professors kommen mußte.

Zunächst wartete ich darauf, daß es ausging; als es endlich soweit war, wurde das Warten noch unbestimmter und quälender.

Wie lange braucht ein Mensch, um einzuschlafen? Nach diesem langen Tag und nach der Menge Alkohol mußte es eigentlich schnell gehen. Doch ich durfte nicht von mir ausgehen – ältere Menschen schlafen schwer ein; und sie haben einen leichten Schlaf, sagt man.

Ich überlegte mir, wie ich vorgehen wollte: systematisch. Zunächst hier oben suchen; obwohl nur geringe Hoffnung bestand, das Geld irgendwo außerhalb seines Zimmer zu finden. Im Grunde war ich ziemlich sicher, wo er es aufbewahrte – aber vielleicht hatte ich ausnahmsweise Glück.

Es ist nicht so, daß ich mir damals weiter keine Gedanken gemacht hätte. Ich bin durchaus nicht der skrupellose Typ, als den mich manche hinzustellen versucht haben. In gewisser Hinsicht bedaure ich das.

Ich dachte nämlich daran, was ich eigentlich im Begriff stand zu tun; und mir war klar: Das war kein eleganter kleiner Betrug mehr – das war plumper Diebstahl. Ich erschrak auch kurz darüber, wie ungerührt ich das zur Kenntnis nahm, wie wenig Gewissensbisse ich verspürte; genau gesagt: Ich spürte gar keine. Ich wollte mir das nehmen, was mir zustand: mein Geld. Den Rest sollte von mir aus Salow einstecken oder Gennaro – oder würden sie am Ende alles verlangen? Das dumme war, daß ich keinerlei Druckmittel zur Hand hatte. Aber wie hätte man einem Mann wie Salow überhaupt drohen können? Außer vielleicht mit der Polizei; und das kam für mich nicht in Frage.

Die Pistole des Professors fiel mir ein; falls ich sie fände, sollte ich die natürlich mitnehmen. Doch was konnte sie mir schon nutzen? Salow würde wissen, daß ich nicht in der Lage wäre, auf ihn zu schießen. Ich wußte, daß er es wußte; und dies Wissen erbitterte mich. Es war albern, aber ich sah eine tiefe Ungerechtigkeit darin, daß seine Skurpellosigkeit auch noch belohnt werden sollte, während meine Skrupel sich nur nachteilig für mich auswirkten.

Unklar wurde mir bewußt, wie weit ich mich schon auf ein Gebiet vorgewagt hatte, das mir im Grunde immer noch fremd war, für das ich nicht die Voraussetzungen mitbrachte, da in seinem Bereich geläufige moralische Wertvorstellungen sich in ihr Gegenteil verkehrten.

Ich nahm mir vor umzudenken: Alle Beteiligten waren schlecht – und der Schlechteste würde am besten davonkommen.

Von Salow fühlte ich mich mehr denn je bedroht; die Ohrfeige auf der Herrentoilette war noch frisch. Von Gennaro fühlte ich mich im Stich gelassen; wie konnte er mit einem Menschen wie Salow gemeinsame Sache machen? Und der Professor? Was hatte sein vollkommen verändertes Benehmen mir gegenüber zu bedeuten? Was bezweckte er damit, daß er plötzlich den väterlichen Freund markierte? Und was sollte sein Geraune über Gennaros Tod? Wollte er etwa durch gezielte Vorahnungen auf etwas vorbereiten, was er längst nur allzu gut wußte?

Der Gedanke, Gennaro sei wirklich tot – tot! –, erfüllte mich mit Schrecken. Unwillkürlich verzog sich mein Gesicht; mein Magen verkrampfte sich wieder; mich fror. Ich habe nie an den Tod denken können, ohne daß mein eigener mir einfiel. Wenn Gennaro wirklich umgebracht worden war ...

Bisher hatte ich das nur als sehr abstrakte Möglichkeit mit einkalkuliert; hauptsächlich um mein Gewissen dem Professor gegenüber zu beruhigen. Er hatte immerhin ein Motiv: wenn Gennaro ihn verlassen wollte ... Auch Salow konnte ein Motiv gehabt haben ... Wenn Gennaro wirklich tot war – ich hatte es nie zu Ende gedacht. Und ich wollte es auch jetzt nicht denken.

Vor Gericht hat mir niemand diese Theorien abnehmen wollen, das heißt: Mein Anwalt hat versucht, sie als Zeichen meiner hochgradigen Verwirrung zu meinen Gunsten auszulegen, während der Staatsanwalt noch in seinem Schlußplädoyer bezweifelte, daß ich jemals so oder ähnlich gedacht haben sollte.

Doch ich kann beschwören: Damals dachte ich so; in dieser Nacht.

12

Leise stand ich vom Bett auf. Mir war klar, daß ich mich auch hier oben nur mit großer Vorsicht bewegen durfte. Durch die Strümpfe spürte ich die Kälte der Steinfliesen.

Niemals die Füße heben, schärfte ich mir ein.

Wie ein Eisläufer rutschte ich hinaus; wie ein recht schlechter Eisläufer allerdings.

Auf der Galerie war es noch dunkler als in meinem Zimmer. Ich probierte mein Feuerzeug. Die kleine Flamme schien mir erschreckend grell. Ich stellte sie ein wenig schwächer ein. An der Wand entlang tastete ich mich zur Tür von Gennaros Zimmer und öffnete sie leise.

Gennaros weißer Anzug hob sich hell und deutlich von dem dunklen Schrank ab. Er bewegte sich leicht im Luftzug; nach einer Schwingung hing er wieder still.

Mich fror. Ich zog die weiße Jacke über. Die Hose warf ich auf das gemachte Bett und öffnete die Schranktür. Ich leuchtete hinein: Die wenigen Kleidungsstücke darin kannte ich alle nicht. Eine Art Overall, ein paar Hemden, ein weiter Kittel, verwaschen violett, mit Farbflecken gesprenkelt.

Mir war, als wenn ich in das geheime Leben Gennaros eindränge, und der Gedanke ärgerte mich, daß ich von seiner Malerei nichts gewußt hatte. Warum hatte er überhaupt Geheimnisse vor mir?

Ich kam mir bösartig vor: ein Schnüffler. Aber die Umstände ließen mir doch keine Wahl: Ich mußte diese verächtliche Rolle spielen.

Licht zu machen getraute ich mich nicht; ich fürchtete den Widerschein draußen im Regen.

Ich schloß den Schrank wieder ab. In einem Köfferchen daneben fand ich seine Malsachen: Farbtuben, Pinsel, eine Art Palette aus Porzellan in einer durchsichtigen Schutzhülle. Die meisten Farbtöne schienen aus Blau und Braun abgemischt zu sein.

Dann war da noch eine Mappe voll ausgeschnittener Zeitungsfotos: Menschen, Gegenstände, Landschaften; alle schwarzweiß. Ich wußte selbst nicht, warum ich sie so genau durchsah. Ihren Sinn, das Prinzip, nach dem er sie ausgewählt hatte, begriff ich nicht ganz.

In einer Ecke lehnte ein kleinformatiger Rahmen mit aufgespannter Leinwand. Ich drehte ihn herum: noch ein Selbstporträt, Gennaros geradliniges Profil. Ich leuchtete es näher an. Es war unvollendet. In dem unruhigen Licht der kleinen Flamme funkelten die Glanzlichter auf seinem dunklen Haar. Das Gesicht dagegen war noch fast leer; das Auge tot. Nur der Mund – mit einem scharfen Schatten unter den Lippen erst angedeutet – schien schon zu lächeln. Der Hintergrund war ausgemalt: ein kahler, sandiger Hang; eine Kuppe, dicht mit Bäumen bedeckt, blaugrün, fast schwarz; Regenwald – Haiti, dachte ich.

Gennaro hatte immer eine Vorliebe dafür gehabt, durch den Regen zu laufen. Selbst wenn er so dicht fiel wie heute nacht, hätte ihm das nichts ausgemacht.

Unter dem Bett war nichts.

Ich wollte schon hinausschleichen, als mir der kleine Nachtschrank ins Auge fiel. Vermutlich war er für den Geldkoffer kaum groß genug – aber ich sah trotzdem nach.

Das untere Fach war leer; die obere Schublade dafür voller Fotografien. Einige kamen mir bekannt vor aus Zürich: der Professor vor seiner Dienstvilla; Gennaro an der Staffelei; der Professor und Gennaro beim Frühstück in Italien ... Ich war überrascht, auch ein Bild von Greta Menander hier zu finden, aber ich dachte mir nicht viel dabei. Und dann kam ein Bild von mir: nicht sehr vorteilhaft, doch ich sehe auf Fotos nie besonders aus. Es mußte älter sein, denn ich erinnerte mich nicht mehr genau, bei welcher Gelegenheit es aufgenommen worden war. Der Hintergrund war verwischt; irgendein sonnenfleckiger Waldweg.

Ja, früher hatten wir häufig lange Spaziergänge zusammen gemacht. Wir waren einfach hinausgefahren, ziellos ein wenig herumgelaufen, und wir hatten unsere Träume für uns selbst sprechen lassen. Stundenlang konnten wir uns gegenseitig davon erzählen, und keiner hätte es sich je einfallen lassen, ihre Realisierbarkeit zu bezweifeln.

Unter den Fotos fand ich einen Packen Briefe: immer die gleichen bläulichen Umschläge; immer dieselbe altmodisch-elegante Handschrift. Der Professor war offenbar ein fleißiger Schreiber. In diesem Fall vermutlich ein recht einseitiges Vergnügen – ich grinste bei dem Gedanken an Gennaros Abneigung und seine Schwierigkeiten, sich schriftlich mitzuteilen.

Warum hätte ich diese Briefe nicht lesen sollen?

Womöglich enthielten sie Hinweise auf eine drastische Verschlechterung der Beziehungen; oder sie lieferten sogar ein konkretes Motiv für das, was vielleicht schon geschehen war; einen Anhaltspunkt für das, was noch geschehen konnte.

Ich suchte anhand der Poststempel den jüngsten heraus; er war vom 20. Januar dieses Jahres.

»Gennaro –
ich hoffe, Du fühlst Dich etwas einsam – aber ich fürchte, Du tust es nicht.
Es bleibt doch dabei: Den Frühsommer werden wir zusammen in Italien verbringen. Ich werde den Verdacht nicht los, ich schreibe diesen ganzen Brief nur wegen dieses einen Satzes. Es ist solch ein phantastischer Satz – wir, zusammen! – und ein bestürzender zugleich. Du weißt, wie elend mich die Aussicht auf ein Wiedersehen jedes Mal macht. Und es ist nicht nur ihr Übermaß, das die Vorfreude in ihr Gegenteil umschlagen läßt. Es ist auch immer wieder die Angst:

die Angst vor dem ersten Blick, vor dem ersten Wort, der ersten Berührung. Die Angst, Du könntest mich doch endlich so verändert finden – das heißt, wie ich meine: so unverändert –, daß es Dir ganz unerträglich wird, mich bei Dir zu haben – oder ganz gleichgültig … Oh, wie gut ich das verstünde! Niemand könnte Dir eifriger zustimmen in diesem Empfinden! Du weißt, was ich nicht verstehen kann, ist ja das Gegenteil. Obschon es mein Glück, meine ganze Freude ausmacht, bleibt seine Grundlage mir doch unheimlich und fremd. Wenn ich größer und schöner, klüger und besser – wenn ich jünger wäre! 30, 40 Jahre jünger – ich weiß: Du hörst davon nicht gern. Aber ich bin alt, Gennaro, alt. Wenigstens alt genug, *das* zu wissen. Mein Gesicht ist alt, mein Körper ist alt, und meine Gedanken sind es vermutlich auch. So habe ich Dir nichts weiter zu bieten, als mein Gefühl. Ich liebe Dich. Und ich werde …«

Ich konnte nicht weiterlesen; ich wollte es auch nicht. Es widerte mich an. Berechnung sprach für mich aus jedem dieser Worte. Und wenn es nicht Berechnung war, so war es etwas weit Schlimmeres: Unschuld.

Mein Mund war trocken. Ich schlurfte ins Badezimmer, um ein Glas Wasser zu trinken. Hier durfte ich Licht machen, denn es gab kein Fenster. Ich sah mich im Spiegel: Gennaros weißes Jackett war mir mindestens eine Nummer zu groß. Ich sah auch mein Gesicht – und es gefiel mir nicht.

Ich wußte, daß ich es nicht länger hinausschieben konnte. Ich tastete mich am Geländer nach unten. Das Holz der Treppe knarrte wieder bei jedem Schritt. Still dankte ich dem Regen, der das ganze Haus mit seinem gleichmäßigen Geräusch erfüllte. Meine Augen hatten sich noch nicht wieder an die Dunkelheit gewöhnt; ich überschätzte die Anzahl der Stufen und setzte den letzten Schritt viel zu fest auf.

Ein dumpfer Hall – fast wäre ich hingefallen. Ich hielt mich irgendwo fest. Der Atem stockte mir. Eine Sekunde spürte ich große Lust zu schreien.

Ich wartete zitternd, ob sich etwas regte.

Es regte sich nichts; der Regen rauschte wie zuvor.

Ich gab mir noch drei tiefe Atemzüge; dann ging ich vorwärts. Ich hielt mich nicht damit auf, an der Tür zu horchen. Ich machte sie auf und trat ein.

Das Zimmer war sehr dunkel. Mit der Orientierung hatte ich dennoch keine Schwierigkeiten. Das Bett, der Stuhl, der Schrank. Ich wußte noch, wo alles seinen Platz hatte.

Der Professor schlief mit dem Gesicht zur Wand. Sein weißes Haar hob sich schwach vom Kopfkissen ab. Er atmete fast geräuschlos – jedenfalls leiser als das Rauschen des Regens.

Ich sah ihn nicht länger an. Ich kümmerte mich auch nicht um mögliche andere Verstecke. Ich nahm mir sofort den schweren Schreibschrank vor.

Die untere Hälfte war mit zwei Flügeltüren verschlossen. Der Schlüssel steckte. Er ließ sich drehen, ohne mehr Lärm zu machen als ein fallendes Blatt. Auch die Türen knarrten nicht. Im Schutz des offenen Flügels ließ ich mein Feuerzeug aufflammen. Der Inhalt der beiden Borde war übersichtlich. Ein Blick genügte: Aktenordner, ein paar dicke Kunstbände, Karteikästen, ein Stapel Briefe. Sonst nur der übliche Kleinkram: Locher, Hefter, Schreibutensilien.

Ich tastete mit der freien Hand tiefer hinein. Einen Zwischenraum zur Rückwand gab es nirgends.

Ich nahm den Finger vom Druckpunkt des Feuerzeugs und wartete, bis das Negativ der Flamme aus meinen Augenwinkeln verschwunden war. Dann schloß ich behutsam die Türen und richtete mich auf.

Das Rascheln hinter mir erschreckte mich kaum. Er hatte sich nicht mal ganz umgedreht. Seine Lage schien kaum verändert. Nur die eine Hand hing jetzt beziehungslos über den Rand des Betts.

Ich suchte im Dunkeln nach dem Schloß der Schreibklappe. Ich fand es, wo ich es vermutet hatte: genau in der Mitte, dicht unter der Oberkante. Ein Schlüssel steckte hier nicht.

Ich versuchte die Lade so herunterzuklappen. Doch obwohl ich meine Fingernägel zu beiden Seiten in die schmalen Ritzen krallte, gab sie nicht nach.

Einerseits war das unangenehm, andererseits verstärkte es meine Gewißheit, daß der Koffer hier zu finden sei. Ich suchte an der richtigen Stelle und ich würde mich nicht aufhalten lassen.

Um einen anderen Öffnungsmechanismus auszumachen, benutzte ich wieder mein Feuerzeug. Aber nur kurz, denn der Reflex auf dem dunkelroten, blanken Holz war mir zu hell.

Ich bückte mich und zog unten den Schlüssel ab. Er paßte leicht in das obere Schloß; zu leicht, denn er war dafür nicht gemacht. Immer wieder versuchte ich es – und immer wieder spürte ich, wie sein Bart den Widerstand im Schloß faßte und wieder verlor. Wie behutsam ich es auch anstellte: Er streifte daran vorbei.

Wie ein professioneller Schränker hatte ich mein Ohr auf das Holz dicht neben dem Schloß gelegt. Ein leichtes Klicken – der Widerstand. Ein Scharren – der abrutschende Schlüsselbart, und noch einmal das Klicken, wenn der Widerstand in seine Ausgangsposition zurücksprang.

Ich brauchte einen flachen, festen Gegenstand. Mir fiel der Brieföffner ein, den ich im unteren Fach gesehen hatte.

Er war genau das richtige. Ich schob die Klinge in dem schmalen Spalt über dem Schloß so weit zur Mitte, bis sie auf den Verschluß stieß. Dann drehte ich wieder den Schlüssel im Schloß. Im gleichen Moment, da er den inneren Widerstand faßte, drückte ich die Klinge des Brieföffners mit aller Kraft gegen den Haltebolzen.

Ich war selbst überrascht, daß es beim ersten Versuch funktionierte! Es ging fast zu glatt: Die Klinge wischte den Verschluß beiseite, die Klappe sprang auf, fiel langsam nach vorn –

geistesgegenwärtig fing ich sie mit der Schulter ab. Von innen rutschte ein schwerer Gegenstand gegen das Holz, das Geräusch war nicht lauter als die Sprengung des Matterhornmassivs. Ich ließ den Brieföffner fallen; sein Aufprall auf die Steinfliesen klang wie eine leichte Kavallerieattacke.

Die Stimme des Professors sagte: »Gennaro?!«

Dann ging das Licht an. Er saß aufrecht im Bett und starrte mich an. Ich stand mit dem Rücken gegen den Schrank gelehnt und starrte ihn an.

Es war lächerlich, aber das erste, was ich registrierte, war das dunkle Haarnetz, das er auf dem Kopf trug. Dann erst sah ich die Pistole in seiner Hand.

»Sie . . . Warum haben Sie seine Jacke an?« Bevor ich seine Frage recht begriffen hatte, kamen schon die nächsten: »Was haben Sie hier zu suchen? Was wollen Sie?«

Ich hätte mir vorher eine Geschichte zurechtlegen sollen! Jetzt fiel mir nichts ein; ich hatte zuviel damit zu tun, mein Herz herunterzuschlucken.

Ich wollte einen Schritt auf ihn zu machen. Da fühlte ich etwas in meinem Rücken: Die Klappe würde sofort herunterfallen, sobald ich mich weiter vom Schrank weg bewegte.

Ich drückte sie mit der Schulter zurück und sagte gleichzeitig: »Ich hatte ein Geräusch gehört. Ich wollte nachsehen . . .«

»Was für ein Geräusch? Hier in diesem Zimmer?!«

»Draußen«, sagte ich schnell, »es war, als ob von draußen jemand an die Scheibe klopfte.«

Er fuhr herum zum Fenster. Seine Pistole zeigte jetzt dorthin. »Der Regen«, sagte er nach einem Augenblick des Horchens. »Wie wollen Sie bei dem Regen überhaupt etwas gehört haben? Sie waren doch oben in Ihrem Zimmer?« Er legte die Pistole auf den Nachtschrank.

»Es war mehr ein Gefühl«, behauptete ich. »Ich wachte plötzlich auf, und es war da. Als wenn jemand draußen wäre, der hereinwollte. So ein leises Klopfen . . .«

Einen Augenblick sah er so aus, als wollte er auf meine Improvisation eingehen. Er schaute wieder zu dem dunklen Fenster. »Vielleicht hat der Wind die Zweige gegen die Scheibe geweht . . .« Er atmete tief aus. »Außerdem: Wer sollte das sein, der uns um diese Zeit besuchen käme?«

»Gennaro«, flüsterte ich und kam mir gerissen vor.

Doch es war ein Fehler.

»Unsinn«, sagte er kühl. »Ich habe unter einem Stein auf der Veranda einen Hausschlüssel deponiert. Gennaro weiß das. Er könnte jederzeit herein.«

Was sollte ich darauf noch sagen? Ich spürte das Gewicht im Rücken.

»Es tut mir leid, Sie geweckt zu haben. Aber Sie wissen vielleicht, wie das ist, wenn man so plötzlich aufwacht.«

»Ja, ja«, sagte er sarkastisch, »das weiß ich jetzt. Sie hätten mich fast zu Tode erschreckt.« Er legte eine Hand auf sein Herz.

»Es tut mir leid«, sagte ich noch mal.

Ich rührte mich nicht vom Fleck.

»Gehen Sie schlafen«, sagte er.

»Wollen wir nicht lieber mal nachsehen?«

»Ich?« Er sah mich an. »Gehen Sie doch, wenn es Sie beruhigt.«

»Aber . . .«

Er wurde ärgerlich. »Hören Sie, ich bin ein alter Mann. Ich habe nicht die geringste Lust, nachts im Regen herumzulaufen. Ich brauche meinen Schlaf.« Er quengelte richtig. »Jetzt werde ich wahrscheinlich wieder stundenlang nicht einschlafen können – ach . . .« Er griff sich ein Buch, das auf dem Nachtschrank lag.

»Machen Sie ruhig schon das Licht aus. Ich finde den Weg auch im Dunkeln.«

Er reagierte gar nicht. Er hatte das Buch aufgeschlagen und tat so, als läse er.

»Es tut mir wirklich sehr leid«, sagte ich.

Er schaute mich wieder an, als benähme ich mich wie ein Idiot; und das tat ich ja wohl auch.

»Also dann – Gute Nacht!«

»Gute Nacht«, knurrte er.

»Und schlafen Sie gut.«

Er antwortete nicht.

Ich glaube, ich kam drei Schritte weit.

Dann spürte ich einen Luftzug im Nacken. Mit einem ächzenden Geräusch fingen die Scharniere den Fall der Klappe ab. Etwas fiel hinter mir auf den Boden. Ein kleiner, schwarzer Koffer.

Er brauchte eine Ewigkeit, um zu verstehen. Ungefähr zwei Sekunden.

»In Ordnung«, sagte er, »nehmen Sie das Geld und verschwinden Sie.« Seine Stimme war merkwürdig verändert; vielleicht lag es auch an meinem Gehör, daß sie so leise und gepreßt klang, wie ein fernes Echo. Ich ließ mich auf den Stuhl fallen und fing an zu weinen.

Es war übrigens keine Reue oder so etwas; nur eine ganz normale körperliche Reaktion, eine Entladung.

Er hörte sich meine Beichte ruhig an; und er glaubte mir. Ich hatte ja auch die Wahrheit gesagt; jedenfalls in allen wesentlichen Punkten. Einige weniger wichtige Kleinigkeiten ließ ich weg.

Prompt hakte er bei einer davon ein. »Aber wenn Sie das Geld nicht für sich wollten – wieso haben Sie mir nicht gleich gesagt, was dieser Salow von Ihnen verlangte?« wollte er wissen.

»Ich war mir nicht sicher, ob Sie unter diesen Umständen ...«

»Aber gerade unter diesen Umständen!« rief er dazwischen. »Glauben Sie denn, ich ließe Gennaro im Stich, wenn er meine Hilfe benötigte gegen so einen – so einen gemeinen Erpresser!« Die weiten Ärmel seines schillernden Seidenpyjamas waren bis über die Ellenbogen hinaufgerutscht. Er gestikulierte ausschweifend wie ein Volksredner. »Das haben Sie doch nicht im Ernst glauben können!« wiederholte er. Die Schatten seiner Hände geisterten riesenhaft über die Wand.

Wenn ich meinen Anteil an dem Geschäft mit Salow nicht verraten wollte, gab es nur eine Begründung.

»Ach, wissen Sie ...« Ich zögerte absichtlich. »Ich möchte Sie nicht verletzen, aber mir war der Verdacht gekommen – es ist wie gesagt nur ein Verdacht, wenn auch vieles dafür spricht ...«

»Was spricht wofür?« Er runzelte die Stirn. Unter dem schwarzen Abschlußband des Haarnetzes sah sie sehr weiß und niedrig aus.

»Gennaro könnte doch mit Salow gemeinsame Sache machen.« Das traf ihn. Ich sprach schnell weiter. »Er könnte ihn sogar beauftragt haben, mich unter Druck zu setzen. Das würde erklären, warum Salow noch einmal soviel verlangt, wie wir verdient hatten. Das würde auch erklären, wieso Gennaro sich immer noch verborgen hält – das würde alles erklären!«

Er starrte auf einen Punkt irgendwo hoch über meinem Kopf. Sein Mund bewegte sich mechanisch. Sein Adamsapfel hüpfte auf und nieder.

Ich wartete.

»Das glaube ich nicht«, sagte er nach einer Weile. Er sagte es ruhig und bestimmt, so, als sei es das gesicherte Ergebnis langen, sorgfältigen Nachdenkens.

»Sie *wollen* das nicht glauben«, widersprach ich.

»Nein, das will ich nicht. Aber ich will es wissen.« Er räusperte sich. »Nehmen Sie die Decke da. Es ist kalt.« Er zeigte auf eine Wolldecke, die ordentlich gefaltet über der Lehne am Fußende seines Bettes lag.

Er kam im Morgenmantel und mit einem Glas Wasser aus der Küche zurück; das Haarnetz hatte er abgenommen. Den Koffer stellte er kommentarlos in den Schrank zurück.

»Wenn ich Sie richtig verstanden habe, waren Sie doch für morgen früh verabredet mit diesem Salow?«

»Ja.«

Er setzte sich wieder auf das Bett. »Wann und wo?«

Die Frage überraschte mich. »Das ist doch jetzt nicht mehr wichtig.«

»O doch – denn Sie werden diese Verabredung einhalten.«

»Was!? Sie meinen, ich soll ihm einfach das Geld bringen und . . .«

Er ließ mich nicht ausreden. »Wann und wo wollten Sie ihn treffen?«

»Um halb elf; in Lucca. Ich sollte den Bus nehmen und dann in eine bestimmte Buchhandlung kommen – am Dom.«

»Das ist schlecht«, sagte er nachdenklich.

»Hören Sie: Er wird das Geld nehmen – und ssst!« Ich machte eine entsprechende Handbewegung.

»Mitten in der Stadt – das ist nicht gut«, sagte er noch mal.

Ich verstand immer noch nicht, worauf er hinauswollte.

Endlich sagte er es mir: »Wir müssen ihn irgendwo hinbringen, wo wir ihn – sagen wir: festhalten können; das heißt: Sie müssen ihn da hinbringen.«

»Wollen Sie ihn verhaften lassen?«

»Aber nein! Keine Polizei, solange wir nicht wissen, welche Rolle Gennaro spielt. Wir werden Salow zwingen, uns das zu verraten.«

Es hörte sich reichlich abwegig an. Aber er sagte es ganz ruhig. Ein älterer Herr, der in seinem Bett hockte und fröstelnd seinen Morgenmantel über der Brust zusammenraffte.

»Und wie wollen Sie ihn dazu zwingen? Mit Gewalt?!«

Er überhörte die Ironie. »Ich denke nicht, daß es soweit kommen muß. Ich werde ihm Geld anbieten. Das dürfte reichen.«

Ich glaubte immer noch nicht an die Ernsthaftigkeit seiner Absichten.

»Und wo soll ich ihn hinbitten?«

Er dachte nach.

»Hierher? Er wird nicht kommen. Er ist kein Anfänger.

Wenn er hört ...« Der Professor schnipste mit den Fingern, fast wie ein Schulkind, das sich darum reißt, die richtige Antwort zu geben.

»Zu Ettore! Sie werden ihn zu Ettores Haus bringen. Sie werden ihm sagen, daß dort das Geld deponiert sei. Das klingt doch einleuchtend!«

»Ziemlich«, mußte ich zugeben.

»Sie konnten nicht an das Geld heran, weil ich es dorthin gebracht hatte. Was ich übrigens auch hätte tun sollen ...«

»Ja, und?« Mir lag daran, über diesen Punkt wegzukommen.

»Das Haus liegt ideal: von da kommt er so leicht nicht fort. Und wir haben Ettore zur Verstärkung. Er würde alles für mich tun. Er kann mit einer Waffe umgehen – und er würde sie auch benutzen.« Wir sahen beide die kleine Pistole an.

»Er macht zumindest eher den Eindruck als wir«, sagte ich. »Aber – ob Salow darauf eingeht?«

»Warum denn nicht? Er weiß doch nicht, was ihn erwartet. Er braucht nicht mal zu wissen, daß ich auch dort sein werde. Natürlich nicht! Er darf es nicht einmal ahnen. Er muß davon ausgehen, daß Sie mit ihm zusammenarbeiten ...«

»Vielleicht könnte ich einen Anteil von der Beute verlangen ... Ich meine: Das würde meine Kooperationsbereitschaft doch glaubhafter machen.«

»Sehr gut!« Ich schämte mich fast über den Eifer, mit dem er meinen Vorschlag aufnahm. »Verlangen Sie die Hälfte von dem Geld! Er wird darauf eingehen! Er wird kommen! Er weiß ja nichts ...« Sein Lächeln war voller Zuversicht. »Er weiß nur: Da ist das Geld – und wo das Geld ist, wird er hingehen.«

Seine letzte Schlußfolgerung klang direkt alttestamentarisch: einfach und überzeugend. Und wo das Geld ist, da will auch ich hingehen ...

»Werden Sie das für mich tun?« bat er. »Für mich und für Gennaro!«

Ich nickte.

Ich hatte mich schnell daran gewöhnt, in seinem Interesse mitzudenken. Ich war ihm dankbar, daß er nicht mehr von dem sprach, was vorausgegangen war. Sein Enthusiasmus war ansteckend, und sein Plan klang wirklich gar nicht so schlecht. Außerdem war ich todmüde.

Also nickte ich.

Damit besiegelte ich das, was mein Verteidiger in seinem Plädoyer »die unglückliche Verkettung nicht vorhersehbarer Umstände« nannte, endgültig. Ich fand diese Umschreibung übrigens nie sehr glücklich. Sie trifft wohl mehr oder weniger auch auf jeden Mord zu.

VORLETZTER TAG

13

Mein Herz klopfte wild, und mein ganzer Körper bebte.

Ich hatte das Gefühl, von allein aufgewacht zu sein; doch als ich die Augen aufschlug, sah ich den Professor in der Tür stehen. Er trug einen kurzen Bademantel aus schwarzem Frottee; seine Fleischfarbe stach rosig dagegen ab. Vermutlich hatte er kalt geduscht; sein weißes Haar war noch naß und etwas zottelig. Im ganzen sah er so munter und gesund aus wie ein Bademeister.

»Es ist gleich halb neun – höchste Zeit!«

Er hatte recht. Meine Gedanken stießen sich gegenseitig an wie die Pendel in dem bekannten Versuch aus dem Physikunterricht. Der letzte übernahm den Impuls, schwang aus und gab ihn dem ersten zurück: Um halb elf mußte ich in Lucca sein.

Draußen war alles wie neu; der Tag so freundlich wie auf einer Kinderzeichnung: So grün das Land, der Himmel blau, und in der rechten oberen Ecke lachte die Sonne. Ich öffnete das Fenster und atmete tief durch. Die Schmerzen in meiner linken Seite hatten fast aufgehört.

»Kaffee ist fertig!« rief es von unten.

Unternehmungslustig wie ein alter Droschkengaul sprang ich die Treppe hinab.

Beim Frühstück auf der Terrasse hielt die aufgesetzte Ferienstimmung noch kurz an. Der Professor gab sich betont freundlich, lobte das Wetter und kam zunächst mit keinem Wort auf die vergangene Nacht zurück; nicht direkt jedenfalls. Er wollte nur wissen, was mich so unruhig hatte schlafen lassen: Ich hätte beide Arme schützend vor das Gesicht gehalten und mehrmals laut gestöhnt.

Der Gedanke, daß er mich im Schlaf beobachtet hatte, störte mich. Vom Reflex des Sonnenlichts auf dem weißen Joghurt geblendet, stieß ich mein Brötchen vom Tisch; es fiel auf die Marmeladenseite.

Meine Nervosität steckte ihn an. »Soll ich Sie nicht doch lieber mit dem Wagen nach Lucca bringen? Die Busse sind vielleicht nicht so zuverlässig hier.«

Ich lehnte gewichtig ab. »Wir können nicht vorsichtig genug sein. Was ist, wenn er mich vom Bus abholt? Oder wenn er die Haltestelle beobachtet?« Er nickte beflissen. »Wir dürfen uns auf keinen Fall zusammen blicken lassen. Glauben Sie mir, man darf nicht das geringste Risiko eingehen bei einem Mann wie Salow.«

Seine optimistische Fassade bekam Risse und fing an abzubröckeln. »Ich habe heute morgen noch einmal alles überlegt: Wenn dieser Salow wirklich so gefährlich ist ...« Er starrte in seine leere Kaffeetasse, als wäre die Zukunft darin zu lesen. »Glauben Sie, wir werden mit ihm fertig?«

Mir lag daran, seine Zweifel zu zerstreuen. Wo das Geld sein würde, da wollte auch ich hingehen; unbedingt. »Was sollen wir sonst machen? Die Polizei einschalten? Sie wissen, was das bedeuten kann ... Nicht für mich – für Gennaro.«

Er war aufgestanden. »Ich habe auch daran gedacht, daß Gennaro – ich meine, wenn er Gennaro in der Hand hat, wenn er ihn zwingen kann, mit ihm zusammenzuarbeiten ...« Ich sagte nichts. »Aber das kann nicht sein«, sagte er.

Ich ließ ihn in dem Glauben.

Er brachte mich mit dem Wagen hinunter ins Dorf. Während der Fahrt kam er mit neuen Befürchtungen. »Und wenn Salow nicht allein ist? Er könnte durchaus Komplizen haben, die Gennaro ...«

Ich unterbrach ihn. »Wenn er ihn hätte, wozu hat er dann mich nötig gehabt, das Geld zu besorgen? Er hätte sich doch direkt an Sie wenden können mit diesem Trumpf.«

»Hat er denn nicht irgendeine Andeutung gemacht, aus der man entnehmen könnte, wo Gennaro ist?«

Das war eine knifflige Frage. Ich durfte die Gefahr für Gennaro nicht übertreiben; ich durfte ihn aber auch nicht annehmen lassen, es bestände gar keine. In beiden Fällen konnte er einen Rückzieher machen und zur Polizei gehen.

Ich sagte irgend etwas in der Richtung, daß Salow fast nur in Andeutungen spreche und daß es unmöglich sei, die zu interpretieren. Ich weiß selbst nicht, wieso ich in diesem Stadium noch so hartnäckig das verfolgte, was ich für meine letzte Chance hielt. Ich war nicht einmal besonders ängstlich. Eigentlich sollte das schon Beweis genug sein, daß ich nicht mehr ganz zurechnungsfähig war.

Um zwanzig vor zehn waren wir an der Haltestelle. Der Glockenturm warf einen langen Schatten auf die Piazza. Der alte Mann war nicht da; niemand wartete auf diesen Bus. Junge weißbäuchige Tauben übten Tiefflug über dem leeren Platz.

Als ich aussteigen wollte, nahm der Professor meine Hand und hielt sie fest.

»Sie nehmen ein großes Risiko auf sich«, sagte er, »Sie sollen wissen, daß ich Ihnen dankbar bin. Ich hoffe, Ihnen später zeigen zu können, wie dankbar.«

Das hoffte ich auch.

»Und ich bin Ihnen nicht böse, ganz gleich, wie Sie sich verhalten haben oder noch verhalten werden.«

»Danke«, sagte ich lahm. »Eine scheußliche Situation ist das – ich werde mein Bestes tun.«

»Ich dürfte Ihnen nicht einmal einen Vorwurf machen, wenn Sie ...« Er drückte meine Hand noch fester. »Aber Sie werden uns helfen, nicht wahr? Sie werden kommen?«

»Ich werde kommen.« Es war mir ernst.

Er ließ mich los. Seine Hand zitterte etwas; die Haut auf dem Rücken war hellbraun gefleckt.

»Es ist merkwürdig« – er schaute auch auf seine Hand –,

»man sagt immer, im Alter falle es besonders schwer, seine Denkgewohnheiten zu ändern; und doch denke ich seit gestern nacht in Begriffen, die mir zuvor noch ganz fern lagen.« Er griff an seine Jackentasche. »Ich trage eine Pistole bei mir – und ich glaube, ich würde schießen, falls es sein müßte.«

Sollte ich das als Drohung auffassen?

Der Bus bog schwer schnaubend um die letzte Kurve über dem Dorf; er war auf die Minute pünktlich.

»Leben Sie wohl«, sagte er. »Ich fahre jetzt gleich zu Ettore hinüber.« Er ließ den Motor an.

Beim Aussteigen fiel mir noch etwas ein. »Und vergessen Sie das Geld nicht!« Ich war nicht sicher, ob er es gehört hatte. »Nehmen Sie auf alle Fälle das Geld mit!«

Er nickte.

»Es wird schon schief gehen!« Ich ahnte nicht, wie passend dieser Nachruf war.

Denn wie gesagt: Der Bus war pünktlich.

Es hätte mich kaum gewundert, wenn Salow mich schon erwartet hätte. Aber außer dem Fahrer saßen nur zwei Erwachsene darin; beides Frauen: eine schwarzgekleidete Matrone mit allerhand Einkaufstüten und eine jüngere mit einer Schmetterlingsbrille. Sonst waren nur Kinder da, gut drei Dutzend. Eine Schulklasse vermutlich, denn alle waren ungefähr im gleichen Alter – sechs bis acht – und gleich angezogen: graublaue Kittel und rosa Schirmmützen. Die Gepäcknetze lagen voller Schultaschen.

Ich setze mich ganz vorn in eine freie Bank. Solange der Bus hielt, blieb es einigermaßen ruhig. Ich fühlte mich beobachtet, mußte mich einfach umdrehen. Einige Kinder kicherten; die Schmetterlingsbrille verwarnte sie. Die Matrone lächelte mir zutraulich zu; das besänftigte mich etwas.

Das erste Stück ging steil bergauf. Die Straße lief dann am Hang entlang. Ich schaute aus dem Fenster: Der Fluß unten im Tal schimmerte quecksilbrig. Die Bäume, die ihn säumten, wirkten flach wie aus Pappe; so scharf umriß die Sonne ihre schwärzliche Form. Unzählige Steine auf den Bergen über mir warfen unzählige Schatten. Das Licht war unerträglich hell und klar. Ich machte die Augen zu.

Im Prozeß ist darüber gerätselt worden, wie ich mich verhalten hätte, wenn alles nach den Plänen des Professors verlaufen wäre. Klar, daß die Staatsanwaltschaft mir unterstellen wollte, ich sei schon mit der Absicht nach Lucca gefahren, mich gegen den Professor zu stellen und Salow zu seinem Geld zu verhelfen; in der Hoffnung, so meinen Anteil zu bekommen. Doch das stimmt nicht. Abgesehen von der Dankbarkeit, die ich dem Professor nach seiner Reaktion auf meine Selbstentlarvung schuldete – und die ich ihm gegenüber auch empfand, was mir natürlich niemand glaubte –, gab es noch mehr, was dagegen spricht: Erstens traute ich Salow sehr wenig, und zweitens hatten mich die Andeutungen des Professors durchaus beeindruckt; die verheißungsvollen mehr als die bedrohlichen – daß sich mit seiner Dankbarkeit gewisse längerfristige Perspektiven auftaten, war doch bedenkenswert. Wäre es zumindest gewesen – doch nach Plan lief eben nichts mehr. Der Versuch, auch dafür mich, beziehungsweise meine ›bewußte Verzögerungstaktik‹, verantwortlich zu machen, scheiterte kläglich. Er mußte scheitern – das, was nun in diesem Bus geschah, ließ sich nämlich nachweisen.

Das Volksgemurmel hinter meinem Rücken war immer lauter und unentwirrbarer geworden: »Rhabarber, Rhabarber, Rhabarber« – nein, so klang es eigentlich nicht. Der Grundton war viel weicher, etwa wie. »Avocado, Avocado ...«, mit einigen scharfen »Rettich! Rettich!«-Rufen durchsetzt; und mit einer quinquillierenden Oberstimme: »Quitten, Quitten, Quitten ...«

Bei geschlossenen Augen hätte sich die folgende Minute wohl so angehört: »Flapp – tipp, tipp, tipp – krrsss – Grazie tante – Zack! – tipp, tipp, tipp – Ah, i bambini! – tapp, tapp, tapp, tapp – ssssss – tschack – iiiihhh – chrrrch – tuut!«

– ungefähr so – aber natürlich hielt ich die Augen nicht geschlossen; schon beim ersten »Flapp« machte ich sie wieder auf.

Neben mir war etwas im Gang gelandet; eine Art Brotbeutel. Ein kleines Mädchen kam nach vorn gelaufen, doch ehe sie ihn aufheben konnte, hatte einer ihrer Kameraden ihn schon mit einem gezielten Fußtritt unter meinen Sitz befördert. Ich bückte mich und gab ihn dem kleinen Mädchen. Es bedankte sich artig und schlug ihn dann dem Jungen mit voller Wucht über den Schädel. Er war eine Sekunde lang verdutzt, dann lief er hinter ihr her. Ich schaute mich um. Die Matrone strahlte und breitete die fetten Arme aus. »Ah, i bambini!« schnaubte sie verzückt. Hinten im Bus wurde es jetzt ernst: Das kleine Mädchen hatte sich in die Bank der Lehrerin geflüchtet; der Junge stand davor und bedrohte sie mit einer Schultasche. Er hob sie mit beiden Händen über den Kopf. Bevor er zuschlagen konnte, hatte sie ihm ein anderes Mädchen von hinten entrissen und warf sie mit Schwung nach vorn. Die Schultasche segelte in flachem Bogen über einige Köpfe – ich duckte mich unwillkürlich auch –, dann landete sie dem Fahrer genau im Genick.

Er trat voll in die Bremse. Die Räder blockierten, und das Hinterteil des Busses schwang aus der Fahrtrichtung. Es schrammte ein endloses Stück die Leitplanke entlang – dann stand der Bus.

Der Fahrer drückte sofort mächtig auf die Hupe.

Hätte er das nicht getan, wäre uns mit tödlicher Sicherheit ein kleiner Fiat in die Seite gefahren, der gerade von vorn um die Kurve bog.

So war alles noch mal gutgegangen.

Der Fiat passierte uns giftig hupend. Der Fahrer manövrierte den Bus wieder auf die rechte Straßenseite. Wir fuhren weiter. Unser Fahrer hatte sich nicht einmal umgeschaut.

Hinter der nächsten Kurve war ein breiterer Seitenstreifen; hier hielt er an. Es war jetzt sehr still im Bus. Der Fahrer winkte die Lehrerin mit der Schmetterlingsbrille zu sich nach vorn; ganz leise sprach er auf sie ein. Sie drehte sich um und rief ein Kommando: Alles aussteigen!

Unklar wurde mir bewußt, was eine Verspätung für mich bedeuten konnte. Aber was sollte ich machen? Ich stieg mit aus.

Der Fahrer ging um den Bus herum und sah sich mit Kennermiene die Schrammen an. Dann führte er die Kinder zu der Stelle zurück, wo es beinahe passiert wäre. Er erklärte ihnen ausführlich, *was* beinahe passierte wäre. Er sprach ganz undramatisch, routiniert freundlich wie ein Fremdenführer. Das überraschte mich genauso wie die Reaktion der Kinder: Sie lauschten andächtig, vollkommen ruhig.

Geschockt war anscheinend niemand – außer mir. Ich war schweißgeduscht.

Die Kinder stellten interessierte, sachliche Fragen nach der Fallhöhe, dem Gewicht des Busses, der Fallgeschwindigkeit und den möglichen Folgen eines Aufpralls. Lächelnd erklärte ihnen der Fahrer, daß höchstwahrscheinlich keiner von uns einen solchen Absturz überlebt hätte. Die Kinder reagierten wie schlechte Schauspieler in einer schlechten Komödie: übertriebene Gesten der Betroffenheit – man sah förmlich, wie wenig sie sich betroffen fühlten. Einige schlugen sich scheinbar erregt an die Stirn; andere schüttelten mißbilligend den Kopf; die meisten stemmten nur die Hände in die Hüften, schauten hinunter und machten ein entrüstetes Gesicht, so als sei dieser Abgrund eine bodenlose Naturgemeinheit oder ganz einfach ein Skandal.

»I bambini!« sagte die Matrone wieder und lächelte verzückt.

Irgendwo hatte sie natürlich recht.

Die Zeit verging. Die Angst vor den Folgen einer Verspätung wuchs.

Ich fragte den Fahrer, ob und wann er weiterzufahren gedenke.

Er deutete auf die Kinder, die inzwischen bereits auf der

Leitplanke balancierten oder hinüberzuspucken versuchten. Er habe ihnen unbedingt diese Lehre erteilen müssen, erklärte er mir.

Und ich müsse unbedingt um halb elf in Lucca sein. Wie spät es jetzt sei?

»Dieci e mezzo precise!« Punkt halb elf! Er strahlte über diesen Zufall.

Und wann wir dann frühestens in Lucca sein könnten?

In einer guten halben Stunde.

Das war nicht schlecht geschätzt.

Die runde Bahnhofsuhr zeigte fünf Minuten nach elf, als der Bus ankam. Ich ließ die Kinder aussteigen. Beim Fahrer erkundigte ich mich nach dem Weg.

»Il duomo?« Er zeigte zur Stadtmauer hinüber; direkt dahinter sollte der Dom sein.

Ich trat aus dem Schatten des langgestreckten Bahnhofgebäudes. Das Licht war blendend klar; die Stadt kaum wiederzuerkennen: das Grün des Rasens und das Rot der Mauer! Jeder einzelne Backstein hatte seine eigene Farbe und warf seinen eigenen Schatten. Die Bäume reckten ihre kahlen Äste wie Sonnenanbeter.

Ich ging über eine kleine Brücke direkt auf die Wälle zu; einfach den Kindern nach, die sich zu einer Zweierreihe formiert hatten und brav bei den Händen hielten. Sie bogen um eines der trutzigen Vorwerke; es ragte über mir auf wie der Bug eines Ozeandampfers. Der Durchgang war ein enger Bogen; von der niederen, zementierten Decke tropfte Wasser. Die Kinder waren bemerkenswert still. Ich versuchte gar nicht, sie zu überholen – jetzt kam es schon nicht mehr darauf an; und bei dem Versuch hätte ich wahrscheinlich eines totgetreten – mit Wonne.

Ich zündete mir eine Zigarette an.

Im hellen Ausgang auf der anderen Seite der Stadtmauer wartete ein Mann; er winkte sehr breit. Salow war es nicht.

Der Mann trug eine Sonnenbrille. Hier im Schatten der Mauer wirkte das befremdlich; wie das erste erleuchtete Fenster an einem hellen Sommerabend. Einen Arm hatte er über die Köpfe der Kinder erhoben. In der hohlen Hand hielt er etwas, das ich nicht erkennen konnte. Er ließ die Kinder an sich vorübergleiten wie ein Fels die Brandung.

Dann kam er schnell auf mich zu; er streckte mir die Hand entgegen.

»Feuer?« fragte er auf italienisch. Er zeigte auf das unangezündete Ende seiner Zigarette. Ich hielt ihm meine hin. Er bediente sich. Meine Hand zitterte so heftig, daß er sie festhalten mußte.

»Grazie.« Er lächelte und ging weiter.

Was sonst? Ich sah wirklich schon Gespenster.

Rechts hinter dem Dom vorbei – das hatte ich mir gemerkt; und der Corte Biancalane war dann tatsächlich nicht mehr zu verfehlen. Auch der Name der Buchhandlung stimmte mit Salows Zettel überein. Die Libreria Faggiola war düster, hatte aber geöffnet.

Eine grauhaarige Frau saß hinter der Kasse; ihr Drehstuhl stand erhöht auf einem kleinen Piedestal. Sie legte den Kopf in den Nacken und schaute mich durch die halben Gläser ihrer starken Brille überrascht an. Ich kam mir vor wie ein ungebetener Gast.

»I libri inglesi?« fragte ich.

Sie antwortete mit einem unbestimmten Nicken.

Ich ging einfach weiter.

Der Raum war L-förmig. Im hinteren Teil war es noch dunkler. Doch kaum bog ich um die Ecke, ward es Licht: eine einzelne Glühbirne – die Alte mußte sie vorn eingeschaltet haben. Sonst war hier kein Mensch. Die schweren, schwarzen Regale reichten bis zur Decke; sie waren unterschiedlich voll. Jedes war mit einer kleinen Karteikarte in säuberlicher Schreibschrift genau bezeichnet: »Opere d'arte, incisioni, pornografia« …

Auf dem Bord für englische Literatur standen nicht einmal zehn Bücher: Shakespeare, Carroll, zwei verschiedene Ausgaben von ›Wuthering Heights‹, Lord Dunsany, Flann O'Brien, ›Middlemarch‹ von George Elliott und ein vollkommen zerfledderter ›Tristram Shandy‹.

Ich ging drei- oder viermal diese kurze Reihe durch – daher weiß ich das noch so genau. Es blieb dabei: kein Boswell, kein ›London Diary‹.

Ich geriet schon wieder in Schweiß und Panik – da sah ich es. Im Regal darüber lag es; ganz einsam unter dem Täfelchen: »Biografie, corrispondenze, diarii di lingua straniera«. James Boswell ›Londoner Tagebuch‹ – eine deutsche Ausgabe. Fast zärtlich streichelte ich den hohen, dunklen Kunstlederrücken.

Ich benahm mich überhaupt schon mehr als merkwürdig. Daß mir damals die Fähigkeit der richtigen Einschätzung und vor allem der angemessenen Reaktion schon weitgehend fehlte, steht für mich heute fest: Ich fürchtete mich vor einem Mann, bloß weil er eine Sonnenbrille trug.

Ich brauchte gute zehn Minuten, um ein Buch zu erkennen, das praktisch vor meiner Nase stand. Und dann freute ich mich darüber wie ein kurzsichtiges Huhn, das seine Haftschalen wiederfindet.

Ich schüttelte das Buch; nichts kam heraus. Demnach mußte ich eine Nachricht hinterlassen. Ich durchsuchte meine Taschen. Ein leeres Blatt Papier fand ich nicht; nur Salows Anweisungen – und das Kärtchen von Mona.

»Ich erwarte Dich am Freitag zum Abendessen. Du magst doch Spargel? Dann sei bitte pünktlich: 20 Uhr! Wir werden viel Zeit für einander haben.«

Dies Wochenende mit Mona – wie lange war das her? Drei, vier Tage erst – das Papier duftete noch schwach nach ihrem Eau de lavande.

Ich riß vorsichtig ein Stück ab; ohne eine ihrer Zeilen zu beschädigen.

Außerdem hatte ich noch etwas Kleingeld, einen Kamm,

Zigaretten, Streichhölzer, ein Spitzentaschentuch, ein Röhrchen voll Tabletten und eine Sonnenbrille; einen Kugelschreiber hatte ich nicht. Ich getraute mich auch nicht, die alte Frau um einen zu bitten. Lieber lief ich auf die Straße und kaufte in einem Schreibwarengeschäft den billigsten Filzstift.

Als ich zurückkam, musterte mich die Alte genauso befremdet wie zuvor: noch ein ungebetener Gast. Aus ihren Nasenlöchern wuchsen schwarze Borsten.

Der Laden war zum Glück noch leer.

Was sollte ich schreiben? Ich entschied mich für die knappste Formulierung: »Wo und wann?« Kein Wort mehr. Ich legte die Karte vorn in das Buch; so, daß keine Ecke herausschaute.

Als ich zum vierten Mal an der Alten vorbeiging, fiel mir ein, daß ich sie noch einmal wiedersehen mußte; mindestens noch einmal.

»Arrivederci«, sagte ich deshalb.

Sie verzog keine Miene; anscheinend fand sie mein Treiben ganz normal.

14

Ich hatte beschlossen, auf den Wällen einmal um die Stadt herumzugehen; das sollte ungefähr eine Stunde dauern, hatte der Professor gestern gesagt. Auf alle Fälle war es der sicherste Weg hierher zurück.

Auf dem Rasenplatz hinter dem Dom wurde jetzt Fußball gespielt. Es waren andere Kinder, nicht die aus dem Bus. Mit Kohle hatten sie sich ein Tor auf den weißen Marmor der Rückwand gezeichnet. Ein Schuß ging weit darüber; die hohen Buntglasfenster waren von außen vergittert.

Als ich oben auf dem Wall stand, mußte ich warten, bis sich meine Knie wieder einigermaßen fest anfühlten. Rechts oder links herum? O ja, das war eine äußerst bedeutsame Frage für mich. Ich dachte entsprechend lange darüber nach. Zu beiden Seiten war das gleiche: eine breite Allee, ein schmalerer Fußweg, der außen daran entlang führte. Ich dachte jetzt überhaupt sehr viel nach, eigentlich unablässig; und immer nur über so bedeutsame Probleme wie dies: rechts oder links? Während meines Rundgangs bemühte ich mich zum Beispiel, alle Bäume zu erkennen, in deren Schatten ich mich hielt: Die mit den vornehm silbergrauen Stämmen und den unterschiedlich grünen Tarnflecken waren Platanen; bis auf ein paar dünne Schößlinge waren sie noch kahl; die dichtbelaubten hellgrünen waren Linden; die mit den schweren weißen Blütendolden Kastanien; die schirmförmigen wahrscheinlich Pinien, und so weiter. Dann fing ich auch noch an, sie zu zählen.

Erst nach mehr als einer halben Stunde dämmerte mir, wie ungeschickt meine Nachricht für Salow gewesen war. Wieso hatte ich nicht gleich Zeit und Ort selbst vorgeschlagen? So verzögerte sich unser Treffen vermutlich noch mehr. Und was dann?

Ich hockte mich auf eines der steinernen Schneckenhäuser, mit denen die Fahrbahn in regelmäßigen Abständen markiert war. Endlich dachte ich an das, was wirklich wichtig werden konnte; ich versuchte es wenigstens. Irgendwann näherte ich mich wieder der Kernfrage: Wie sollte ich mich bei einer Konfrontation verhalten? Wessen Partei ergreifen? Wer bot mir eher die Chance, meinen Anteil zu bekommen – Salow oder der Professor? Hatte ich überhaupt noch eine Chance?

Ich spürte ein unangenehmes Ziehen im linken Arm; von der Fingerkuppe bis in die Schulter hinauf. Ich tastete an den Muskeln herum; der pulsierende Schmerz ließ sich nicht genauer lokalisieren. Ich sollte zum Arzt gehen, wenn dies alles vorbei war; auch wenn die Schmerzen im Leib fast aufgehört hatten. Aber ich hatte schon immer eine Abneigung gegen Ärzte; ich mißtraute ihnen. Selbst wenn sie mir helfen konnten, ich wurde das Gefühl nie los, die Natur nur kurzfristig betrogen zu haben. »Natürlich leben« ...

Soviel war klar: Salow war nicht der Mann, von dem man einen Gebrauchtwagen kaufen würde; wenn man klug war, nahm man ihn nicht mal geschenkt von ihm. Aber wie weit konnte man dem Professor trauen? War er tatsächlich nur der harmlose alte Mann, der alles für seinen jungen Freund tat? Und konnte man sich sein Wohlwollen verdienen, wenn man ihm dabei half? Wenn ja – worin würde sich dies Wohlwollen ausdrücken?

Mir war elend heiß; ich war auch viel zu warm angezogen: Gennaros Jackett, Pullover, Oberhemd und noch ein T-Shirt darunter.

An diesem Mittag, auf den Wällen von Lucca, war ich fest entschlossen, mich an den Professor zu halten und mit ihm gemeinsam die Sache zu Ende zu bringen, so oder so. Nicht aus moralischen Bedenken – ich will ganz ehrlich sein: Aber Salow, soviel stand fest, verlangte den höheren Einsatz, und auf seiner Seite vergrößerte sich mein Risiko erheblich. Allerdings bot sich da auch die bessere Gewinnchance: Falls er mit Gennaro gemeinsame Sache machte – und ich konnte diese Möglichkeit keineswegs ausschließen –, waren am Ende gut 500 000 Mark zu verteilen, eine halbe Million! Womöglich ließe sich mein Anteil so erhöhen, daß er jedenfalls annähernd der Summe entspräche, mit der ich vor Mona angegeben hatte.

Dennoch: In meiner augenblicklichen Verfassung mußte ich auf Nummer Sicher gehen, das sprach eindeutig für den Professor – es sei denn, er hätte mich belogen und etwas vor mir zu verbergen. Aber was? Salows Hypothesen, Gennaro betreffend, fielen mir wieder ein: Da ging es um Leben oder Tod. Ich mochte nicht weiterdenken in diese Richtung.

Ich mochte überhaupt nicht mehr denken, ich konnte nicht mehr ...

Irgendwann wurde mir bewußt, daß ich nur mehr dasaß und den steinernen Panther anstarrte, der seinerseits von einem gewundenen Torpfosten grimmig ins Land hinausblickte; irgendwelchen Feinden Angst zu machen, die nie gekommen waren und nie kommen würden.

Ich raffte mich auf.

Sollte ich nun zurückgehen oder weiter herum? Was war der nähere Weg? Schon wieder so eine schwere Frage. Ich hatte beim Gehen nie das Gefühl gehabt, entschieden die Richtung zu wechseln; aber die Sonne stand jetzt jenseits der Stadt – also war ich mindestens halb herum. Ich wollte in die alte Richtung weitertrotten, doch ich erinnerte mich nicht mehr, welche das gewesen war.

Die Sonne war weiß; die Schatten der Bäume wie tiefdunkle Spalten, Risse und Löcher, Abgründe im hellen, glatten Asphalt.

Ich fing an, nach der Kuppel des Doms Ausschau zu halten; doch so weit ich voraussehen konnte, waren da nur üppige Gärten vor den gelblichen Rückfronten alter Villen. Der einzige Turm war grau und eckig; Birken wuchsen aus seinen Zinnen.

Dann kam ich an einfacheren Häusern vorbei; Wohnungen und Werkstätten. Durch die offenen Fenster sah ich Menschen bei ihrer Arbeit: Schreiner, Mechaniker, Näherinnen; ein alter Mann, der Bilderrahmen keilte; eine Frau am Herd; eine andere, damit beschäftigt, gelbe Pudelmützen in die richtige Form zu bringen und die Krempen umzulegen. Ich hätte mit jedem von ihnen tauschen mögen.

Fußgängern begegnete ich kaum; die vorbeifahrenden Autos nahm ich nicht zur Kenntnis. Nur an einen Mann in einem parkenden Kabriolet kann ich mich erinnern; vor ihm auf dem Lenkrad lag aufgeschlagen ein Heft mit pornografischen Fotografien: eine ziemlich kompliziert verrenkte Gruppe nackter Männer. Diese Abbildung – sie war schwarzweiß, und was darauf war, erkannte ich erst, als ich sie schon mehrere Augenblicke betrachtet hatte – erschreckte mich dermaßen, daß ich zu rennen anfing.

Ich hörte zwei wacklige Glockenschläge – war es schon so spät? Ich lief noch schneller.

Als ich den Dom erreichte, zeigte die Uhr zwanzig Minuten vor eins. Der Schatten einer Taube glitt über das Zifferblatt.

Ich schwitzte nicht; ich zerfloß. Mein Hemd war waschnaß; die Hose klebte an den Schenkeln. Ich lehnte mich an den kühlen Marmor.

Die Libreria Faggiola hatte inzwischen Kundschaft; das Licht hinten brannte. Ein Neger, kaum älter als ich, blätterte die Mappe mit den Kupferstichen durch. Er achtete gar nicht auf mich; trotzdem spielte ich ihm etwas vor: Ich nahm drei andere Bücher zur Hand, bevor ich mir den Boswell griff.

Salow war nicht hier gewesen inzwischen.

Ich fing an zu lesen; las, bis ich zu einem Satz kam, an den ich mich noch genau erinnere: »Es gibt nichts Mißlicheres als das Gefühl der Angst; es greift uns an und bewirkt erst noch, daß wir uns selber verachten.«

Dann gab ich auf – der Neger war zu hartnäckig. Ich ließ meinen Zettel, wo und wie er war; ich schrieb nichts dazu, aus Angst, seine Aufmerksamkeit zu wecken.

Ich fühlte mich eigentlich schon zu schwach, noch mehr Zeit totzuschlagen. Ich trieb durch die engen Straßen der inneren Stadt; hielt mich im Schatten der verblichenen Häuser. Es war sehr still. Die Straßen waren fast menschenleer; auch aus den Häusern drang kein Laut. Alle Fensterläden waren geschlossen. Die gemauerten Rundbögen darüber erweckten den Eindruck einer irgendwie besseren Vergangenheit. Die hohen, finsteren Holztüren wiesen mich ab. Die schweren Türklopfer sahen aus, als habe schon lange niemand mehr gewagt, sie zu benutzen. Ich beneidete jeden in einem solchen Haus: Er war in Sicherheit.

Ich stieß wieder auf die Wälle. Von den fernen, blassen Bergen kam ein schwaches Grollen; der Himmel dort war tintig blau; das helle, flirrende Blattgrün hob sich hell und scharf davor ab.

Meine Augen schmerzten; ich kehrte um. Mit gesenktem Kopf trottete ich weiter. Irgendwann fiel mir auf, daß die meisten der gräulichen Pflastersteine gekennzeichnet waren; in einer Ecke war jeweils eine Kombination aus Buchstaben und Zahlen eingekratzt; manche waren noch deutlich lesbar: Q1, Q2, Q3 und so fort bis Q9; dann ging es bei R1 weiter. Ich konnte mich lange nicht losreißen von dieser Entdeckung.

Dann stand ich plötzlich vor dem Café Sima. Es war wirklich reiner Zufall. Doch der Name machte mir eine unbestimmte Hoffnung; und ich tat bedenkenlos das Dümmste, was ich tun konnte – ich ging hinein.

Auch hier war wenig Betrieb. Vorn, zwischen den beiden Kuchentresen, stand ein kleines Mädchen und kämpfte mit einem großen Eis. In einem Winkel saßen zwei Schachspieler; in einem anderen ein Liebespaar. Sie hatte den Mund weit aufgerissen, und er schaute hinein wie ein Zahnarzt; bekümmert schüttelte er den Kopf. Greta Menander war nicht hier; das enttäuschte mich doch etwas.

Ich bestellte mir Kaffee und Kuchen.

Dann saß ich da, aß, trank und starrte wieder den Fußboden an. Eine schwindelerregende Kombination unterschiedlich grauer Sechsecke – oder waren es jeweils drei kleine Würfel? Oder große, denen ein Viertel fehlte? Oder aufgeschnittene Waben? Flache, bumerangförmige Doppeltrapeze? Ich konnte mich mit meinen Augen auf keine Ansicht einigen.

Der Rosinenkuchen schmeckte mir gut. Der Kaffee machte mich müde. Der Stuhl war bequem.

Ich zog die halbierte Postkarte aus meiner Tasche, hielt sie mir unter die Nase und sog ihren Duft ein; ich versuchte es wenigstens, aber irgendwie roch ich jetzt nur noch Rosinen und Tabak. Ich sah mein bleiches, wirres Gesicht in einem der fleckigen Wandspiegel; schnell zündete ich mir eine Zigarette an. Vor dem Fenster rankten sich kleinblättrige Pflanzen; ein leichter Windstoß trieb sie raschelnd auseinander; Spritzer von Sonnenlicht huschten über die dunkle Tischplatte.

Ich las noch einmal Monas Zeilen; ich hätte ihr gern geantwortet, jetzt. Aber was sollte ich ihr schreiben? Daß alles schwieriger war, als ich gedacht hatte? Daß ich es trotzdem irgendwie schaffen werde? Daß ich sie liebe?

Meine Liebe zu Mona hat mir später in dieser reinen Form niemand abnehmen wollen; durch alle möglichen Verdächtigungen hat man versucht, sie abzuwerten. Für den Staatsanwalt war sie eine bloße Schutzbehauptung; der Versuch, meine eigentlichen Motive – »reine Bereicherungsabsicht« – zu tarnen; als hätte ich sie nur vorgeschoben, um meine skrupellose Handlungsweise irgendwie zu veredeln. Mein Verteidiger riet mir, sie als Rechtfertigung gar nicht erst zu erwähnen, da sie in zu krassem Gegensatz zu dem stünde, was er meinen »unreifen, leichtfertigen Charakter« nannte; diese Liebe paßte nicht in sein Konzept; sie würde mich nur noch unglaubwürdiger machen, meinte er. Nur die Psychologen billigten mir zu, mindestens subjektiv daran geglaubt zu haben. Trotzdem bedaure ich es, ihnen so viel davon erzählt zu haben, denn ihre Erklärung war die lächerlichste von allen: Ich hätte durch mein Verhältnis zu einer Frau versucht, gewisse Ängste zu verdrängen – Mona als Ersatzobjekt! Eine unbewußte Projektion oder Sublimierung meiner uneingestandenen Neigung zu Gennaro – »homoerotische Wunschvorstellungen« –, darauf sollte es hinauslaufen. Doch in dieser Beziehung gab es nichts zu verdrängen.

Sogar meine Unfähigkeit, mit ihr »sexuell zu verkehren« wurde in diesem Sinne ausgeschlachtet. Als ob ich bei Frauen generell impotent wäre! Ich könnte das Gegenteil beweisen – aber es ist doch zu dumm. Ich blieb und bleibe dabei: Ich liebte Mona. Was ich tat, tat ich für sie.

Sie wirkte auf mich noch lebendiger, noch belebender durch ihre Vitalität, als zuvor Gennaro auf mich gewirkt hatte. Sie verkörperte für mich – so weit glich sie Gennaro – die Gegenwart. Doch in ihr steckte noch mehr: Zukunft.

Gennaro gehörte eigentlich der Vergangenheit an. Er hatte in aller Unschuld versucht, meine alten Ideale zu realisieren: kritisches Bewußtsein, dialektische Aufklärung, sensible Wahrnehmung – alle Menschen werden Brüder, wenn erst alle Menschen würden; obwohl der Begriff ›Brüderlichkeit‹ durch sein Verhalten diesen wärmlichen Beiklang bekommen hatte. Wie die meisten geborenen Praktiker meiner Generation schämte sich Gennaro im Grunde seiner Fähigkeiten, war fasziniert von Theorien, begierig auf Sinn, statt nach dem Zweck zu fragen, abhängig von Abstraktionen, die das einfache Leben, für das er eigentlich bestimmt war, immer komplizierter machten. Die Schwerelosigkeit seiner Existenz wurde ihm unerträglich; er behängte sich mit Zweifeln und Bedenken, mit Skrupeln und Moral. Die hatte er von mir, leider; doch hätte ich ihn nicht verführt, wäre bestimmt ein anderer gekommen. Insofern war das noch lange kein Grund, mich zu betrügen.

Mona war jemand, der nicht lange denkt, bevor er handelt, und auch später die Folgen seines Handelns kaum der Rede wert findet; jemand, der sich nicht ständig im voraus entschuldigt, für das, was er tun will, und auch im nachhinein keine Erklärung abgibt oder gar nach Rechtfertigungen sucht. Ein Mensch, der von sich sagen kann: ›So bin ich nun einmal‹, ohne sich dafür zu schämen. Unkompliziert, unbedenklich, unschuldig – so sah ich Mona damals.

Sie war für mich einmalig; sie war es von Anfang an gewesen, seit wir uns näher kennengelernt hatten, auf jener Vernissage, als ich auf Gennaro wartete, der nicht kam. Natürlich war mir dort schon aufgefallen, wie hübsch sie war, gesund wie die Fotomodelle, die auf meinem unseligen Magazin für ›Natürlich leben‹ posierten, und noch viel munterer. Daß sie so gar nichts Morbides, Extravagantes, Stilisiertes hatte, zog mich unwiderstehlich an.

Wir waren einfach zusammen aufgebrochen, weggegangen, ziellos durch die abendlichen Straßen der Innenstadt geschlendert, wie ein verliebtes junges Pärchen beim verspäteten Schaufensterbummel. Mona hatte mir alles gezeigt, was ihr gefiel: Häuser, in denen sie gern wohnen, Kleider, die sie gern tragen, Restaurants, in denen sie gern essen wollte – irgendwann einmal. Vor einem Schallplattenladen hatte sie ihre Lieblingsmusik gesummt, bei einem Reisebüro ihre Traumreise ausgemalt, auf ausgehängten Speisekarten ihre Leibgerichte gesucht. Kein Bedenken, ob man all das je haben würde, kein Bedauern, daß man es noch nicht hatte, kein Wort über die Probleme, die es machen könnte, wenigstens etwas davon zu erreichen: reine Vorfreude. Das war doch der einzig wahre Materialismus – Freisein, Reichsein, Rücksichtslossein –, der dialektische war wirklich längst historisch.

Wie ansteckend dies Vertrauen in die Zukunft gewirkt hatte, wie entlastend dieser optimistische Blick nach vorn, wie rührend diese Weltanschauung! Daß sie mir von all ihren Wünschen erzählte, hatte übrigens nichts zu bedeuten – jedenfalls nicht für sie. Aber ich hatte die Verpflichtung freiwillig übernommen, ihr jeden Wunsch zu erfüllen. Das hatte ich mir damals geschworen, und das wollte ich immer noch.

»Es ist schwieriger, als ich gedacht habe«, hatte ich auf eine Serviette geschreiben, »doch ich werde es schon schaffen.« Jetzt strich ich den Satz wieder aus; der Filzstift schmierte. »Ich liebe Dich . . .«

Weiter kam ich nicht.

»Was schreiben Sie da?« fragte Greta Menander.

Ich zerknüllte die Serviette und sagte schlagfertig: »Nichts.«

Sie lächelte.

Sie sah vollkommen verändert aus; vor allem jünger: wie achtzehn, neunzehn höchstens. Außerdem war sie jetzt auch ganz anders angezogen; die landesübliche Oberschülertracht: weißes Hemd, dunkler Pullover – lässig über die Schulter gehängt, die Ärmel vor der Brust verschlungen – und, was mir sofort aufgefallen war, hautenge Cordjeans.

Schwanger war sie jedenfalls nicht.

Sie lächelte weiter. Mir war ziemlich weinerlich zumute.

»Hej«, sagte sie, »du siehst aber schlecht aus.«

Ich nickte und ärgerte mich über die vertrauliche Anrede.

»Gennaro hat mir viel von dir erzählt.«

Ich nickte und ärgerte mich wieder; wie kam er dazu?

»Was hat er denn erzählt?« fragte ich.

»Nur Gutes.« Sie stellte endlich das Lächeln ein und setzte sich neben mich. »Darum dachte ich auch, ich könnte dich bitten, ihm etwas von mir auszurichten . . .«

Ich sagte nichts.

»Ich weiß nicht, wie ich es sagen soll . . .«

»Und ich weiß nicht, wie ich es ausrichten soll: keine Ahnung, wo Gennaro ist. Ich suche ihn, das sagte ich doch.«

Sie ließ sich nicht abschrecken. »Hat er dir auch von mir erzählt?«

»Nein.«

Sie brachte eine merkwürdige Mischung aus Kopfschütteln und Nicken zustande, die wohl bedeuten sollte, das hätte sie ja gleich geahnt; ihre rotblonden Locken wippten nach.

»Es ist nämlich so«, sagte sie dann leiser, »wir haben zusammen geschlafen, Gennaro und ich – verstehst du?«

Der Kellner brachte ihr eine Cassata und ersparte mir die Antwort.

Sie starrte auf ihr Eis und war einen Moment still. Das Liebespaar vom Nebentisch stand auf und ging. Einer der Schachspieler räusperte sich und sagte: »Scacco al re.«

Wie auf Kommando fing Greta zu erzählen an: »Das war im letzten Winter; wir kannten uns zwar schon länger, aber da ist es passiert. Er war allein hier ...« Sie rieb sich die Hände; das heißt, sie schlang sie umeinander, als wollte sie sie streicheln. »Und dann kriegte ich ein Kind von ihm.«

Daß Gennaro im Winter allein hier gewesen war, mochte stimmen; der Brief des Professors fiel mir ein – das Datum. Sonst glaubte ich ihr natürlich kein Wort.

Sie sprach schnell weiter. »Ich habe es abtreiben lassen. Ich meine: Erst wollte ich das Kind haben – es war von Gennaro! Aber dann habe ich eingesehen, daß es nicht richtig war, verstehst du? Ich hatte kein Recht darauf. Ich hätte das eingesehen, auch ohne daß Rudy ...«

»Wer ist Rudy?« Ich fragte hauptsächlich, um sie zu bremsen.

Sie schlug die Augen nieder. »Mein Bruder.« Ich hätte mich auch geschämt, einen solchen Bruder zu haben.

»Es ist alles meine Schuld«, sagte sie.

Ihr Eis war schon halb geschmolzen. Sie nahm hastig einen Löffel voll und bekleckerte sich prompt die Hose.

Irgendwie ärgerte mich das noch mehr. Ich war nahe daran, sie zu ohrfeigen. Was konnte sie mit Gennaro zu tun haben!? Wie kam sie dazu, so etwas über ihn zu erzählen? Jemand, der noch nicht einmal anständig Eis essen konnte!

»Hast du ein Taschentuch?« fragte sie.

Ich gab ihr das Spitzentuch aus Zürich.

»Oh, wie hübsch!« Sie lächelte – anzüglich, wie ich fand –, dann spuckte sie darauf und fing an, sich heftig die Oberschenkel abzuwischen.

»Rudy hat Gennaro einen Brief geschrieben«, sagte sie, ohne aufzuschauen. »Ich hatte nichts damit zu tun, glaub mir!«

Ich begriff zwar nicht, was daran so schlimm sein sollte, nickte aber ernsthaft. Im Geiste verglich ich sie mit Mona. Doch da gab es im Grunde nichts Vergleichbares. Ich konnte mir beim besten Willen nicht vorstellen, was Gennaro an Greta hätte reizen sollen.

»Du glaubst mir nicht?« fragte sie nach.

»Doch, doch«, sagte ich möglichst wenig überzeugend.

»Gennaro ist nicht schwul«, sagte sie todernst. »Ich habe ein Kind von ihm bekommen. Bist du schwul?«

Ich mußte lachen. Nicht nur über die Frage selbst, sondern auch darüber, wie sich das entscheidende Wort bei ihr anhörte. Sie sprach es »swul« aus, mit scharfem ›s‹.

»Er braucht sich keine Sorgen mehr zu machen. Das Kind ist weg.« Sie strich sich über den flachen Bauch. »Von dem Brief wußte ich gar nichts. Ich möchte, daß du Gennaro das von mir sagst, wenn du ihn wiedersiehst. Wirst du?«

»Was stand denn in diesem Brief?« fragte ich zurück.

»Rudy wollte – er wollte Geld von ihm«

»Ach ja!?« Irgendwie war ich erleichert, daß es darauf hinauslief.

»Ich weiß, es war nicht recht«, sie versuchte ihren Bruder zu verteidigen, »aber er hat keine Arbeit, weißt du? Er findet einfach keine. Er ist vorbestraft. Er brauchte etwas Geld.« Sie steckte mein Tuch in ihren Hosenbund. »Ich möchte nur, daß Gennaro weiß, daß ich nichts dafür kann. Und ich glaube, Rudy hat es nicht so schlimm gemeint. Als er es mir erzählt hat, tat es ihm auch schon leid.«

»Nicht so schlimm? Wissen Sie, wie man so was nennt?

Erpressung.« Mir war schon klar, daß ich nicht ganz der Richtige war, mich darüber zu entrüsten. Aber das konnte sie schließlich nicht wissen. »Ich will damit nichts zu tun haben«, sagte ich streng und in der Hoffnung, sie loszuwerden.

»Aber wenn Gennaro weiß, daß er nichts mehr zu befürchten hat, vielleicht kommt er dann hierher zurück.« Sie stockte nur kurz. »Ich habe ihn sehr lieb.«

»Warum sagen Sie ihm das nicht selbst?« fragte ich. »Sie können ihm doch schreiben.«

»Ich habe ihm geschrieben, mehrmals«, sagte sie.

»Dann weiß er ja Bescheid«, sagte ich. Ich hatte genug von dieser Geschichte. Sie konnte mir nicht helfen – ich konnte ihr nicht helfen. »Wie spät ist es übrigens?« Ich dachte an Boswells Tagebuch.

Sie schaute nicht auf die Uhr. »Zehn vor drei«, sagte sie. »Haben Sie es eilig?«

»Ich bin verabredet.«

»Mit wem?« Sie hatte wirklich eine sehr direkte Art zu fragen. »Mit Gennaro?«

»Nein. Ich bin mit jemandem verabredet, den Sie nicht kennen – genügt das?«

»Mit wem denn?«

»Der Mann heißt Salow.«

Warum hätte ich ihr den Namen nicht nennen sollen? Er sagte ihr ja doch nichts; sie tat nur so.

»Salow ... Salow ...«

»Ja. Salow.«

Sie überlegte weiter. »Kennt er Gennaro? Ich meine, könnte er vielleicht wissen, wo Gennaro ist?«

Ich sagte ihr natürlich nicht, daß ich das für durchaus möglich hielt. Ich sagte: »Nein.«

»Bestimmt nicht?«

»Nein! Er hat absolut nichts mit Gennaro zu tun; nicht das geringste. Und ich kann auch nichts für Sie tun.«

Sie ließ nicht locker. »Aber Sie sind sein Freund.« Plötzlich siezte sie mich. »Ihnen glaubt er bestimmt. Wenn er von Ihnen hört, daß hier alles wieder in Ordnung ist . . .«

»Wenn es überhaupt stimmt . . .« Sie sah mich groß an. »Das mit dem Kind.«

»Hier! Sehen Sie!« Sie machte den untersten Knopf ihrer Bluse auf und zeigte mir eine kleine Abschürfung über dem Hüftknochen. »Er hat mich geschlagen, als er hörte, daß das Kind weggemacht worden war. Hier auch!« Sie dämpfte ihre Stimme nicht, fing an, sich den Ärmel aufzukrempeln.

»Schon gut, hören Sie doch auf!«

Die beiden Schachspieler sahen zu uns herüber.

Und noch jemand beobachtete uns: Ich erkannte Rudys roten Bart. Er hatte die Hand über die Augen gelegt und spähte durch die Glastür.

»Das war auch Rudy«, sagte Greta zu den blaugrünen Flekken auf ihrem Oberarm.

Sein Auftritt kam also aufs Stichwort. Und er benahm sich auch gleich ganz rollengemäß: Rüpelkomödie. Im Vorbeigehen stieß er fast das Schachbrett vom Tisch. Dann baute er sich breitbeinig vor uns auf. Ich stand auch auf, um mir nicht ganz so klein vorzukommen. Er ignorierte mich nicht ganz; er sprach deutsch. »Was machst du hier?« fragte er seine Schwester.

»Ich unterhalte mich«, sagte sie.

»Ach, und ich dachte, du machst hier Striptease.« Er faßte ihren nackten Arm. »Kommt wohl nicht so an, deine Nummer?! Kein Wunder, wenn du dir immer Schwule dazu aussuchst!« Er konnte das Wort sogar korrekt aussprechen. »Schwule sind kein gutes Publikum für dich.« Sie schlug ihm leicht auf die Hand, und er ließ ihren Arm los. Dafür griff er sich meinen. »Was hat sie Ihnen denn erzählt?« fragte er.

»Nichts.« Schon meine zweite schlagfertige Antwort heute.

Eine zuviel, denn er machte sich jetzt auch schlagfertig – im übertragenen – das heißt: im ursprünglichen Sinn.

Ein schmächtiger Kellner näherte sich vorsichtig aus dem Hintergrund. Greta trat zwischen uns.

»Rudy, setz dich hin«, sagte sie kühl.

Und das Wunder geschah: Er setzte sich.

»Tre cappucci.« Greta bestellte, als ob nichts geschehen wäre. Es war schon faszinierend, wie souverän sie plötzlich wirkte.

»Ich muß leider gehen«, sagte ich trotzdem.

»Setzen Sie sich, bitte. Einen Kaffee müssen Sie noch mit uns trinken, zur Versöhnung. Rudy wird sich bei Ihnen entschuldigen.«

Rudy entschuldigte sich zwar nicht, doch ich setzte mich auch so. Ich wollte nichts riskieren.

Greta zündete sich eine Zigarette an und ließ sich von Rudy Feuer geben. »Rudy ist eigentlich gar nicht so«, sagte sie. »Seien Sie ihm nicht böse.«

Ich nickte.

Ihr Bruder schien es gewohnt zu sein, daß in diesem Ton über ihn gesprochen wurde. Er grunzte nur in seinen roten Bart.

Der Kellner brachte den Kaffee; drei Tassen.

»Rudy ist sehr empfindlich«, behauptete Greta. »Ich glaube, er macht sich viel Sorgen um mich.« Sie lächelte. »Und manchmal ist er wohl auch etwas schwer von Begriff. Im Grunde ist er ein Kind.«

Ich weiß nicht, ob sie das ernst meinte.

Jetzt erst bekam ich mit, daß Rotbart, das Kind, mir die ganze Zeit über Zucker in meinen Kaffee geschüttet hatte; eine Portion nach der anderen.

»Lassen Sie das gefälligst!« Ich versuchte, meine überquellende Tasse mit der Hand abzudecken.

»Sie mögen ihn doch bestimmt gern süß. Sie sind doch so ein Süßer!« Er röhrte vor Lachen, als sei damit die Spitze des Menschenwitzes erreicht; dabei schüttete er mir eine Ladung Zucker über den Handrücken.

»Hör doch auf, Rudy, benimm dich!« Sie sagte das eher amüsiert.

Ich hob meine flache Hand und blies den Zucker zu ihm hinüber. Damit lieferte ich ihm den Vorwand.

Er sprang sofort auf. Ehe ich aus meinem Stuhl hochkommen konnte, war er schon hinter mir. Er packte beide Armlehnen und hob mich mit dem Stuhl vom Boden auf. Ich hörte ihn lachen; sie lachte auch; und ich sah im Spiegel, wie lächerlich ich wirkte. Aber ich sah auch seinen Bart. Ich riß einen Arm hoch und griff mitten hinein in das rote Gestrüpp. Ich zog – und er brüllte. Er brüllte so laut, daß ich unwillkürlich losließ. Das war mein Fehler: Im gleichen Augenblick sprang er aus meiner Reichweite; den Stuhl ließ er fallen. Ich kippte darin nach rückwärts. Mein Hinterkopf traf gegen etwas; es war vermutlich sehr hart. Ich hatte kein Bewußtsein mehr, das festzustellen.

15

Drei Gesichter schwebten über mir im Raum: das Gretas, das des Kellners und ein drittes, unbekanntes. Es gehörte zu einem Polizisten; er war in Uniform. Das Trio sang italienisch aufeinander ein. Ihre Hände flatterten über mir herum wie aufgescheuchte Fledermäuse. Mir hatten sie einen nassen Lappen auf den Kopf gelegt; er fiel hinunter, als ich mich aufrichtete.

»Ich bitte Sie«, sagte Greta, »zeigen Sie ihn nicht an! Das wäre furchtbar für uns – Sie wissen doch: Er ist vorbestraft.«

Ich begriff ziemlich schnell, daß sie sich um ihren Bruder Sorgen machte. Ich schüttelte das, was früher einmal mein Kopf gewesen war; es fühlte sich schwer und taub an. Mir wurde übel; ich würgte; niemand beachtete das.

Greta redete weiter auf den Polizisten ein.

»Er will es noch mal von Ihnen bestätigt bekommen: Sagen Sie ihm, daß Sie keine Anzeige erstatten ... Es war doch nur ein Versehen.«

Ich nickte schwach.

»Dann sagen Sie doch bitte, daß nichts passiert ist!«

Ich sagte: »No.«

Ein langer, anstrengender Satz.

Greta erklärte dem Polizisten, was ich damit meinte. Der Polizist sah mich mißbilligend an; er half mir auf einen Stuhl. In dieser Höhe wurde mir sofort schwindlig.

Der Polizist sagte: »Legitimarsi, per favore ... I documenti ...«

»Er will Ihren Ausweis sehen«, übersetzte Greta.

Ich hatte schon verstanden; und ich verstand auch, daß die Sache jetzt noch unangenehmer werden konnte.

Ich klopfte sinnlos auf meinen Jackentaschen herum.

»Ich hab' sie nicht bei mir, meine Papiere.«

Greta übersetzte.

Der Polizist wollte wissen, wo sie dann seien.

Das konnte und wollte ich ihm nicht sagen. Ich faßte mir an den Kopf und fing an zu stöhnen.

Darauf fiel er nicht herein; im Gegenteil: Sein Ton wurde amtlich.

»Sie müssen mit zur Wache«, erklärte mir Greta.

Ich nickte.

»Soll ich mitkommen und für Sie dolmetschen?«

Ich nickte immer noch. Merkwürdig, solange ich diesen Kopf bewegte, spürte ich den Schmerz kaum; doch sobald er zum Stillstand kam, wurde es um so schlimmer.

Mein Verhalten bei diesem ersten Zusammentreffen mit der italienischen Polizei ist mir später im Prozeß fast zum Verhängnis geworden. Ich verstehe natürlich, daß die Staatsanwaltschaft hier ihre große Chance witterte. Warum hatte ich mich damals nicht endlich erklärt? Ich hätte damit das Schlimmste noch verhindern können – o ja, ich weiß! Aber: Wenn ich doch zu diesem Zeitpunkt durch die Gehirnerschütterung gerade um den letzten Rest klaren Verstandes gebracht worden war, wie sollte ich mich ausgerechnet hier dann vernünftig und richtig verhalten?! »Ist es nicht geradezu ein weiterer Beweis für die erheblich verminderte Zurechnungsfähigkeit meines Mandanten, daß er ...« Ein geschickter Anwalt ist doch etwas wert.

Meine Taktik hatte ich mir schon während der Fahrt zurechtgelegt: so wenig wie möglich reden; so viel wie möglich leiden; den sterbenden Schwan markieren – zumindest einen sehr flügellahmen. Die Rolle lag mir jetzt ohnehin sehr nahe, und etwas Gescheiteres fiel mir nicht ein.

Wenn das Aurora Boreale nicht gewesen wäre, hätte ich die Piazza Napoleons jetzt im Sonnenlicht kaum wiedererkannt. Die Carabinieri waren in einem langgestreckten grauen

Gebäude schräg gegenüber untergebracht. »Palazzo Communale« stand über dem Tor. Von außen sah es finster und bedrohlich aus; doch das täuschte: Die gelbe Front am vollgeparkten Innenhof hätte eher zu einer Vorortsiedlung für pensionierte Eisenbahner gepaßt.

Ich ließ mich in ein Büro schleifen, warf mich unaufgefordert in den nächstbesten Stuhl und stöhnte. Der Raum war klein und sonnig; teilweise gestreift vom Schatten der Jalousie. Es roch übel nach Blühendem. Der Mann hinter dem hellen Schreibtisch trug Zivil. Neben ihm stand die großbauchige Gießkanne aus blitzblankem Messing. Er hatte entfernte Ähnlichkeit mit Vittorio de Sica, wirkte nur noch gut zwei Klassen vornehmer.

Er ließ sich von dem Uniformierten alles ausführlich erklären; angeredet wurde er als Commissario. Als zum ersten Mal mein Name fiel, runzelte er die Stirn. Sonst verstand ich nur ein Wort: »Documenti«.

Der Kommissar sprach kurz mit Greta. Sie nickte eifrig. Dann sagte sie zu mir: »Er möchte wissen, wo Ihr Ausweis ist.«

Ich gab mir Mühe, mein geistesabwesendes Gesicht beizubehalten. »Verloren, glaube ich – gestohlen.« Und um mir noch Korrekturmöglichkeiten offenzulassen: »Ich weiß nicht.«

Sie übersetzte wörtlich.

Warum kam hier eigentlich niemand auf den Gedanken, daß ich mein Gedächtnis verloren hatte und einen Arzt brauchte? So etwas soll doch vorkommen.

»Er fragt, ob Sie nicht jemanden haben, der Ihre Identität bestätigen könnte?« Greta lächelte. »Mir glaubt er anscheinend nicht.«

Ich sagte nichts. Ich mußte irgendwie von hier wegkommen. Die elektrische Uhr an der Wand sprang auf 15:31.

Der Kommissar wandte sich direkt an mich. »You know any person here in Lucca?« Sein Englisch war korrekt, sein Akzent gewagt.

Ich schüttelte wieder diesen Kopf. »No.« Innen fühlte ich

jetzt keinen Schmerz mehr; der Schädel selbst war kalt wie Trockeneis. Drumherum hatte sich allerdings eine Art Hitzeglocke gebildet, als ob das Haar in Flammen stünde.

Ich sagte noch einmal: »No.«

Die Uhr sprang um.

Da hatte Greta leider einen Einfall. Sie redete schnell auf den Kommissar ein. Ich verstand nicht alles; aber den Namen Salow verstand ich deutlich genug.

Ich hatte meine Rolle vergessen, und mich unwillkürlich vorgebeugt. Ich sah mein angespanntes Gesicht verzerrt im Bauch der Messingkanne.

Doch es war der Kommissar, der Greta unterbrach; er ließ sich den Namen buchstabieren.

Greta buchstabierte ihn richtig.

»Salow ...«, wiederholte er genüßlich. »Salow ...« Er zog einen weinroten Ordner aus dem Ablagekorb, schlug ihn auf; sein Zeigefinger strich schnell ein paar Zeilen entlang, tippte dann mehrmals auf eine ganz bestimmte Stelle.

Mir war ungefähr klar, was jetzt kommen mußte.

Greta sah mich überrascht an. »Was ist mit Ihnen? Wollen Sie wieder in Ohnmacht fallen?«

Ich wollte schon, aber sie ließ mich nicht. Sie griff meinen Arm; ich machte mich los.

»You know this man, Salow?«

Ich gab es zu. Ja, ich kannte ihn.

»And he is here, in Lucca?«

Ich sagte, ich wisse das nicht mit Sicherheit, nähme es aber an.

»Aber Sie waren doch hier mit ihm verabredet!« wunderte sich Greta.

Der Kommissar beachtete sie nicht. »And his address?« fragte er.

»I don't know.« Die wußte ich ja wirklich nicht.

Er sah mich an. Seine Augen waren klein und grau; grau wie mein Personalausweis, der in Salows Tasche steckte.

»We have here ...«, er strich sich den melierten Schnurrbart, suchte anscheinend nach dem richtigen Wort, »... una denuncia.«

»Eine Anzeige«, übersetzte Greta. Man sah ihr an, daß sie nicht verstand, was vorging.

Ich strengte mich an, ein mindestens ebenso überraschtes Gesicht zu machen. »Sorry«, sagte ich leise. »I can't help you.«

Seine Reaktion überraschte mich wirklich: Er lächelte.

»Does not matter.« Elegant schlug er sein Mäppchen zu.

Erst als er mich fragte, wohin er mich bringen lassen dürfe, begriff ich, daß er mich tatsächlich gehen lassen wollte.

»Zum Dom«, sagte ich halb automatisch.

»Ah, al duomo«, er nickte dem Uniformierten zu, der immer noch an der Tür stand, »va bene!«

Ich kam genau bis zu dieser Tür.

»Un momentino!« Er war aufgestanden. Kam jetzt sein großer Auftritt? Aber nein: Er zog eine Visitenkarte aus der Brusttasche, reichte sie mir mit den Worten: »My telephone number – eventualmente.«

Zum Abschied gab er mir noch den Rat, mich wegen meiner Papiere an das deutsche Konsulat in Florenz zu wenden, und die Hand; sie war kühl, glatt und trocken.

Greta gab ich nicht die Hand.

Dann saß ich wieder in dem Polizeiwagen; die Sirene bahnte uns einen Weg durch die verstopften Straßen der Stadt.

Natürlich hätte ich mir Gedanken darüber machen sollen, wer Salow bei der italienischen Polizei angezeigt hatte. Man könnte mir leicht nachweisen, daß ich spätestens nach diesem Hinweis alle notwendigen Informationen beisammen hatte, um den einzig richtigen Schluß zu ziehen; man hat das auch getan. Trotzdem kam ich damals nicht darauf. Ich dachte nicht einmal darüber nach; nicht ernsthaft, meine ich. Für meine Theorie genügte die unklare Vorstellung, daß es sich um einen Versuch Gennaros handeln mußte, Druck auf Salow auszuüben; Gegendruck womöglich, wenn man davon ausging, daß Gennaro nicht freiwillig mit Salow zusammenarbeitete. Und wenn die beiden keine Partner waren, eröffnete mir das doch neue Möglichkeiten ... Daß ich sämtliche Hinweise, die im Widerspruch zu dieser Theorie standen, so geflissentlich übersah, ist wohl nicht so schwer zu begreifen; selbst für Nicht-Psychologen: Angst war der Grund für meine Ignoranz. Angst vor der einzig denkbaren Alternative, die sich sonst als Erklärung anbot. Gewalt – blutige, endgültige Gewalt – lag immer noch außerhalb meines Kalküls. Ein paar Ohrfeigen waren nach wie vor das Schlimmste, was ich befürchtete.

Und im Augenblick war ich weder ängstlich noch niedergeschlagen. Ich war froh. Froh, von der Polizei wegzukommen; froh, das Mädchen endlich los zu sein; froh über diese letzte Chance.

Ich bedankte mich überschwenglich bei dem Polizisten, der mich am Dom absetzte.

Er nickte bloß. »Da niente.« Sein Lächeln kam mir überhaupt nicht verdächtig vor.

In Boswells Tagebuch lag mein Zettel: »Wo und wann?« Darunter stand in kleiner, unpersönlicher Druckschrift: »Piazza del Mercato – 16h30.«

Hinter mir schlurften Schritte; die Alte hatte sich doch noch hinter ihrer Kasse vorgewagt. Sie trug karierte Pantoffeln und fixierte mich wie ein Torero den Stier.

Im Vorbeigehen drückte ich ihr das Buch in die Hand.

»Olé!« sagte ich frech.

Der Platz vor dem Dom war jetzt voller Menschen; die meisten suchten seinen Schatten. Man konnte Touristen und Einheimische leicht unterscheiden: Wer vor der Fassade stehenblieb und hinaufschaute, war ein Tourist; bildete ich mir jedenfalls ein. Ich schaute selbst hinauf.

Die Turmuhr zeigte fünf Minuten nach vier.

Am sichersten war es wohl, von hier zum Bahnhof zu gehen und dort ein Taxi zu nehmen. Piazza del Mercato – das mußte der Marktplatz sein, und der lag vermutlich im Zentrum, ganz in der Nähe.

Ich hatte Zeit.

Und was für ein Glück ich gehabt hatte! Unbegreiflich ... Dann begriff ich es endlich. Es gab doch nur einen plausiblen Grund für den plötzlichen Schwenk im Verhalten der Polizei: Sie rechneten damit, daß ich sie zu Salow führte. Deshalb hatten sie mich laufen lassen. Natürlich hätte ich froh sein müssen über den möglichen Polizeischutz – aber eben nur unter der Voraussetzung, daß ich die folgende Entwicklung schon abgesehen hätte, und das konnte ich nicht. Ich glaubte immer noch, die Probleme würden sich gütlich lösen lassen und die Sache sozusagen unter uns bleiben.

Ich sah nur den bekannten Griff zum Telefon: ›Folgen Sie dem Mann; aber unauffällig, klar?‹ – ›Geht in Ordnung, Chef ...‹ und so weiter. Ich konnte mir die Szene genau vorstellen; sie ist ja auch bekannt genug. Und ich bin immer noch davon überzeugt, daß sie sich so oder ähnlich abgespielt hat; auch wenn die italienische Polizei das später nie zugeben wollte. Vermutlich war ihnen die Art peinlich, in der ich sie abhängte.

Ich ging in den Dom.

Kühl war es hier, schummrig; der Fußboden glänzte wie stilles Wasser. Ich suchte den erstbesten Schutz. Es war ein Beichtstuhl. Falls niemand gesehen hatte, wie ich hineinschlüpfte, das ideale Versteck. Von hier aus hatte ich fast das gesamte Schiff im Auge: Ein- und Ausgänge gab es genug; von meinem Standort erkannte ich allein vier. Sie mußten mir schon nachkommen.

Ich wartete; hing an dem augenbreiten Spalt in dem muffigen Vorhang. Es war genau wie bei den Versteckspielen der Kindheit: die gleiche zittrige Erregung. Nur daß ich nicht wußte, wer nach mir suchte. Denn natürlich verhielten sich alle Neuankömmlinge ziemlich gleich: Sie schlenderten herum, schauten sich alles an, genau das, was meine Beschatter – ich rechnete fest mit zweien – auch machen mußten; unmöglich, sie herauszufinden.

Ich konnte nur dasitzen und die Geduld verlieren. Auch das kennt man ja von früher: Wie man sich am Ende selbst verrät, obwohl der Suchende sich erst tastend nähert, das Versteck aber noch keineswegs entdeckt hat. Und mir näherten sich eine Menge Leute. In meiner unmittelbaren Nähe befand sich nämlich einer der Hauptanziehungspunkte: das Grabmal einer Frau, die auf dem Rücken liegt und ihre marmornen Füße an einem marmornen Hündchen wärmt.

Mir war kalt. Trotzdem zog ich Jacke, Pullover und Hemd aus; darunter trug ich ein dunkelblaues T-Shirt. Ich knüllte das helle Zeug zusammen, setzte meine Sonnenbrille auf und verließ, als die nächste größere Touristengruppe bei der Dame mit dem Hündchen ankam, meinen Beichtstuhl und stellte mich einfach dazu. Zum Glück waren es Amerikaner; fast alle noch leichter und unpassender angezogen als ich. Sie froren auch, und ich konnte spüren, wie es sie hinausdrängte. Sie suchten anscheinend nur noch nach einem passenden Adjektiv für ihren Eindruck. Sie einigten sich auf »picturesque«.

Ich ging zwischen ihnen durchs Hauptportal.

Ihr Bus wartete fünfzig Meter weiter. Ich drängelte mit ihnen zum Einstieg. Als ich so weit um den Bus herum war, daß man mich vom Dom aus nicht mehr sehen konnte, rannte ich los: Richtung Innenstadt.

Ich kam durch eine hohle Gasse; keine Fußgänger, für Autos viel zu schmal. Hinter dem nächsten Mauervorsprung blieb ich stehen; lauschte ... Ich hörte keine Schritte – ich hörte nur das leichte Plätschern von Wasser auf Stein. Ich stand zwischen den beiden Becken eines offenen Pissoirs.

Die Piazza del Mercato mußte das ehemalige römische Amphitheater sein, von dem der Professor gesprochen hatte. Ein graugepflastertes Oval, eingefaßt von schmalbrüstigen

Häusern. Sie waren unterschiedlich hoch, unterschiedlich verwittert, doch alle wirkten gleich gebrechlich. Provisorisch im Vergleich zu den uralten, massiven Bögen, über die sie gebaut waren und die jetzt jeweils ihr Untergeschoß einnahmen, unterschiedlich verschandelt, mit Holz oder Stein zugebaut oder als Eingangstor genutzt. Trotzdem verlieh die alte Ordnung dem zusammengewürfelten Häuseroval einen Rest von Würde. Ich zählte sechsundfünfzig Bögen, davon waren vier offen, nach jeder Himmelsrichtung einer.

Ich hatte fast von selbst hierher gefunden, und ich war pünktlich gewesen; auf den Glockenschlag pünktlich.

Nur wenige Autos parkten auf dem Platz; klapprige, kleine Dreiradlieferwagen. Salows Caravan – das sah ich sofort – war nicht da. Ich überlegte, weshalb er mich ausgerechnet hierher bestellt hatte – wenn er prüfen wollte, ob ich allein käme, war seine Wahl natürlich nicht ungeschickt.

Ich ging langsam zur Mitte des Platzes und blieb dort stehen; ein eigentümlicher Zwang, das zu tun. Und wieder wurde mir anders zumute: Nicht, daß ich mich plötzlich in eine ferne Vergangenheit zurückversetzt glaubte – so geschichtsträchtig war die Aura gar nicht –, doch immerhin vermittelte sich mir etwas vom Gefühl eines Gladiators, der auf den Löwen wartet; oder – das trifft meine Lage objektiv besser – ich fühlte mich wie das Schaf, das als Köder angepflockt ist.

Sagen wir: Ich fühlte mich sehr allein.

Dabei war der Platz wirklich nicht so imposant. Der Eindruck, den er mir machte, ist – abgesehen von meinem erbärmlichen Körperzustand – höchstens aus seiner Lage zu erklären. Hier, so mitten in einer belebten, gewöhnlichen Stadt, vermutet man einfach nichts Derartiges; von außen wird seine Gestalt auch nirgendwo deutlich. Man tritt einfach durch einen der üblichen niederen Torwege, und schon steht man mitten in der offenen Arena. Das macht den Überraschungseffekt. Dazu kam, daß die Straßen draußen voller Menschen waren – der Platz dagegen war leer und still.

Einen Augenblick belebte mir eine Vorstellung das tote Bild: Wie in einer überdimensionierten Boulevardkomödie kamen in immer schnellerer Abfolge verwegen kostümierte Figuren aus verschiedenen Türen; jede schlug zielsicher eine bestimmte Richtung ein. Wenn sich ihre Wege kreuzten, blieben sie kurz stehen, wechselten ein paar lautlose Worte und steuerten dann, wie ferngelenkt, eine andere Tür an, hinter der sie verschwanden. Das Unangenehme an dieser Vorstellung war, daß sie alle unentwegt zu mir herüberstarrten; das Angenehme, daß ich nur die Augen zu öffnen hatte, um sie loszuwerden.

Mein Kopf tat mir weh.

Ich hatte meine Sachen längst wieder angezogen; trotzdem war mir kalt. Die Sonne stand schon tief; eine harte Schattenlinie schob sich an den gelblichen Fassaden der Ostseite hinauf.

Ich weiß nicht, wie lange ich noch hier gewartet hätte. Eine unbestimmte Angst – Angst, daß er nicht kommen würde, Angst, daß er doch kommen würde – spaltete, beherrschte, lähmte mich.

Dann hörte ich hinter mir das Schnurren eines Motors. Ich drehte mich um; Salows breiter Caravan hielt direkt auf mich zu. Ich stand immer noch im Zentrum der Piazza. Kurz überfiel mich das bängliche Gefühl, mich – wie im Traum – bei aller Anstrengung nicht von der Stelle bewegen zu können.

Das Gefühl verging. Der Wagen hielt dicht neben mir an; die Tür wurde von innen geöffnet.

Ich stieg ein.

16

»So ganz allein?« fragte Salow. »Ich dachte, Sie wollten ein paar tausend Freunde mitbringen?«

Ich war noch so verwirrt, daß ich ein Weilchen brauchte, seine Anspielung zu verstehen. »Das Geld war nicht da«, sagte ich dann.

»Genau, wie ich es mir gedacht hatte: Das Geld ist nicht da – es gibt überhaupt kein Geld, wie?« Sein Ton war nicht scharf, und da er ungerechtfertigt war, kam mir sein Verdacht vollkommen überraschend.

»Sie glauben doch nicht, ich hätte das Geld!?«

»Nein?« Das war eine Frage, keine Bestätigung.

»Nein, ich habe es nicht. Wirklich nicht.«

Er drückte dreimal auf die Hupe.

»Tusch!« rief er. »Die Antwort ist richtig. Er hat das Geld nicht! Sonst wäre er wohl kaum hier. Und warum haben Sie es wirklich nicht?«

»Es war gar nicht im Haus. Ich habe gestern nacht alles durchsucht. Es war nicht da. Ich weiß aber ...«

»Hören Sie zu ...« Er schnitt mir das Wort ab. »Wenn Sie vorhaben, mich auszuschmieren, sollten Sie zuvor dreierlei gut überlegen; Punkt eins: Sie kommen aus Italien nicht raus, denn ich habe immer noch Ihren Paß. Punkt zwei: Solange Sie hier sind, werden Sie keine ruhige Minute haben, nicht bevor ich meinen Anteil bekommen habe. Und Punkt drei: Wie wär's mit einer Ohrfeige?«

Jetzt hätte ich also die Geschichte auftischen müssen, die wir uns zurechtgelegt hatten, der Professor und ich. Aber ich konnte nicht reden. Ich mochte nicht, mir war alles so fern. Sogar Salows Drohungen, die außer mir wohl keiner so ernst genommen hat. Beim deutschen Konsulat in Florenz hätte ich mir einen neuen Paß besorgen können, damit hätte ich ihn abschütteln müssen, und seinen Ohrfeigen wäre ich dann auch entgangen. Leicht gesagt, wenn man gemütlich über einen zu Gericht sitzt, der, zugegeben, manches falsch gemacht hat – aber letztlich doch nur, weil er die verheerenden Folgen nicht voraussehen konnte. Verglichen mit drei oder vier Taten wirkt so ein Schlag ins Gesicht vielleicht lächerlich – doch zunächst einmal tut er verdammt weh.

Er schlug mit dem Handrücken zu. Obwohl er kaum ausholen konnte, war der Schlag noch schmerzhaft genug. Ich spürte etwas Warmes über meine Lippen laufen; es schmeckte wie Blut. Er wischte seinen Ring ab: ein trübgrüner Stein ohne Glanz, eingefaßt von sechs silbernen Blütenblättern.

»Wo waren wir stehengeblieben?« fragte er.

Ich antwortete nicht. Er schlug nicht gleich wieder zu. Vielleicht hatte er auch genug vom Gangsterspielen. Der schattige Platz war immer noch menschenleer. Nur noch eine schmale Lichtsichel lag auf den Häusern über dem Osttor. In den höchstgelegenen Fenstern blitzte noch etwas Sonne.

»Wie Sie wollen«, sagte er.

Er holte diesmal weiter aus.

Ich hob unwillkürlich beide Arme. Ich wollte nicht mehr geschlagen werden. Aber warum gab ich nicht auf?

»Nicht!« Einen Trumpf hatte ich noch. »Wissen Sie eigentlich, daß Sie von der Polizei gesucht werden? Hier in Lucca!«

Er bemühte sich, seine Überraschung nicht zu zeigen. Er sagte nur: »Ach?!«

»O ja! Und vielleicht interessiert es Sie auch, daß ich heute auf dem Revier war. Soweit ich das beurteilen konnte, sind mir zwei Mann von dort gefolgt.«

Er gab sofort Gas.

Wir bogen scharf nach links ab. Der Wagen paßte knapp durch den Torbogen. An der nächsten Ecke, noch in Sichtweite der Ausfahrt, stoppte Salow; er sah sich um.

»Ich hab die beiden natürlich abgeschüttelt«, sagte ich möglichst lässig. »Beruhigen Sie sich.«

Er war jetzt wütend. »Was haben Sie denen erzählt?«

»Ich hab ihnen gar nichts erzählt. Die Polizei wußte schon von Ihnen.«

»Was wissen sie?«

»Ihren Namen; und daß Sie hier sind. Von mir wollten sie die genaue Adresse erfahren. Ich konnte ihnen leider nicht behilflich sein.«

Hinter uns hupte jemand gellend.

»Scheiße«, sagte Salow und fuhr an.

Unterwegs mußte ich ihm erzählen, wie es zu meinem unfreiwilligen Besuch bei den Carabinieri gekommen war. Ich ließ alle Einzelheiten weg. Die Gründe für die Schlägerei interessierten ihn offenbar auch nicht. Er wunderte sich – und das wunderte mich – anscheinend auch nicht über die Anzeige, die gegen ihn vorlag. Wahrscheinlich war er so etwas gewohnt. Er mokierte sich nur über die Dummheit, sich verprügeln zu lassen.

»Wenn Sie mir meinen Paß gelassen hätten, wäre ja weiter nichts passiert!«

Er ignorierte meinen Vorwurf, sagte nur: »Ich muß telefonieren.«

Wir hielten vor einer kleinen Bar am Stadtrand.

»Kommen Sie ruhig mit. Ich möchte nicht, daß Sie sich einsam fühlen.« Er reichte mir ein sauberes Taschentuch. »Aber wischen Sie sich vorher den Mund ab.«

Das Telefon war in einer hölzernen Zelle, die in eine Ecke des dunklen Raumes eingepaßt war. Er ließ mich nicht aus den Augen, während er redete. Ich schaute weg. Von den Lippen ablesen kann ich leider nicht. Wenn ich gewußt hätte, mit wem er telefonierte!

Dann bestellte er zwei Glas Milch.

»So. Kommen wir zurück zur Hauptsache: Wo haben Sie das Geld?«

Ich zögerte immer noch, ihm die Geschichte zu verkaufen.

»Wenn Sie es mir hier nicht sagen möchten, fahren wir am besten gleich zu mir. Da sind wir ganz unter uns. Ich bin sicher, dort werden Sie mir sagen, wo es ist.«

Ich tat so, als wenn seine Drohung mir Eindruck machte.

»Ich hab das Geld wirklich nicht. Aber ich weiß, wer es hat.«

»Lassen Sie mich raten: der Herr Professor?«

»Nein.«

Jetzt war er sprachlos. Ich fühlte mich plötzlich wieder sicher.

»Er hat es bei einem alten Freund deponiert.«

»Wieso? Woher wissen Sie das?«

»Er hat es mir selbst gesagt. Es erschien ihm sicherer. Nachdem ich das Haus durchsucht hatte, bat ich ihn heute morgen um eine größere Summe, für Besorgungen. Mir ist doch meine Reisetasche gestohlen worden.« Ich lächelte, wie er zu lächeln pflegte, versuchte es wenigstens.

»Und was ist das für ein Freund?«

»Ein alter italienischer Bauer. Er wohnt hier in der Gegend.«

Er wollte sofort Ettores genaue Adresse wissen.

»Das ist etwas kompliziert: Sein Haus steht ganz allein in den Bergen; Richtung Bagni di Lucca. Ich könnte Sie hinbringen. Ich war gestern mit dem Professor schon mal dort.«

»Mißtrauisch?«

Ich nickte. Er lachte.

»Warum auch nicht? Es dürfte wohl nicht besonders schwierig sein, einem alten italienischen Bauern das Geld abzunehmen. Zumal, wenn er so ganz allein in einem einsamen Haus in den Bergen wohnt. Das trifft sich wirklich günstig.«

Ich befürchtete schon, er wittere die Falle. Aber seine Ironie bezog sich auf etwas anderes. »In Ordnung. Mir ist es sogar lieber, wenn Sie mitkommen. Meinen Freunden überlasse ich gern etwas Arbeit.«

Er bestellte noch zwei Glas Milch.

»Wie meinten Sie das eben?« fragte ich.

»Ganz einfach: Ich fahre Sie da hinauf. Sie gehen rein und sagen: Mich schickt der Herr Professor, ich soll sein Geld abholen, bitte! Prost!«

Er hatte wieder meine Stimme nachgeäfft. Ich trank ihm zu.

»Ganz so einfach wird das nicht«, sagte ich dann. »Er wird mir das Geld nicht geben.«

»Wieso nicht?«

Ich mußte einen plausiblen Grund erfinden, der ihn zwang, mit mir zusammen ins Haus zu gehen; oder zumindest bis an die Tür.

»Dieser Ettore ist ein ziemlich mißtrauischer alter Mann. Sonst hätte ihm der Professor sein Geld wohl kaum anvertraut. Freiwillig rückt der es nicht heraus. Sie müssen schon dabei sein. Ich hoffe, Sie haben die Mittel, ihn zu überzeugen.«

»Peng, peng!« Salow bedrohte mich mit gestrecktem Zeigefinger.

»Das wird wohl nicht nötig sein«, sagte ich unsicher.

»Soll ich den alten Mann etwa verprügeln?« fragte er.

»Nein, nein, ich dachte nur ...« Mir kam die Geschichte selbst schon wieder ganz durchsichtig vor. Nahm er tatsächlich eine Waffe mit?

Er schaute mich von der Seite an. Ich versuchte, aus meinem leeren Glas zu trinken. Er fragte:

»Wie stellen Sie sich denn unseren kleinen Überfall vor?«

»Es wäre mir jedenfalls lieber, wenn ich nicht direkt – ich meine: wenn Sie das erledigten!«

Er lachte wieder. »Das kann ich mir vorstellen!«

»Aber dieser Ettore kennt mich schließlich. Er weiß meinen Namen und alles.«

»Schon gut«, unterbrach mich Salow. »Fahren wir.«

Die Uhr am Armaturenbrett zeigte zwanzig nach fünf. Zum ersten Mal kamen mir Bedenken, ob man uns um diese Zeit überhaupt noch erwartete. Wenn der Professor nun nicht mehr draußen war bei Ettore? Ich wollte Salow den Weg erklären. Er winkte ab; sagte, er müsse zuvor noch bei sich daheim vorbeifahren. Er sagte tatsächlich: daheim.

Ich hatte natürlich angenommen, er wohne in irgendeinem Hotel; aber das tat er nicht. Salow wohnte in einem der kleinen Palazzi, die ich mittags vom Wall aus gesehen hatte. Ein breiter, einstöckiger Bau aus rötlichem Stein. Die Seitenflügel bildeten einen düsteren Innenhof. Hier stellten wir den Wagen ab. Beim Aussteigen streifte Salow mit dem Ellenbogen die Hupe. Man erwartete unwillkürlich, daß nun aus allen Türen livrierte Diener gerannt kämen. Doch es kam niemand.

Er ließ mir Zeit, mich umzuschauen.

»Wissen Sie, auf die Dauer kommt es bedeutend billiger, so zu logieren als in irgendeinem Hotel.«

Ich trat an ein schmiedeeisernes Tor. Der Garten war ungepflegt und üppig. Hohes, vergilbtes Schilf wucherte über die Wege.

»Kein Mensch wird es wagen, eine Mietvorauszahlung von jemandem zu verlangen, der sich so etwas leisten kann.«

»Und können Sie sich so was leisten?«

»Im Moment nicht. *Noch* nicht!« betonte er. Zum ersten Mal sah er mich auf eine Art an, als wären wir Partner; Komplizen, sollte es wohl besser heißen.

Ich folgte ihm ins Haus. Es wirkte nicht bewohnt: staubige, abgestandene Luft. Salow bat mich, im Erdgeschoß auf ihn zu warten.

»Es wird nicht lange dauern«, sagte er. Er lief eine gewundene Treppe hinauf. Seine Schritte verloren sich rasch.

Ich trat durch eine offene Tür in einen der hohen Säle. Er war düster und kühl. Die dichtbelaubten Büsche vor den hohen Fenstern ließen nur wenig Tageslicht durch. Manchmal streiften ihre Zweige über das Glas; sonst war es ganz still.

Ich dachte gar nicht daran wegzulaufen. Ich konnte nicht wissen, daß mir diese Minuten die letzte Möglichkeit dazu boten.

Ich schaute mich um: Große Wandspiegel warfen schwache Lichtflecken vor sich auf den Boden; schummrig grüne Pfützen auf dem dunklen Holz. Die Decke war bemalt; doch es war zu düster, um zu erkennen, was dargestellt war; nur das Rot leuchtete. Alle Möbel waren mit weißen Tüchern verhängt. Bis auf das Klavier; darauf stand eine kleine Bronzebüste: der allgegenwärtige Puccini. Die Kerzen auf beiden Seiten der Tastatur waren vom Alter krumm und vergilbt.

Das Parkett knarrte unter meinen Schritten; Teppiche lagen aufgerollt längs der Wände. Ich schob die Tür zum Nebenzimmer auf. Es war wesentlich kleiner; ein wenig heller. Auf einem hochlehnigen Diwan lag gefaltet eine Wolldecke – Salows Nachtlager vermutlich; oder Gennaros? Daneben, auf einem Tischchen, stand ein Telefon. Ich setzte mich auf den einzigen Stuhl. Ich war müde; fühlte mich wie durchlöchert.

Durch ein Fenster sah ich in den Garten: Alle Wege führten zu einem kreisrunden Teich im Zentrum. In seinem tiefgrünen Wasser spiegelten sich die drei steinernen Panther, die auf der Außenmauer hockten und zu den Wällen hinüberschauten.

Ich sah die Kronen blühender Kastanienbäume jenseits der Wälle; und obwohl das Fenster geschlossen war, glaubte ich einen schwachen Duft wahrzunehmen.

Ich mußte an Monas Zimmer denken: voller alter Möbel und neuer Erfahrungen für mich; die Nacht mit ihr ... Neben ihr in der Dunkelheit zu liegen ...

Ich lehnte mich zurück und schloß die Augen. Am stärksten hatte sich mir das Scheinwerferlicht der Autos eingeprägt, die unten vorüberfuhren. Immer erschien es durch eines der beiden Eckfenster, strich dann langsam über die Zimmerdecke hin; ein heller Keil, durch die Falten der Tüllgardine vielfach gebrochen, der endlich in der gegenüberliegenden Ecke des Zimmers verschwand. Und mit ihm verschwand auch diese Ecke, das ganze Zimmer, alles.

Ein dumpfes Geräusch scheuchte mich auf. Es kam von

draußen: das Zuklappen einer Wagentür. Ich hetzte den langen, dunklen Flur hinunter. Doch Salow hatte gar nicht vorgehabt, mich abzuhängen. Er lachte, als er bemerkte, wie ich außer Atem war.

Als ich neben ihm saß, zog er einen Revolver. Noch bevor ich in Panik geraten konnte, drückte er ihn mir in die Hand. Ich erschrak fast über sein Gewicht; so schwer war er. Was sollte ich damit anfangen? Ein Vertrauensbeweis sollte das sicher nicht sein. Eher eine kleine Prüfung; oder eine Warnung.

»Er zerbeult mir das Jackett«, sagte Salow. »Legen Sie ihn doch solange ins Handschuhfach.«

Er stellte das Autoradio an: die italienische Schlagerparade. Ich brauchte ihm den Weg vorerst nicht zu zeigen; bis Piedimonte kannte er ihn ja.

Ich dachte darüber nach, ob Salow diesen Revolver tatsächlich gebrauchen würde. Bisher hatte ich ihn bloß für geltungssüchtig gehalten. Seine Art zu reden, seine Sprüche, seine billige Ironie – gestelzt und unecht; Posen, um mich einzuschüchtern. Das durchschaute ich alles. Dumm war einzig, daß ich mich trotzdem davon einschüchtern ließ.

Die laute Musik machte mir neue Leibschmerzen. Speziell das Saxophon wühlte sich immer tiefer in meine Seite. Doch Salow war nicht zu bewegen, das Radio leiser zu stellen.

Mir wurde schlecht bei dem Gedanken, daß er mich geschlagen hatte; daß er vielleicht sogar auf mich schießen würde, und sei es nur, weil dies die einzige Möglichkeit war, das Gesicht nicht zu verlieren. Denn natürlich spielte er nur seine Rolle, hartgesotten, abgebrüht – das wußte ich. Doch woher sollte ich wissen, bis zu welcher Konsequenz er sie durchhalten wollte. Er war mir gegenüber von Anfang an im Vorteil gewesen; seit ich mich in Zürich von ihm hatte übertölpeln lassen. Wenn ich doch wenigstens einmal zurückgeschlagen hätte! Aber darin bestand eben der Unterschied: Er kannte meine Schwächen, und er hatte keinerlei

Skrupel, sie auszunutzen. Ich hätte natürlich ebensowenig Skrupel gehabt – ich kannte die seinen bloß nicht genau. Ich fürchtete ihn, weil er mich nicht fürchtete; im Gegenteil. Und das war meine einzige Stärke: Er unterschätzte mich. Deshalb befriedigte mich der Gedanke, ihn jetzt in eine Falle zu lokken. Er glaubte immer noch, er hätte mich an der Angel. Dabei hing er selbst schon am Haken.

Und doch: Wenn ich mich zu entscheiden hätte, welche Seite sollte ich wählen? Weder der Professor noch Salow boten mir die Sicherheit, an mein Geld zu kommen.

Ich mußte meine Chancen abklären.

»Wenn wir das Geld haben«, fing ich an, »wer garantiert mir dann, daß ich meinen Anteil auch bekomme?«

»Ich«, sagte Salow.

Darauf fiel mir im Moment nichts Passendes ein.

Vor uns, im Westen, tauchte ein Dorf auf. Piedimonte. Im Gegenlicht der untergehenden Sonne wirkten die Häuser und die Bäume auf den Kämmen wie dunkle Kulissen, körperlos flach.

»Hier müssen wir rechts ab«, sagte ich.

»Wie weit ist es noch?«

»Gut zwanzig Minuten.«

Er fuhr langsamer. Dann bog er in einen Feldweg und hielt an.

»Wir warten, bis es dunkel wird«, sagte er.

Er zündete sich ein dünnes, braunes Zigarillo an, schob es sich tief in den Mundwinkel, lehnte den Kopf gegen die Rükkenstütze und rauchte. Die Augen hielt er geschlossen. Seelenruhig summte er die Melodie aus dem Radio mit: »E qualcosa rimane, le pagine chiare e le pagine scure . . .«

Die Sonne versank hinter dem höchsten Bergrücken. Ihr Licht kam aus der Tiefe, ließ die Formen zerfließen, setzte den mageren Zypressen glühende Kronen auf. Ihr Widerschein verlief sich schnell im graublauen Dunst; unregelmäßig wie rote Farbe, die in schmutziges Wasser tropft.

»Ich muß noch mal auf das Finanzielle zu sprechen kommen.«

Er antwortete nicht.

»Es ist hauptsächlich wegen Gennaro. Finden Sie nicht, daß es fair wäre, das Geld zu dritteln? Ich meine, wir haben lange genug dafür gearbeitet. Es ist also nur gerecht . . .«

Die Glut am Ende seines Zigarillos leuchtete hell auf.

»Ach, machen Sie sich plötzlich wieder Sorgen um ihn?«

Machte ich mir welche? Ich nickte jedenfalls.

»Wie naiv sind Sie eigentlich?« Er fragte mehr beiläufig. »Entweder er ist mit dem anderen Geld – ja, auch mit Ihrem Geld – längst über alle Berge – oder . . .« Er ließ die Alternative in der Luft hängen.

»Was, oder?«

»Na, in dem Fall nutzt ihm das Geld eh nichts mehr.«

»Was soll das heißen?«

»Das soll heißen, daß wir uns so oder so um ihn keine Sorgen zu machen brauchen. Für ihn spielt das doch keine Rolle mehr.«

Er wußte natürlich, daß dies keine Antwort auf meine Frage war. Für mich spielte Gennaro auch keine Rolle mehr, das wurde mir jetzt klar. Ich konnte auf ihn keine Rücksicht mehr nehmen. Ich konnte ihn nur noch benutzen für meine Zwecke.

»Er hat damals die ganze Sache aufgetan. Wir sollten seinen Anteil zumindest vorläufig zurücklegen. Er braucht das Geld genau wie ich.«

»Ja, und Sie bewahren es für ihn auf, wie?«

»Er wollte sich unabhängig machen.«

»Von dem Alten?«

»Ja. Teilen wir doch . . .«

Er unterbrach mich. »Wo ist der Professor übrigens jetzt?«

»Zu Hause, nehme ich an.«

»Sicher?«

Die Frage brachte mich in Verlegenheit. »Er wollte auf

mich warten. Außerdem hofft er immer noch, daß Gennaro ...«

Salow schnippte sein Zigarillo aus dem Seitenfenster in die Dämmerung. Er zog eine flache Flasche aus der Jackentasche. »Zielwasser«, sagte er heiser. Ich bekam auch einen Schluck. Er schlug in meinem Magen ein wie eine Brandbombe.

Dann fragte er mich nach dem Weg. Ich erklärte ihn bis zu der letzten Abzweigung.

Er fragte: »Wo ist das genau? Wie weit noch?«

»Ich sage Ihnen Bescheid.« Ich wollte nichts riskieren. Was hätte ihn sonst daran gehindert, mich einfach auf die Straße zu setzen?

Er hatte die Scheinwerfer eingeschaltet. Aus der Dunkelheit tauchten die großen Werbeschilder auf, an denen ich mich orientieren konnte.

»Wie wollen wir denn bei Ettore vorgehen?« fragte ich.

»Wir schauen im Wörterbuch nach, was Überfall auf italienisch heißt. Dann ziehen wir uns dicke Strümpfe über den Kopf und stürmen die Bude. Venceremos!« Er sagte das ganz ernst. »Oder, noch besser: Ich spiele den Geist Garibaldis, Sie verkleiden sich als Papst – einem von beiden wird er das Geld schon freiwillig herausrücken. Auf wen tippen Sie?«

»Auf Garibaldi.« Ich lachte zwar, doch mir war nicht wohl dabei.

Ich sah das Schild mit dem großen, schwarzen Hahn im letzten Augenblick.

»Hier müssen wir uns jetzt scharf links halten!«

Salow schaffte die Kehre noch knapp. Sein Wagen war fast so breit wie der ganze Weg.

»Auf Ihrer Seite geht es ungefähr fünfzig Meter steil nach unten.«

Er fuhr sofort langsamer.

»Wie weit noch?«

Von hier konnte man das Haus noch nicht sehen.

»Nicht mehr weit, gleich hinter der nächsten Biegung.«

Salow schaltete die Scheinwerfer aus.

Dann sahen wir vor uns Licht. Zwei Fenster des Hauses waren erleuchtet. Ein gutes Zeichen?

»Geht es von hier aus ständig bergab?« fragte er.

Ich sagte: »Ja.«

Er schaltete den Motor ab. Das Radio ließ er leise laufen. Der Wagen war zum Glück weich gefedert. Trotzdem spürte ich schmerzhaft jeden Stein, den wir überfuhren. Ich war deshalb froh, als er noch ein Stück vom Haus entfernt anhielt. Andererseits war es jetzt sehr fraglich, ob man uns hatte kommen hören. Wie sollte ich mich bemerkbar machen? Ob man es drinnen hörte, wenn ich die Tür zuschlug? Wahrscheinlich nicht.

»Hier können wir nicht stehenbleiben«, sagte ich.

»Steigen Sie schon aus«, sagte er schroff.

»Aber so blockieren wir den ganzen Weg.«

»Eben.«

Er stellte das Radio ab. Mit einem Mal war es sehr still. Um so lauter klang der Schrei. Er kam vom Haus her: langgezogen und durchdringend. Im ersten Moment erschrak ich selbst wieder. Salow warf sich zurück in den Wagen. Er riß das Handschuhfach auf. Mit einem Revolver in der Hand ließ er sich auf meiner Seite aus der Tür fallen.

»Haben Sie Angst vor Eseln?« fragte ich.

Ich konnte sein Gesicht unter mir nicht erkennen. Doch ich konnte mir vorstellen, wie dumm es aussah.

»Das war einer.« Sagte ich.

Ich fing an zu lachen. Ich lachte.

Doch mein Hochgefühl dauerte nicht lange an. Salow kam hoch. Er drückte mir den Lauf seines Revolvers in die rechte Seite. Ich hätte fast geschrien vor Schmerz.

»Schnauze!« Er hielt mir den Mund zu. »Hören Sie gut zu. Wir gehen jetzt zum Haus. Sie klopfen und fragen höflich nach dem Geld. Ich bleibe erst mal im Hintergrund.«

»Aber ...«

»Sie sollen den Mund halten.«

Ich hielt den Mund. Ich spürte immer noch den Revolver.

»Und noch was«, sagte er. »Ich habe den Zündschlüssel stecken lassen. Falls irgendwas schiefläuft – hauen Sie ruhig ab. Ich werde Sie schon finden, mit oder ohne Geld. Vor allem natürlich mit.«

Bis zum Haus waren es neunundvierzig Schritte.

17

Was sich uns durch das Fenster bot, war das Friedlichste, was man sich vorstellen kann. Ein Genrebild; Titel: ›Feierabend‹. Ein Lehnstuhl war neben dem Tisch in den goldigen Lichtkreis der Lampe gerückt. Er stand mit dem Rücken zum Fenster. Man sah nur ein Paar Füße, die in karierten Pantoffeln steckten, und zwei Hände, die ein Zeitungsblatt entfaltet hielten. Auf dem Tisch lag in Reichweite eine Tafel Schokolade. Daneben stand ein Glas voll Rotwein, ein ziemlich elegantes Glas übrigens, langstielig und schwer; sein Schliff bündelte das Licht und verteilte es in konzentrischen Spritzern über die blankgescheuerte Holzplatte. Den Hintergrund beleuchtete ein offenes Feuer im Kamin. Drei leere Stühle standen an der Wand aufgereiht. Eine halboffene Tür führte ins dunkle Nebenzimmer. Sonst gab es nichts zu sehen.

Das konnte beides bedeuten: Entweder der Professor hatte doch nicht so lange gewartet – oder aber die beiden hatten sich auf unser Kommen gut vorbereitet.

Ich hoffte natürlich auf die zweite Möglichkeit.

Während meiner Verhandlung wurde das vom Staatsanwalt wiederholt angezweifelt. Er war der Meinung, ich sei auch zu diesem Zeitpunkt noch bereit gewesen, mit Salow gemeinsame Sache zu machen. Ich hätte unser Eintreffen bei Ettores Haus sogar absichtlich so lange hinausgezögert, in der Absicht ... Wie absurd! Denn selbst wenn es mir nur um das Geld gegangen wäre, das hätte der Professor doch wohl kaum für uns hiergelassen!

Drinnen rührte sich nichts. Nur die Lichtzungen des Kaminfeuers belebten manchmal das stille Bild. Je länger man dies Idyll mit ansah, desto empfindlicher spürte man die

Kühle der Nacht. Auch Salow fröstelte hörbar. Er gab mir mit dem Revolverlauf einen leichten Stoß.

»Es bleibt dabei«, flüsterte er, »wir probieren es erst mal auf die sanfte.«

Wir umgingen das Lichtfenster auf dem Gras. Salow lehnte sich neben der Tür an die Hauswand. Ich klopfte an.

Das Klopfen war laut – aber nicht lauter als das meines Herzens. Drinnen schlurften Schritte. Draußen rauschte leise das lange Gras; es war fast windstill.

Die Tür ging nach innen auf. Nur einen Spalt; gerade weit genug für mich, um das Gesicht des Professors erkennen zu können. Er sah mir gerade in die Augen. Den Zeigefinger hatte er auf die Lippen gelegt.

Ich sagte also nichts. Als ich mich zu Salow umdrehte, nahm der gerade die Hände hoch.

»Nehmen Sie diesem Herrn seine Waffe ab«, sagte der Professor leise zu mir.

Salow ließ sie mir freiwillig. Ich trat beiseite.

Der Professor öffnete die Tür ganz.

»So was hatte ich mir doch fast gedacht«, zischte Salow. Man sah ihm an, wie überrascht er war.

Hinter ihm ging Ettore. Er stieß ihm eine kleine, hellgriffige Pistole ins Kreuz; ich erkannte sie wieder.

Dann standen wir zu viert um den Tisch herum. Das Holz im Kamin knackte.

»Und nun?« Salows Stimme klang immer noch gepreßt. Er versuchte ein Lächeln; sehr fröhlich wirkte es nicht.

Der Professor räusperte sich. »Ich habe mit Ihnen zu reden«, sagte er. »Setzen Sie sich da hin.«

Für sich rückte er den Lehnsessel zurecht. Salow saß ihm am Tisch gegenüber. Hinter seinem Stuhl lehnte Ettore am Kamin. Ich ließ meinen Stuhl an der Wand stehen; von hier konnte ich alle im Auge behalten und saß außer Reichweite. Salows Revolver hatte ich auf dem Schoß. Ich hielt ihn am Griff fest.

Salow war der erste, der wieder normal laut sprach.

»Sehr gemütlich«, sagte er und sah sich zu Ettore um. Der hielt die Pistole weiter auf seinen Rücken gerichtet. Er sah ernst und sorgenvoll aus; wie ein alter Hamster, der seinen Wintervorrat inspiziert.

»Von wegen: alter, einsamer Bauer!« sagte Salow in meine Richtung. »Er sieht zwar so aus ...«

Der Professor unterbrach ihn. Was er sagte, klang vorbereitet. »Sie können sich denken, was ich von Ihnen wissen möchte. Wenn Sie mir sagen, was ich wissen will, werde ich darauf verzichten, Sie der Polizei zu übergeben. Also: Wo ist Gennaro?«

Salow ging nicht auf seinen Ton ein.

»Da Sie gerade in Geberlaune sind«, er zeigte auf das Rotweinglas vor dem Professor, »davon hätt' ich auch gern was. Läßt sich das machen?«

Er wandte sich wieder an Ettore. Der Professor schob ihm das Glas hinüber. »Hier, Sie können das haben.«

»Aber ich bitte Sie! Ich werde Ihnen doch nicht Ihren Wein wegtrinken!« Er hatte tatsächlich beide Hände gehoben und machte übertriebene Abwehrgesten. Ihm lag ganz offensichtlich daran, Zeit zu gewinnen und die Situation zu entspannen.

»Nun nehmen Sie schon! Ich habe noch nicht daraus getrunken.«

»Also, wenn Sie darauf bestehen.«

Salow nahm das Glas, den kleinen Finger geziert weggespreizt. Er prostete zunächst dem Professor und mir zu, kostete mit Kennermiene. »Ausgezeichnet.« Er schaute über die Schulter zu Ettore. »Mein Kompliment.« Er warf das Glas in Ettores Richtung. Es zersprang an der Wand. Gleichzeitig kippte Salow mit seinem Stuhl nach hinten; kam mit einer Rolle rückwärts sofort wieder auf die Beine, griff nach Ettores Arm und – Ettores Arm war nicht mehr da.

Ettores Arm zuckte durch die Luft. Er schlug ihm den

Pistolenlauf seitlich gegen die Halsschlagader. Das nehme ich jedenfalls an: Salow brach zusammen wie ein nasser Sack.

Das Ganze war sehr schnell gegangen. Ich hatte noch nicht einmal meinen Revolver richtig in den Griff bekommen.

Der Professor war aufgesprungen. Aber er schien durchaus nicht sehr erregt. Er unterhielt sich kurz mit Ettore.

»Der wird bald wieder zu sich kommen«, übersetzte er mir. »Ettore weiß, wie stark man zuschlagen muß – und darf.«

Wir standen zu dritt um Salow herum. Sein fahlblondes Haar hing strähnig über sein bleiches Gesicht. Ettore drehte ihn auf die Seite; er legte ihm ein Kissen unter den Kopf. Salow machte selbst so keinen friedlichen Eindruck.

»Warum sind Sie eigentlich so spät gekommen?« wollte der Professor wissen. »Ist etwas geschehen?«

Ich war auf diese Frage nicht mal gefaßt gewesen. Erst jetzt fiel mir auf, daß Salow sie nicht gestellt hatte. Ich erwähnte nur den Beinahe-Unfall mit dem Bus. »Es wurde dann natürlich kompliziert, Salow zu treffen.«

»Hat er Ihnen gegenüber Gennaro erwähnt?« fragte der Professor.

Er hatte sich wieder hingesetzt. Auch Ettore lehnte an seinem alten Platz. Er hatte sich einen Schokoladenriegel abgebrochen und lutschte daran herum; er ließ Salow nicht aus den Augen.

»Erwähnt hat er ihn schon«, sagte ich. Je länger ich Salow anstarrte, desto stärker wurde das Gefühl, auch diese Ohnmacht sei nur gespielt. Die Augäpfel unter den geschlossenen Lidern bewegten sich.

»Und, was hat er gesagt?«

»Ich werde aus seinen Andeutungen nicht schlau«, sagte ich. »Ich bin mir nicht mal mehr sicher, ob er überhaupt Genaueres weiß.«

»Er weiß alles.« Salow hob langsam den Kopf. Dann schlug er die Augen auf und sah zu mir herauf. »Ich weiß zum Beispiel, daß Sie jederzeit bereit wären, mich – zu unterstützen.

Gegen entsprechende Beteiligung, versteht sich. Sie haben doch ein starkes Argument da – also!«

Er meinte natürlich den Revolver. Ich steckte ihn in den Gürtel.

»Reden Sie keinen Unsinn«, sagte der Professor. »Wenn Sie etwas wissen, sagen Sie es mir jetzt. Mein Angebot steht noch.«

Salow richtete sich halb auf. Er schüttelte den Kopf. Es war nicht ganz klar, ob das noch eine Reaktion auf den Schlag war oder ob es sich auf das Angebot beziehen sollte.

»Ich warte.«

»Nicht drängeln!«

Ettore trat mit erhobener Faust hinter ihn.

Salow zog den Kopf ein. »Wenn man mich haut«, jammerte er, »werde ich so gesprächig wie ein verstopfter Salzstreuer.«

Der Professor wies Ettore mit einer Handbewegung auf seinen Platz zurück.

»Bisher haben Sie sich alles selbst zuzuschreiben. Und das wird auch so bleiben. Ich rate Ihnen also . . .«

»Schon gut«, sagte Salow. »Man helfe mir auf!«

Ich wollte Salow von hinten unter den Achseln fassen. Doch Ettore gab mir mit einem Knurren und einem Schlenker der Pistolenhand zu verstehen, daß ich nicht zwischen ihn und Salow treten dürfe. Die Schußlinie! Ich nahm dies Waffenfuchteln immer noch nicht ganz ernst.

Salow streckte mir beide Hände entgegen und ließ sich hochziehen.

»Halbe-halbe«, flüsterte er, laut genug.

»Hören Sie auf!« Ich ließ ihn los. Er blieb stehen und lachte.

»Das war Ihre letzte Chance«, sagte er. »Wollen wir wetten, daß ich das Geld kriege?«

»Setzen Sie sich hin«, sagte der Professor. »Sie auch.«

»Unter gewissen Umständen bin ich tatsächlich bereit, Ihnen etwas Geld zu geben.«

»Wieso?« Das war mir unwillkürlich herausgerutscht.

»Nur soviel, um von hier zu verschwinden, natürlich. Und

Sie müßten dafür nicht nur meine Fragen beantworten, sondern auch gewisse Bedingungen erfüllen, Garantien sozusagen . . .«

»Ich kann Ihnen garantieren«, sagte Salow, »daß Sie von mir ohne das Geld kein Wort erfahren werden.« Er rieb sich zwar noch den Hals, doch sonst hatte er den Niederschlag offenbar schon verdaut.

»Wo ist Gennaro?« fragte der Professor.

»Wo ist das Geld?« fragte Salow genauso ernst zurück. »Ich möchte es wenigstens mal sehen. Als Stimulans – es würde mich womöglich inspirieren.«

Der Professor sah an ihm vorbei zu dem Wandschrank, in dem Ettore seine Schokolade aufbewahrte.

»Wie käme er dazu, Ihnen Geld zu geben?« Ich fragte, obwohl ich ahnte, was er antworten würde.

»Das will ich Ihnen sagen.« Er wandte sich nur an den Professor. »Nehmen wir mal an, Ihr exotischer junger Freund befindet sich in meiner Gewalt – Kidnapping nennt man das wohl –, in den Klauen des Bösen!«

»Sie lügen!« Ich konnte mich wieder nicht beherrschen.

»Stimmt das?« fragte der Professor.

»Weder noch.« Salow strahlte. »Aber gesetzt den Fall . . .«

»Das müßten Sie mir zunächst mal beweisen«, sagte der Professor. »Außerdem würde das voraussetzen, daß Sie einen Komplizen haben, mindestens einen . . .«

Salow nickte. »Warum nicht?« Er zwinkerte mir zu. »Man bekommt so viele Anträge . . .« Er schaute sich zu Ettore um. »Darf ich mal? Permesso?« Er griff in die Innentasche seines Jacketts.

Das Bild, das er auf den Tisch legte, zeigte den Professor. Ein farbiges Porträtfoto. Der Professor drehte es um und starrte die Rückseite an. Er war blaß geworden.

»Es sieht so aus, als sei die eine Hälfte der Menschheit dazu da, um zu leben; und die andere, um erlebt zu werden. War das korrekt zitiert?« fragte Salow; sein Ton war milde.

Der Professor nickte. Er hielt die Fotografie immer noch so, als sähe er sie an; doch seine Augen waren geschlossen. Tiefe Schatten lagen auf seinem Gesicht. Ein leichtes Knistern hörte ich – vielleicht ein Ast draußen am Fenster oder das Feuer im Kamin.

»Von Ihnen? – Nein ... Trotzdem kein dummer Spruch – etwas zu geschwollen für meinen Geschmack. ›In Liebe‹ oder ›Auf ewig Dein‹ war Ihnen wohl ...«

»Seien Sie still!« Der Professor schrie Salow nicht an. Seine Stimme klang eigentlich ganz normal.

Salow schwieg sofort. Er hatte ein gutes Gefühl dafür, wie weit man gehen durfte.

Dies Foto stellte für mich endgültig klar: Salows ›Komplize‹ konnte nur Gennaro selbst sein. Wer sonst? Wahrscheinlich saß er jetzt in der Villa in Lucca und wartete auf das Geld. Und, wie es aussah, würde er nicht vergeblich warten.

Der Professor stand auf. Er trat an den Schrank und nahm den schwarzen Koffer heraus.

»Wenn Sie mich zu Gennaro bringen, gehört das Ihnen.«

Er stellte den Koffer auf den Tisch und öffnete ihn.

250 000 Franken.

»Na also!« Ich hörte das Lachen hinter Salows Stimme.

»Sie sind verrückt!« Ich sagte das zu dem Professor. Ich mußte das endlich sagen! »Begreifen Sie denn gar nichts?! Ihr Gennaro macht gemeinsame Sache mit dem Kerl! Die nehmen Sie aus! Warum wollen Sie das denn nicht einsehen?!«

Der Professor sah mich an, als hätte ich chinesisch geredet. Auch Salow starrte mich an, seine Überraschung wirkte beinahe echt.

»Das ist doch die einzige verfluchte Möglichkeit: Die beiden haben das zusammen gedreht! Von Anfang an, geplant und ausgeführt. Erst haben sie mich verladen – jetzt sind Sie dran. Mein Gott, das greift sich doch mit Händen!«

Ich hatte diesen Ausdruck nie im Leben benutzt; ich kam ins Stocken.

»Aber Sie kennen doch Naro! Sie sind sein Freund! Wie können Sie da so etwas ...«

»Was? Ja, ich kenne ihn – und? Sie haben ja keine Ahnung – er hat Sie doch immer nur ausgenutzt!«

»Das ist nicht wahr. Sie wissen das.«

Er hatte ja recht. »Bitte, dann hat er ihn eben unter Druck gesetzt, am Anfang jedenfalls – und dann: eine halbe Million!« Ich versuchte, mich klarer auszudrücken. »Und sagen Sie mir eines: Woher hatte der denn vom ersten Moment an alle Informationen!? Woher? Von mir doch nicht! – Los, dann sagen Sie es selbst!«

Salow saß ruhig da, massierte seinen Hals und zupfte an seiner Kinnspitze. Er schien sich prächtig zu amüsieren.

»Jetzt kommt die große Unbekannte«, sagte er.

»Sagen Sie mir das!« Ich richtete den Revolver auf ihn, den Finger am Abzug.

»Huch!« machte er nur.

»Hören Sie auf damit!« sagte der Professor.

»Ich will doch nur, daß er die Wahrheit sagt!« Meine erste Wut war weg. Außerdem bemerkte ich, daß Ettore jetzt mich im Visier hatte. Aber ich hätte sowieso nicht geschossen, niemals. Das kann ich beschwören. Ich ließ den Revolver sinken.

»Ich kann Ihnen sagen, was los ist.« Salow sah den Professor an. »Aber ich will das Geld.«

»Ich habe ihnen gesagt, wann Sie es bekommen.«

»So reden wir aneinander vorbei. Selbst wenn ich wollte ...« Salow schüttelte den Kopf. »Ich bin nicht mal sicher, ob Sie sie wirklich wissen wollen, die Wahrheit ...«

»Er ist tot!« Im Aufspringen stieß der Professor mit dem Kopf gegen die Lampe. »Er ist tot!« Jetzt schrie er laut. »Sie haben ihn getötet. Ich wußte es! Das Foto ...« Er griff sich an den Hals; seine Hände krallten sich in das Fleisch, als wollten sie ein Stück herausreißen. Es sah aus, als schwanke er, doch vielleicht war es nur das Licht.

Ettore löste sich von der Wand. Er trat neben Salow. Den Lauf der Pistole setzte er ihm an die Schläfe.

Unwillkürlich hatte ich selbst wieder den Revolver gehoben.

»Nein! Ich habe« – Salows Stimme schnappte über – »ihn nicht umgebracht! Es ...«

Dann fiel ein Schuß.

Er war so laut, daß er alles übertönte, was gewesen war. Er löschte es in mir aus. Ich war fast dankbar für die augenblickliche Stille, die er zurückließ.

Mit den Folgen hatte ich nun nichts mehr zu tun. Welche Folgen überhaupt? Die Lampe hatte nicht aufgehört zu schwingen. Das Feuer brannte noch. Salow saß wie zuvor auf seinem Stuhl. Ettore stand dicht neben ihm – seine Hände griffen nach etwas in der Luft, aber da war nichts. Seine Pistole fiel zu Boden. Ich betrachtete den Revolver in meiner Hand. Nein, ich hatte nicht geschossen; der Professor auch nicht. Er hing halb über dem Tisch, stieß mit dem Fuß den Lehnstuhl zurück. Dann schwenkte das Licht an ihm vorbei zum Fenster. Ich sah das zackige Loch in der Scheibe. Der schwere Sessel kippte hintenüber. In demselben Moment fiel auch Ettore; er brach über dem Tisch zusammen; der Geldkoffer klappte unter ihm zu. Alles geschah lautlos.

»Tot.« Es war Salow, der das sagte.

Und ich hörte es. Ich sah noch, wie Salow nach dem Koffer griff. Ich sah, wie er sich bückte. Ich sah auch noch, wie der Professor sich auf ihn stürzen wollte. Dann rannte ich los.

Natürlich hat es eine große Rolle gespielt, in welchem Zustand ich mich jetzt befand. Wenn dieser Zustand wirklich panisch war, so machte er mich doch erstaunlich klar. Meine Erinnerungen sind deutlich: die Tür, die Nacht, der Wagen, der mir im Weg stand; wie ich gerade noch daran vorbeikam.

Ich weiß auch noch, daß ich schon im Laufen daran dachte,

wie durch diesen Schuß alles anders geworden war. Ich lief ja um mein Leben. Nicht daß es unmittelbar bedroht war – noch nicht –, aber ich wußte, daß es nicht mehr das gleiche Leben sein konnte, wenn ich jetzt nicht davonkam. Ich wollte nicht nur mit irgendeinem Leben davonkommen, sondern mit meinem.

Man muß mir das glauben: Wenn ich irgendwann auch nur geahnt hätte, daß dieser Schuß fallen würde – ich hätte mich nie auf diese Dinge eingelassen. Damit hatte ich nicht wirklich gerechnet – nicht mit dem Tod. Ich weiß, wie sinnlos es ist, das jetzt noch mal zu beteuern, wie unangemessen! Aber so dachte ich. Und ich dachte auch, ich könnte noch davonkommen. Ich bräuchte nur wegzulaufen.

Und ich lief. Ich lief den Weg hinauf; das Laufen fiel mir leicht.

Dann war plötzlich das Licht vor mir, der Anstieg weiß erleuchtet, links die helle Wand, rechts dunkles Nichts. Im Laufen sah ich mich um: Zwei Scheinwerfer blendeten mich. Es war schwer abzuschätzen, wie schnell sie näher kamen. Aber sie kamen näher. Immer wieder wurden die Lichtspeere hochgeworfen, stachen über mich hinweg in den dunstigen, dunklen Himmel, fielen wieder auf mich zurück. Jetzt hörte ich auch das Motorengeräusch, sah das Ende der Steilwand, die Biegung zur Straße.

Wieder schaute ich zurück. Der Wagen war jetzt ganz nah, Salows Wagen.

Was dann kam, war Zufall und unvermeidlich.

Ich stolperte und fiel hin. Beim Aufprall spürte ich einen stechenden Schmerz. Etwas fuhr mir mitten in den Leib. Der Revolver! Ich mußte ihn in den Gürtel gesteckt haben. Ich zog ihn heraus, wälzte mich auf den Rücken. Das Licht kam näher. Die beiden Scheinwerfer verschmolzen zu einem blendend hellen Balken.

Ich hob den Revolver und schoß.

Ich hörte nicht einmal das trockene Klicken. Ich hörte nur

das Brausen des Lichts. Wieder drückte ich ab, zog den Abzug ganz durch – nichts. Kein Schuß. Das Licht war jetzt fast über mir; es hatte mich erwischt. Ich warf ihm den Revolver entgegen. Etwas knackte, etwas heulte auf. Das Licht schwenkte über mich weg, stand für einen langen Augenblick ganz reglos, wie gebannt, in der Luft, ein helles Loch in der endlosen Finsternis. Dann kippte es hart nach unten weg.

Erst dieser Absturz, das Geräusch aufprallenden Gewichts, machte mir wieder bewußt, was geschehen war: daß hinter dem Licht ein Wagen, daß in dem Wagen ein Mensch gewesen war. Ich brauchte viel Zeit, um das nachzuvollziehen. Dann der letzte, lauteste, berstende Krach: Salows Wagen hatte Feuer gefangen und war explodiert.

Später hat man festgestellt, daß der Revolver die Frontscheibe zwar getroffen, aber nicht durchschlagen haben konnte; das Glas wäre lediglich gesplittert auf diese Entfernung. Alles wurde genau vermessen: Demnach sollte die Absturzstelle noch sechs bis acht Meter von meiner Position entfernt gewesen sein.

Damals hatte ich das Gefühl, als sei der Wagen über mich hinweggerollt. Meine Beine schmerzten. Mein Kopf war kalt.

Die Nacht roch jetzt verbrannt. Ich saß immer noch mitten auf dem Weg und ich rührte mich nicht. Ich wollte das da unten nicht sehen. Ich hörte dies prasselnde Geräusch und ich sah diese unbestimmte Helligkeit. Wie kalt mein Kopf war!

Meine verfrühte Reaktion – daß ich mich gegen eine vielleicht nur eingebildete Gefahr gewehrt hatte – und das Fehlen einer Reaktion danach – ich machte keinerlei Rettungsversuche – konnte man natürlich gegen mich auslegen; zumal auch die einzige Zeugenaussage nicht gerade für mich sprach. Und viele Zuschauer hätten es nicht ungern gesehen, wenn ich eine Strafe bekommen hätte, die ihnen gerecht vorkam; speziell ein paar alte Bekannte haben mir nur allzu deutlich zu verstehen gegeben, daß sie mich schon immer für ein ziemliches Arschloch gehalten hatten. Ich kann dazu nur sagen: Das beruht auf Gegenseitigkeit.

Trotzdem wurde ich nicht verurteilt für meine Tat. ›Eingebildete Notwehr‹, heißt der Paragraph. Das Gericht behielt sich zwar erhebliche Zweifel vor; doch in der Urteilsbegründung konnte meine Version des Tathergangs nicht schlüssig widerlegt werden. Ganz einfach weil ich die Wahrheit gesagt hatte. Denn was ist die Wahrheit anderes als das, was niemand zu widerlegen imstande ist. Und was ist Gerechtigkeit? Das, was ein zuständiges Gericht dafür hält. Das ist meine Überzeugung. Ich mußte freigesprochen werden, weil in diesem Fall wirklich alles so war, wie ich es geschildert habe. Und es ist immer noch so in meinen Träumen: Der Schuß, der Weg, das Licht, der Schmerz, der Sturz, wieder das Licht – und dann eine lange Dunkelheit.

Ich weiß nicht, wie es ohne die Ärzte und Psychologen für mich ausgegangen wäre; wie, wenn mein Zustand nicht so eindeutig entschieden hätte. Ich war – physisch und psychisch – am Ende. Den letzten Beweis dafür lieferte die Tatsache, daß ich in dieser Nacht für mehrere Stunden das Bewußtsein verlor.

Doch zuvor sah ich noch etwas, das mir den Rest gab: Jemand lief auf mich zu. Ich glaubte gleich – heute weiß ich es –, daß es zwei Personen waren, die den Weg zu mir heraufkamen; doch ich erkannte nur noch die eine; das war Salow.

LETZTER TAG

18

Als ich wieder zu mir kam, traute ich meinen Augen nicht: Sie sahen Mona.

Es war ihr Gesicht, das sich über mich beugte. Ihr schwarzes Haar; ihre glatte Haut, durchscheinend wie dünnes Porzellan; nur um die Augen fester und schimmernd wie Perlmutt. Ihre Augen, die immer noch so freundlich blickten, daß man sich schämen mußte.

Auch ihr Duft war da. Er war schon einmal hier gewesen, in Salows Villa; gestern hatte ich ihn nicht erkannt. Sonst war das Zimmer unverändert: der schmale Diwan, auf dem ich lag; der kleine Schrank daneben mit dem Telefonbuch; der Stuhl, über dem jetzt meine weiße Jacke hing; das Fenster zum Garten. Nur das Licht war blasser.

Ich war erstaunt, wie deutlich ich all das wahrnahm.

Es konnte doch nicht wahr sein.

Es war nicht Monas Stimme, die dann sprach; es war Salows. »Überrascht?« fragte er. »Sagte ich Ihnen nicht, daß wir gemeinsame Bekannte haben?«

Ich versuchte, mich aufzurichten. Mona hielt mich bei den Schultern zurück. Ich spürte die Berührung.

»Bleib liegen«, sagte sie. »Dein Fuß – er ist wahrscheinlich gebrochen.«

Ich sah den unförmigen Klumpen, der unten aus meinem linken Hosenbein hing; er war mit weißen Tüchern umwickelt. Das einzige Gefühl darin war Kälte. Ich versuchte, ihn zu bewegen; Schmerz zuckte schwarz vor meinen Augen auf.

Ich ließ meinen Kopf zurückfallen; ich wollte mich besinnen. Doch es gab zu viele Fragen, um nur eine stellen zu können.

»Der Professor ist tot«, sagte Salows Stimme.

Ich sah Mona an.

Sie nickte. »Es tut mir leid für dich.«

»Machen Sie sich deswegen keine Sorgen«, sagte Salow. »Ihnen wird schon nichts passieren. Die italienische Polizei dürfte froh sein, einen verunglückten Mörder aufsammeln zu können.«

»Er hat Gennaro umgebracht?« Ich fragte das, weil ich es glauben wollte.

Salow lachte. »Unsinn. Der alte Mann hat niemanden umgebracht.« Er trat an das Fußende meines Lagers. »Das heißt: Mich hätte er beinahe umgebracht. Wenn ich mir nicht rechtzeitig die Pistole gegriffen hätte ...« Er zog die kleine Waffe des Professors aus der Tasche.

»Das war seine«, sagte ich automatisch.

»Ach ja?« Er ließ sie einmal um den Zeigefinger wirbeln. »Jetzt hat er dafür die, mit der Ettore erschossen wurde.«

»Dann haben Sie Ettore ...«

»Ich – Ettore?« Er lachte wieder. »O nein! Womit denn? Die Pistole konnte ich ihm doch erst wegnehmen, als er tot war.« Er steckte sie wieder ein. »Für so etwas ist unsere gemeinsame Freundin zuständig.«

Mona stand auf.

»Sei still, du Idiot«, sagte sie ruhig.

Salow lehnte sich wieder an die Fensterbank. Das blaue Licht, das hereinströmte, tat meinen Augen weh; die Sonne war noch nicht aufgegangen.

Ich fragte nicht, was noch geschehen war, draußen bei Ettores Haus. Ich fragte auch nicht, wie sie mich hierher nach Lucca gebracht hatten.

»Und Gennaro?« fragte ich.

Salow sagte: »Er ist tot.«

Für eine Sekunde schloß ich die Augen. Doch ich konnte mir Gennaro so nicht vorstellen. Ich konnte mir Ettore vorstellen, der tot über seinem Tisch lag. Ich konnte mir sogar den Professor vorstellen; tot, auf dem Grunde der Schlucht. Aber nicht Gennaro.

»Wer hat das getan?« fragte ich leise.

Salow schüttelte nur den Kopf. Er stieß sich vom Fensterbrett ab und trat neben das Bett, auf dem ich lag.

»Laß ihn in Ruhe«, sagte Mona.

»Aber ich tu ihm doch nichts! Ich bestimmt nicht! Ich werde doch nicht mein eigenes Alibi kaputtmachen.« Er sah ungläubig auf mich herunter. »Daß du noch lebst ...«

Mona hob die Hand. Salow wich einen Schritt zurück. Doch sie schlug nicht nach ihm. Sie drehte sich abrupt um und ging zur Tür.

»Laß mich nicht allein mit ihm, bitte!«

»Ich will nur neues Eis holen für deinen Fuß«, sagte sie.

Sie ging hinaus.

Salow lächelte schwach. Er zog sich den einzigen Stuhl neben das Bett und setzte sich; zu einem Krankenbesuch fehlten nur noch die Blumen.

»Sie wollen wohl nicht klug werden«, sagte er. »Ihr Schaden.« Er beugte sich vor. »Ich will Ihnen etwas vorschlagen: ein kleines Abkommen. Wir müssen uns wirklich verständigen.«

»Ich wüßte nicht, worüber.«

»Über unsere Aussagen vor Gericht zum Beispiel.«

»Das möchten Sie wohl!« Der schrille Klang meiner Stimme war mir selbst unangenehm.

»Seien Sie doch nicht so pampig. Was wollen Sie damit noch beweisen? Und wem?« Er war noch einmal aufgestanden. Nach einem raschen Blick in den Nebenraum schob er die Tür zu.

»Und nun zum Geschäft«, sagte er.

»Ich mache keine Geschäfte mit einem Mörder«, keifte ich. »Und wenn Sie nicht sofort die Tür ...«

»Tut mir leid, aber ...« Wieder schlug er mir mit der flachen Hand ins Gesicht; nur ganz schwach diesmal, eine reine

Formsache. »Wir haben nicht viel Zeit, und das ist offenbar die einzige Möglichkeit, Ihnen Vernunft beizubringen.«

»Mörder!«

Er seufzte. »Wenn überhaupt einer von uns diese Bezeichnung verdient, dann wohl Sie.« Er setzte sich wieder; mit dem Rücken zur Tür.

»Aber ich wollte ihn doch nicht töten.«

Er nickte. »Ich weiß, Sie wollten ja mich töten.« Er grinste. »Übrigens nehme ich Ihnen das keineswegs übel. Ich bin nicht nachtragend. Und ich bin kein Killer.«

»Was ist mit Gennaro?«

»Eins nach dem anderen. Ich weiß, daß Sie den Professor nicht umbringen wollten. Sie wissen, daß ich diesen italienischen Bauern nicht umgebracht habe.«

»Ich will wissen ...«

Er ließ mich nicht zu Wort kommen. »Und wir beide wissen, wer die zwei auf dem Gewissen hat; mittelbar oder unmittelbar.«

Unwillkürlich schaute ich an ihm vorbei zur Tür. Es war im schwachen Morgenlicht schwer zu erkennen – doch mir war, als hätte sie sich bewegt.

»Im Fall Furttmann kann ich Sie entlasten«, fuhr Salow fort. »Dafür decken Sie mich bei diesem Ettore – einverstanden?«

Jetzt sah ich es deutlich: ein leichter Ruck, der eine Flügel der Tür wurde von außen aufgeschoben; mit äußerster Vorsicht.

»Oder sind Sie scharf darauf, für den Tod des Professors ins Gefängnis zu gehen? Schuld und Sühne – so plötzlich?« Er berührte meinen Arm. »Ist es ihretwegen? Ich werde jedenfalls keinerlei Rücksicht auf sie nehmen.«

»Ich glaube Ihnen nicht. Ich glaube Ihnen kein Wort!«

»Und wieso nicht?« Er schnaubte fast wie der Professor. »Hören Sie: Ich kenne diese Frau. Ich bin immerhin mit ihr verheiratet.« Er grinste. »Ja, ja, ich heiße auch nicht

Salow ... Wollen Sie meinen Ausweis sehen?« Er wartete keine Antwort ab. »Sie wird keine Rücksicht auf uns nehmen; auf keinen von uns. Sie denkt und handelt praktisch. Mich hat sie heute mittag bei der Polizei angezeigt – Ihretwegen, weil ich nicht rechtzeitig zurück war. Wenn Sie unbedingt Ihren Kopf hinhalten wollen – bitte.«

»Wofür? Was hat sie getan?«

»Gar nichts. Das wollen Sie doch hören.«

Ich schüttelte den Kopf.

»Sie war hinter dem Geld her. Genau wie Sie und ich. Erst hat sie's bei Gennaro versucht; dann über Sie.« Er sah mich ernst an. »Finden Sie sich damit ab: Sie waren wieder mal nur zweite Wahl.«

»Aber sie kannte Gennaro nicht«, sagte ich.

»Ach?« Er starrte mich immer noch an. Ich wagte keinen Blick zur Tür. »Er hat sogar bei ihr geschlafen.« »Das ist nicht wahr!« »Bei ihr – nicht mit ihr.« Salow zuckte die Achseln. »Egal: Sie kannte auch Professor Furttmann nicht. Und sie kannte Ettore nicht. Trotzdem sind beide jetzt tot – darum geht es doch!«

»Aber ich denke ...« Ich wußte nicht, was ich denken oder glauben sollte. Wenn er die Wahrheit sagte – war dann nicht alles, von Anfang an ... »Ich meine: Sie haben doch vorhin gesagt, Sie wollten Ettores Tod dem Professor in die Schuhe schieben.«

»Ach was, das war doch nur ...« Er winkte ab. »Damit kämen wir außerdem niemals durch; bei keiner Polizei der Welt, nicht mal bei der italienischen. O nein, wir werden hübsch bei der Wahrheit bleiben. Ist das klar?«

Die Schiebetür stand jetzt eine gute Handbreit offen; und hinter dieser Tür stand Mona – das wußte ich. Wie hätte ich da ja sagen können?

»Bei welcher Wahrheit? Was ist die Wahrheit?« fragte ich mühsam. »Ich weiß nicht ...«

»Herrgott! Sie waren doch dabei! Ich habe diesen Ettore

nicht erschossen. Sie hatten sogar meinen Revolver – was haben Sie überhaupt damit gemacht?«

»Ich habe – ich habe versucht, Sie – das heißt, ihn, den Professor – ich habe ihn dem Wagen entgegengeworfen ... Er kam auf mich zu ...«

Ich war verwirrt. Eine Hand griff durch die dunkle Öffnung; langsam schob sie die Tür weiter auf.

»Seien sie froh, daß er nicht geladen war«, sagte Salow. »Sonst sähe es wesentlich heikler für Sie aus. So war es doch eindeutig Notwehr.«

»Notwehr?« Ich sah ihn an.

Er nickte. »Sehen Sie: Die Wahrheit – das ist unsere Chance.« Er legte mir eine Hand auf die Schulter. »Und nun hören Sie mir noch einmal gut zu: Ihr Freund Gennaro ist tot. Er starb vor drei Tagen, am Montag; irgendwann im Laufe des Vormittags. Verstehen Sie, was das bedeutet?«

Lautlos war der Flügel der Tür zur Seite geglitten.

»Er ist tot.« Ich verstand wirklich nicht, was er meinte.

»Sie sind mein Alibi!«

Mona stand in der Tür; in der einen Hand hielt sie den Eisbeutel für mich. Sie sah mir in die Augen.

»Und ich bin Ihr Alibi!«

Mit der freien Hand gab sie mir ein Zeichen, still zu sein.

»Kapiert? Wir waren beide in Zürich oder auf dem Weg dorthin, am Montag um die Zeit. Vielleicht starb er gerade, als Sie so freundlich waren, mir Ihre Tasche zu überlassen ... Wann war das genau? – Egal, jedenfalls gegen Mittag. Ich war Ihnen schon von der Bank aus gefolgt. Ich wartete da auf Gennaro; wußte nicht, daß er mit dem Geld längst weg war, nach Frankfurt. Ich kann bezeugen, daß Sie seit dem späten Vormittag in Zürich waren. Und Sie können das umgekehrt genauso.«

Mona sah mir weiter in die Augen. Sehr sacht machte sie den ersten Schritt auf uns zu; sie war barfuß.

»Und ich werde das bezeugen. Und Sie – was ist mit Ihnen? Was werden Sie – he! Hören Sie mir überhaupt zu?!«

Ich drehte den Kopf. Salow redete auf mich ein, als sei ich ein Kind; seine Lippen bewegten sich unnatürlich langsam.

»Wir sind aufeinander angewiesen. Wir waren am Montag zusammen in Zürich. Gennaro ist zur selben Zeit in Frankfurt umgebracht worden. Er liegt dort tot in Ihrer Wohnung.«

»Nein.«

Mona stand jetzt unmittelbar hinter ihm.

»Hören Sie doch endlich auf, sich etwas vorzumachen! Ich versteh ja, daß das ein Schock für Sie sein muß – aber sie hat es mir selbst gesagt.«

Ich wollte schreien; wirklich, ich wollte es. Ich sah, wie Mona den Arm hob. Völlig überraschend griff Salow mit beiden Händen mein Gesicht; er drehte es so, daß ich ihn ansehen mußte.

»Sie hat ihn getötet.«

Jetzt konnte ich schreien. »Nein!«

»O doch, sie hat ihm das Geld abgenommen und ...«

»Nein!« schrie ich.

Ich riß mich los. Er wollte aufspringen. Sie schlug zu.

Zum zweiten Mal sah ich Salow fallen. Sie mußte ihn wenigstens ebenso hart getroffen haben wie Ettore. Sein Kopf wurde zur Seite gerissen. Er fiel mir direkt in den Schoß. Ich krümmte mich zusammen. Mona hatte wieder den Arm gehoben; deutlich zeichneten sich die scharfen Kanten der Eiswürfel unter dem feuchten Tuch ab. Ich wollte mich zur Seite wälzen – doch sie schlug nicht noch einmal zu.

Salows Augen standen offen; sie starrten mich an: grau, ausdruckslos, flach. Über sein Gesicht lief in dünnen Fäden rotes Blut. Ich versuchte mich zu bewegen, um seinen Körper loszuwerden. Mona half mir; sie zerrte an seinen Beinen, bis er neben dem Bett zu Boden glitt. Dort ließ sie ihn liegen.

»Es mußte sein«, sagte sie; sie war nicht außer Atem.

»Warum?«

»Du hast gehört, was er vorhatte: Er wollte uns für alles verantwortlich machen; uns wollte er die ganze Schuld zuschieben.« Sie stieß Salows Körper mit dem Fuß weiter unter das Bett.

»Ich habe es für uns getan. Wir hätten sonst alles ausbaden müssen, während er mit dem Geld . . .«

Ich unterbrach sie. »Nicht uns – dich wollte er verantwortlich machen.«

»Ist das nicht dasselbe?« Sie setzte sich neben mich auf das Bett; legte den Eisbeutel beiseite. »Was macht dein Fuß? Schmerzt er sehr?«

»Er wollte dich für das verantwortlich machen, was du getan hast.«

»Aber ich mußte es tun! Er hat mich auch gezwungen, diesen Ettore zu erschießen.«

»Er war dein Mann.«

Sie reagierte nicht. »Er bestand darauf, daß ich mitkäme. Ich war hinten im Wagen.« Sie legte ihre kalte Hand auf mein Gesicht. »So nah! Wie gern ich dich berührt hätte!«

Sie strich mir das Haar aus der Stirn.

Ich drehte den Kopf weg. Von Salow sah ich nur einen Arm; die Hand lag offen und weiß auf dem dunklen Holz. Sie bewegte sich nicht.

»Warum hast du es getan?«

»Hör zu: Ich stand draußen vor dem Fenster. Ich sah, wie dieser Ettore ihn niederschlug; wie er ihm dann die Pistole an die Schläfe drückte. Sollte ich einfach zusehen, wie er ihn niederschoß? Glaub mir: Auch ihn wollte ich gar nicht töten.« Sie sprach jetzt ähnlich zu mir wie Salow am Ende zu mir gesprochen hatte; wie man ein weinendes Kind tröstet.

»Das meinte ich nicht. Du hast noch jemanden getötet.«

Sie ging nicht darauf ein. »Wir haben nicht viel Zeit«, sagte sie. »Wirst du es schaffen? Kannst du laufen?«

Ich schüttelte den Kopf. Meine Schuhe standen vor dem Nachtschrank; so vertauscht und verdreht – der linke lag auf der rechten Seite –, daß sie aussahen, als seien sie nie wieder zu gebrauchen.

»Es sind doch nur ein paar Schritte. Der Wagen des Professors steht unten im Hof.«

»Ich will nicht.«

Sie stand auf. »Ist es wegen Gennaro?« fragte sie leise. Sie konnte mein Nicken nicht gesehen haben, denn sie schaute hinaus in den Garten; trotzdem fuhr sie fort. »Ich erkläre dir das später. Erst müssen wir von hier weg. Das Geld ist da drin.« Sie bückte sich zu dem kleinen Schrank neben dem Bett.

Ich fragte möglichst beiläufig: »Wieviel ist es denn?«

Sie sah mich leicht erstaunt an; ihr Gesicht war jetzt ganz nahe. »Eine gute halbe Million, alles in allem.«

»Es hat sich also gelohnt«, sagte ich.

Auf ihrer Stirn erschien eine kleine Längsfalte, die ich noch nie zuvor an ihr gesehen hatte. Sie nickte langsam.

»Laß uns verschwinden. Komm!«

»Du hast dafür getötet«, sagte ich. »Du hast auch Gennaro getötet.«

Sie richtete sich auf und trat ein paar Schritte zurück. Sie rührte sich nicht; eine dunkle Figur vor einem hellen Fenster.

»Sag mir, warum hast du das getan?«

»Wirst du dann endlich mitgehen? Versprichst du mir das?«

Ich antwortete nicht.

»Also gut.« Sie stellte den Koffer mit dem Geld auf die Fensterbank. »Mir blieb gar nichts anderes übrig: Wir waren allein in deiner Wohnung – plötzlich war jemand an der Tür.«

»Der Professor!« Jetzt begriff ich den Zusammenhang.

Sie nickte.

»Aber woher wußtest du, daß Gennaro dort sein würde?«

Sie antwortete prompt, ohne jede Erregung; nur wie jemand, der es eilig hat. »Er rief mich aus Zürich an.« Sie deutete beiläufig auf die Leiche. »Er war an dem Morgen mit Gennaro verabredet gewesen; vor der Bank. Gennaro hatte ihn damit vertröstet, daß er das Geld erst am Montag abheben könne; aber er muß das Geld schon gehabt haben. Als er nicht kam, bekam ich den Anruf. Ich fuhr sofort zu dir. Da war er. Ich hatte eine Pistole.« Sie machte eine ungeduldige Handbewegung.

Ich bemühte mich, genauso ruhig zu fragen. »Warum hast du ihm das Geld dann nicht einfach abgenommen?«

Sie lächelte schwach. »Das war im Grunde deine Schuld. Er hatte gut 250 000 bei sich – du hattest mir von der doppelten Summe erzählt. Er wollte mir nicht sagen, wo der Rest war.«

»Es gab nicht mehr! Ich hatte nur . . .«

»Ich weiß.« Sie schaute auf den Geldkoffer. »Aber es war doch gut so: Jetzt gibt es mehr; dank deiner Übertreibung und meiner Improvisation . . . Wir haben Glück gehabt.«

»Du hast ihn erschossen.«

»Nicht erschossen. Ich habe dir doch gesagt: Der Professor stand plötzlich draußen vor der Tür. Gennaro wollte das ausnutzen. Er stand einfach auf, sagte: Ich gehe jetzt! Er war ein Idiot! Er wollte tatsächlich gehen – zu diesem alten Mann! Er hätte alles haben können! Mich, das Geld . . .« Sie knirschte mit den Zähnen; dann hatte sie sich wieder in der Gewalt und sagte ganz ruhig: »Für einen Schwulen hatte er erstaunlich viel Mut. Ich habe deinen Brieföffner benutzt.«

»Du hast . . .«

»Ich konnte doch nicht schießen.«

Mein Kopf nickte.

Sie trat wieder an mein Bett. »Können wir jetzt gehen?«

»Ich habe Schmerzen.« Ich zeigte auf meinen Fuß, der vollkommen gefühllos war; dann auf meine Jacke, die noch über dem Stuhl hing; Gennaros Jacke. »In der Tasche sind noch Schmerztabletten, glaube ich.«

Sie fand sie auf Anhieb, schüttete ein paar aus dem Röhrchen in ihre hohle Hand.

»Willst du mich vergiften?!« Mein Entsetzen klang echt. »Die sind wahnsinnig stark: Mit der Dosis kannst du einen Ochsen umbringen.«

Sie reagierte normal. »Wieviel willst du?« fragte sie.

»Höchstens eine«, sagte ich. »Würdest du sie mir in etwas Wasser auflösen?«

Sie nahm das ganze Röhrchen mit.

Sobald sie draußen war, mußte ich schnell handeln. Ich raffte mich auf. Mein Fuß schmerzte wirklich kaum. Der Eisbeutel rutschte vom Bett und fiel zu Boden. Das Tuch ging auf dabei; zwischen den Resten der Eisstücke lag ein feuchtglänzendes Stück Metall, eine bronzene Statuette: Puccini.

Ich war nicht einmal mehr erstaunt. Ich schob das Tuch unter das Bett. Ich sah Salows Gesicht: halbtrockenes, dunkles Blut klebte in seinem Mundwinkel. Er lag auf dem Rücken. Die kleine Pistole steckte noch in seiner Tasche; sie war geladen.

Dann lag ich auf dem Bett und wartete. Mein Atem beruhigte sich.

Mona kam zurück. Es war ein großes Glas, das sie trug; es war randvoll, und das Wasser trüb. Sie stieg über Salows Leiche, ohne einen Tropfen zu verschütten.

»Da, bitte.« Sie wollte mir das Glas reichen. Sie lächelte nicht; aber ihre dunklen Augen waren immer noch ganz ruhig. »Beeil dich«, sagte sie.

»Nein.« Ich zeigte ihr die Pistole. »Trink du.«

Sie starrte auf die Pistole. Meine Hand zitterte nicht.

Mir fielen all die möglichen Dinge ein, die sie noch sagen konnte: Sie konnte mir Geld anbieten, das ganze Geld; sie konnte mich um Verzeihung bitten; sie konnte wieder behaupten, sie habe das alles nur für mich getan, für uns. Sie konnte einfach sagen: Ich liebe dich. O ja, sie hätte das gekonnt.

Doch sie sagte nichts.

Einen Augenblick fürchtete ich, sie würde das Glas nach mir werfen; aber sie hob es nur an die Lippen und trank. Ich sah ihr zu.

Hatte sie mich durchschaut? Hatte sie vielleicht doch nur eine Tablette genommen? Wußte sie etwa, daß selbst zwanzig davon ihr nicht gefährlich werden konnten? Oder wollte sie wirklich sterben? Sie dachte praktisch, wie immer.

Als sie ausgetrunken hatte, stellte sie das Glas ab; neben das Telefon.

»Ich werde jetzt die Polizei anrufen«, sagte ich schnell. Meine Stimme war mir fremd.

Sie hielt mir das Röhrchen hin; sie schüttelte es: Keine einzige Tablette fiel heraus.

»Wozu noch?«

Ich sagte es ihr nicht.

Sie würde nicht sterben – aber sie sollte es glauben. Vielleicht war es Rache – doch bestimmt war es auch eine Art Versicherung: Solange sie daran glaubte, mußte ich keine Angst vor ihr haben.

Sie zog den Stuhl von mir weg ans Fenster und setzte sich. Der Koffer mit dem Geld stand immer noch auf der Fensterbank; sie beachtete ihn nicht.

Nach einer Weile fragte sie beiläufig: »Hast Du die Telefonnummer?«

»O ja – er hat sie mir gegeben.«

»Ach, du warst ja auch bei ihm.«

»Ich glaube, seine Karte ist in meinem Jackett, wenn du ...«

»Nicht nötig – ich habe sie im Kopf«, sagte sie und lächelte. »Ich habe ein ausgezeichnetes Zahlengedächtnis.«

Alles in diesem Plauderton.

Dann diktierte sie mir sieben Zahlen; langsam und präzis. Ich versuchte mit dem Lauf der Pistole zu wählen; das ging nicht. Ich nahm die Waffe in die linke Hand.

Mona wiederholte geduldig die Nummer des Kommissars. Das Rufzeichen kam.

Ich wartete. Sie sah mir in die Augen. Ich ertrug ihren Blick nicht.

Hinter den Wällen von Lucca war die Sonne aufgegangen. Ich sah ihr Licht auf den Spitzen der Blüten der Kastanien.

§ 17 Stgb. Fehlt dem Täter bei Begehung der Tat die Einsicht, Unrecht zu tun, so handelt er ohne Schuld, wenn er diesen Irrtum nicht vermeiden konnte.

§ 32 Stgb. (1) Wer eine Tat begeht, die durch Notwehr geboten ist, handelt nicht rechtswidrig.
(2) Notwehr ist die Verteidigung, die erforderlich ist, um einen gegenwärtigen rechtswidrigen Angriff von sich oder einem anderen abzuwenden.

§ 33 Stgb. Überschreitet der Täter die Grenzen der Notwehr aus Verwirrung, Furcht oder Schrecken, so wird er nicht bestraft.

BERND EILERT, geboren 1949 in Oldenburg, lebt und arbeitet seit 1970 in Frankfurt a.M.; Mitglied der Autorenredaktion des endgültigen Satiremagazins >Titanic<; Begründer der Liste der >Peinlichsten Persönlichkeiten<; schreibt zusammen mit Robert Gernhardt und Peter Knorr Texte für Otto Waalkes.

Im Haffmans Verlag erschienen: *Das aboriginale Horoskop* (Ein Senigiroba-Weg des Wissens. Mit Zeichnungen von Hilke Raddatz, 1983) - *Das Hausbuch der literarischen Hochkomik* (Herausgegeben von Bernd Eilert. Mit zwölf bunten Bildern von Friedrich Karl Waechter, 1987) - Außerdem regelmäßig Beiträge im Magazin für jede Art von Literatur *Der Rabe* (seit Nr. 1, 1982).